NOS

# Helena
# Machado

# Memória de ninguém

Por que não existe mãe?
Por que estão todas essas bonecas caindo do céu?
Acaso houve um pai?
Ou os planetas fizeram buracos nas suas redes
E lá deixaram nossa infância.
Ou somos nós mesmas as bonecas,
nascidas, mas nunca alimentadas?
**ANNE SEXTON**

Eu só sou memória e a memória
que de mim se tenha.
**ELENA GARRO**

*Para o meu pai, Dauro,*
*que não está aqui, mas está.*

**I.**
**Quando se pergunta a hora**
**é porque a hora chegou**

Meu pai gostava de fazer Pá! Não pá de remover terra porque isso foi tarefa dos coveiros vestidos de laranja dos pés à cabeça, como garis pingando sob o amarelo vivo do sol a pino, os lixeiros de gente escondendo o corpo do meu pai no Cemitério do Gavião. Mas o Pá do meu pai não era uma ferramenta, apesar de ele amar uma obra, e isso eu só soube bem depois. Meu pai colocava o dedo indicador em riste, levantava o dedão e fazia Pá! Era tiro de brincadeira. Mas não foi de tiro que ele se foi. Quer dizer, de certa forma sim. De tiro de dentro. Pá! Feito um barril de vinho tinto explodindo.

                M   B   A
          O                D
  L                             A

Nossas cabeças – as da Maria Júlia e da Maria Juliana de cabelos chanel vermelho-fogo, a minha de fios pretos que jamais conheceram tesoura, tipo Rapunzel – quase triscaram o teto do quatro por quatro. Então me lembrei de quando elas foram despachar o corpo do meu pai e pegaram carona prensadas no banco de trás de uma caminhonete que saía do aeroporto para o terminal de cargas. No meio do caminho, um buraco na estrada quase fez nascer galos gigantes em suas cabeças de matagal em brasa. Na traseira, as cargas também pularam rumo aos céus e retornaram à caçamba:

– Assim eu vou ficar lascado, minhas filhas!

A Maria Júlia disse que meu pai tinha gritado isso lá atrás. Eu vou ficar lascado era uma frase típica do meu pai.

Agora, lascadas estamos nós neste caminho de volta, na buraqueira em direção à casa que por muito tempo fingimos estar trancada. Nesse sobe e desce danado, começo a achar que a memória é feito filme de câmera antiga, com vários pedaços estourados pela luz dos traumas ou esquecimentos, restando apenas alguns quadros que fatalmente vão se alterando no decorrer do tempo. Jamais uma lembrança é a mesma lembrança. Mas, no embaralhamento do rolo, me recordo com nitidez daquele que foi o pior dia, quando eu e a Maria Júlia tivemos certeza que meu pai ia empacotar, a hora tenebrosa do sangue vazando da caixa torácica, o sangue escorrendo no pulmão e deixando sem ar o homem que sempre foi atrás do ar mais puro, e na sua asfixia meu pai sussurrava que eu tinha que parar de fumar, que ia cortar minha mesada de adulta se eu não parasse de fumar, que eu não podia querer a morte quando ele estava lá lutando pela vida, que o último cigarro que ele acendeu foi quando eu nasci, na sala de espera da clínica, mas agora meu pai desfalecia na maca com o corpo solto e o ar se extinguindo, ele lá deixando a Maria Júlia, minha irmã médica, no buraco do jaleco branco, ele lá arfando na UTI enquanto pedia para a gente ir comprar um expectorante na farmácia, ele lá se desmilinguindo e a gente se dilacerando, ele lá sufocado e a gente vertendo as lágrimas para dentro para não chorar na frente dele, ele lá com os batimentos diminuindo e a gente fazendo penteado em seus cabelos cheios de óleo por causa da dermatite seborreica, ele lá com máscara de ar e os fios brancos reluzentes em pé, ele lá com cara de criança boba e eu segurando seu pé, ele lá com os olhos baixos e a gente de celular em punho tirando nossas últimas fotos, ele lá semblanteando um ser que medita e eu sendo expulsa do boxe porque não segurei os soluços, ele lá sendo levado para o procedimento de emergência e a Maria Júlia me metendo Olcadil goela abaixo, ele lá sumindo no gelado do centro cirúrgico e os médicos avisando a gente que ele tinha 80 por cento de chances de não voltar de lá. Ele lá e a gente ali. Apartados para sempre.

Mas o para sempre nem sempre é do tamanho que a gente acha que é.

O tempo estacou e tudo se confundiu, e eu liguei para o Moacir dizendo que meu pai estava morrendo e que eu precisava muito dele, porque eu e o Moacir havíamos ficado juntos durante sete anos e aquilo era o mínimo que eu poderia pedir, e eu liguei para o Moacir e uma mulher atendeu e passou para ele, e o Moacir disse que ia me encontrar no hospital e eu ainda fui chorando no banheiro passar um corretivo nos olhos, mas o

Moacir não foi lá me dar um abraço, quase uma década juntos e só fazia um mês, e ele já estava com outra, e eu ali perdendo de vez o primeiro e o segundo homem mais importantes da minha vida, e então eu liguei para a minha mãe e disse para ela pegar um avião correndo porque ela estava na terra seca cuidando da minha avó que nunca cuidou dela, e já não dava tempo da minha mãe se despedir do meu pai, e enquanto isso a Maria Juliana embarcava lá na Índia para provavelmente aterrissar no enterro do pai que ela nunca teve, então eu escorreguei pelas paredes e me coloquei em posição fetal naquele chão branco de bactérias tóxicas, e meus gestos preenchidos demais pareciam um tanto histriônicos para quem via de fora, mas ali dentro, me embrulhando em mim mesma, não havia canastrice alguma naquela dor insuportável que chega com suas malas de chumbo sem pedir licença para ficar.

Mas a gente não sabe de nada.

Eis que as portas do centro cirúrgico se abriram e meu pai apareceu coradinho, coradinho como quem volta da praia, vermelho como a melancia em pedacinhos miúdos que a Maria Juliana deu na boca dele dias depois lá no quarto do hospital, ele mastigando e triturando devagarinho, e devagarinho a gente andava dois passos e voltava um, e a boca dele suja de vermelho que agora não tinha gosto de ferrugem, mas sim de fruta doce com sementes que brotam vida. Agora, aos 30 anos, a Maria Juliana, que nunca tinha recebido sequer um beijo do meu pai, estava dando melancia na boca dele e ouviu, eu te amo, minha filha, e pela primeira vez na vida ela ouviu um eu te amo vindo dele, e pela primeira vez na vida ela ouviu meu pai chamá-la de minha filha. A Maria Juliana ficou segurando a colherinha com a melancia suspensa feito avião no ar enquanto, já balzaquiana, ganhava um pai que até aí nunca havia tido.

E então eu, minha mãe, a Maria Júlia e a Maria Juliana choramos. E a vida era tão simples.

A Maria Juliana sempre foi renegada pelo meu pai, é uma daquelas coisas sem entendimento que a cabeça inventa e o coração compra. Tudo se transformava em motivo para ele não gostar dela. Logo que nasceram, de antemão o tal do instinto materno fez minha mãe saber quem era uma e quem era a outra. Até no peso não havia discrepâncias: quatro quilos e trezentos igualmente divididos, dois quilos e cento e cinquenta gramas para cada uma, uma coisa assim assombrosa. A única diferença entre as duas reside nos poucos milímetros que separam suas pintas pretas dos narizes. Nomeei minhas irmãs encarando as pintas: a que tem a mais perto do nariz é a Maria Júlia, e a mais afastada é da Maria Juliana. Maria Júlia e Maria Juliana são alcunhas que certamente nasceram do meu sadismo enciumado, uma baita cafonice que já revelava o meu pendor pelo universo *kitsch*, não sei como minha mãe permitiu tal despautério. E foi com a Maria Juliana que meu pai logo implicou. Assim que as viu, ligou para a mãe dele dizendo:

– As gêmeas nasceram, mas a que nasceu por último é feia, muito feia.

Meu pai tentou e tentou, mas nunca conseguiu o filho que ele tanto queria, por isso seu desprezo pela Maria Juliana que, apesar de ter sido concebida na mesma oportunidade que a Maria Júlia, deu as caras por último e se consolidou para sempre como a esperança perdida. Agora, ali no hospital, quem sabe meu pai estivesse tentando apagar a falha trágica que carimbou na Maria Juliana para o resto da vida.

Após esse quase empacotamento, meu pai recebeu alta, o que não significava a vida alta em sua plenitude. E nós, comandadas pela minha mãe e pela Maria Júlia, elaboramos, segundo a segundo, o dia a dia da sua recuperação. Tudo para que meu pai angariasse as destrezas necessárias ao enfrentamento de mais uma batalha na mesa cirúrgica. Uma pequena rachadura poderia romper de vez a represa dentro do seu peito, e qualquer hora poderia ser a hora.

Mas meu pai era uma fênix diabética e cardíaca carregando seis *stents*, bicando papinhas e caldinhos sem açúcar e sem gordura, migalhando 27 comprimidos diários. E já no dia seguinte ao retorno à casa, minha mãe estava esquentando o café com leite do meu pai – e a gente ainda se assustava com aquilo, porque minha mãe nunca foi mulher do meu pai, moraram juntos 20 anos, mas meu pai não realizou o desejo da minha mãe de se casar de branco na igreja e no cartório, meu pai dizia batendo no peito:

– Prefiro levar um tiro no coração a ter que dividir ou vender meus papéis!

No entanto, depois de quase 15 anos sem falar com meu pai, minha mãe se divorciou de seu outro marido, o único de papel passado – um bêbado que não gostava de mim, mas ao menos não era pedófilo como seus namorados de antes –, e agora minha mãe estava fazendo as vezes de secretária e enfermeira do meu pai e deixou a caneca se espatifar quando foi surpreendida por ele de pé na cozinha com seu revólver imaginário fazendo Pá! E já no terceiro dia meu pai desdenhava com seu andar capenga da cadeira de rodas que eu e a Maria Júlia havíamos ficado horas escolhendo na loja da terceira e nada melhor idade, a cadeira de rodas com controle remoto, rolamentos e encosto ultra-acolchoado, e também o elevador de assento para o vaso sanitário e os suportes para banho e a poltrona "todo conforto total", e no quarto dia meu pai foi devagarinho com a Maria Júlia no cartório colocá-la como testamenteira dele – coisa que há dez anos ele dizia que ia fazer, porque morria de medo do testamenteiro atual, aquela ave de rapina que roubaria todos os seus papéis, e então quem ficaria responsável por isso seria a Maria Júlia, a sua filha confidente, a que tinha mais tino pra isso, porque eu, nem pensar, eu vivia no mundo da lua, e a Maria Juliana, coitada, a Maria Juliana nem se fala, e no quarto dia minha mãe se mudou para o prédio ao lado do meu pai, porque até então ela vivia sozinha na Miami carioca, que tem aquela estátua da liberdade, que é de mentira igual à liberdade da minha mãe, e todo dia ela pegava o ônibus do condomínio e ia ao encontro do meu pai e os dois se dirigiam ao centro da cidade, meu pai andando miudinho na sua velhice e se apoiando na magreza da minha mãe, fazendo com que ela afundasse no asfalto, e meu pai e minha mãe iam ao centro de ônibus e metrô porque meu pai não queria gastar dinheiro com táxi, e ele e minha mãe batiam ponto diariamente na corretora um, na corretora dois, na corretora três, e visitavam a gerente da conta do banco um, do banco dois, do banco três, e meu pai pedia empréstimo pra comprar mais papéis no banco um, no banco dois, no banco três, e minha mãe tentava dissuadi-lo no banco um, no banco dois, no banco três – mas minha mãe nunca conseguia fazer meu pai mudar de ideia, porque meu pai não passava um dia sem comprar papéis, comprava papéis até no hospital, executava ordens pelo celular enquanto as enfermeiras lacravam sua fralda geriátrica, e meu pai pegava os rendimentos dos papéis e comprava mais papéis e não os vendia nunca, meu pai tinha muitos papéis mas não tinha nada, morava de aluguel, comia papinha de banana e desdenhava, com sujeira no canto dos lábios, dessa sociedade estúpida que enaltece os estereótipos –, e depois do centro da cidade minha mãe e meu pai voltavam de ônibus e metrô até o apartamento dele, e minha mãe parava na padaria e comprava a quentinha de sete reais do meu pai e punha no micro-ondas enquanto ela se preparava pra correr seus ossos até o ponto de ônibus do condomínio – minha mãe dava passos céleres mesmo sem um terço do pulmão direito que ela tinha perdido por causa da Coisa, porque minha mãe, como ela gosta de dizer, é uma pau de arara, que é pau para toda obra – e meu pai reclamava que não gostava mais de ficar sozinho, mas desprezava minha mãe, você já é uma idosa, ora essa!, enquanto ele se olhava no espelho e fazia cara de galã e dizia que ia comer as menininhas que davam mole pra ele no banco, e pedia pra minha mãe pintar de preto suas sobrancelhas, mas a falsa juventude logo ia embora quando a incontinência fazia meu pai mijar nas calças, minha mãe morria de vergonha porque ele não deixava apenas o xixi vazar, meu pai tirava o pau pra fora e urinava no elevador, apontando o jato para o próprio reflexo e mandando à merda quem estava atrás da câmera, meu pai gostou mesmo das fotos dele novinho com braços fortes igualzinho ao James Dean que minha mãe pendurou na parede em frente à sua cama, porque a essa altura meu pai não podia mais dormir na rede como dormiu a vida inteira, e pra completar o novo quadro ainda tinha a Bete que virou sua acompanhante, e a Bete de agora já não era a Bete Bolete que tomava conta da gente na infância, minha mãe dizia que de moleca a Bete havia se tornado uma jararaca prestes a dar o bote, porque minha mãe pegou ela no flagra duas vezes mostrando a polpa da bunda para o meu pai, mas o pior de tudo é que meu pai cismou que estava apaixonado pela gerente da sua conta, a salafrária que ia uma vez por semana mostrar os peitos pra ele e levar uma grana, e meu pai queria porque queria colocar uma prótese no pau, certa vez a Maria Júlia pegou meu pai vendo diversos modelos em *Powerpoint*, e meu pai já tinha até comprado um vibrador rosa-choque pra usar com a gerente e, como a Maria Júlia sempre foi sua confidente, como ele gostava de dizer, ele contou a ela sobre sua nova paixão, mas a Maria Júlia disse que essa golpista queria apenas roubar o dinheiro dele, e então meu pai deserdou a Maria Júlia – só faltava isso pra ela e a Maria Juliana serem iguaizinhas em tudo – por causa dessa gerente que de tanto gozar com ele quase caiu da cama.

E um mês depois meu pai já estava de novo na mesa de operação para a última tentativa de conter o aneurisma em seu peito, os médicos dizendo mais uma vez que as chances de ele sobreviver eram de apenas vinte por cento, e então meu pai ficou com o coração exposto e a gente com o coração na boca.

E veio a alforria.

Porque meu pai era capaz de carregar elefantes com suas pernas bambas e uma cartomante tinha me dito que meu pai só morreria aos 90 e dali a duas semanas ele faria 82 – então teria mais oito anos pela frente, oito anos! Uhu! Uhu! Uhu!

Aí desonrei meu medo e assumi a passagem comprada antes daquele assombro todo e segui para Amsterdam, onde encontrei as duas melhores amigas da Maria Júlia e onde fumamos uma quantidade bizarra de *Amnesia Feelings* entre rondas inacabáveis de bicicleta e Van Gogh e Rembrandt e endorfina e canais que dispensavam as lágrimas e Anne Frank não, Anne Frank não, não tô a fim de enfrentar fila para visitar tragédia, e o

Rijks e o museu do sexo e a piroca gigante e os cadeados e mais cadeados trancando e destrancando as rodas das nossas bicicletas e do mundo, e a vida assim, tra-lá-lá, rompendo na marola pianinho pianinho.

Pedalando entre as tulipas amarelas, sentindo a brisa mole do sol, tampando muitas canecas de café com *wafers* redondos – assim como eu tampava dentro de mim o medo do futuro –, e caramelizando nossas línguas afiadas (porque as amigas da Maria Júlia também eram debochadas que só, mas antes eu não sabia disso pois implicava com anestesistas, achava todos sem contato com o mundo), eu acabei me tornando amiga das amigas da Maria Júlia. E nós três seguimos trocando sigilos e esturricando as panturrilhas e tragando *Silver Haze* ou *Black Widow* e depois eu as ultrapassava e me enclausurava em algum museu onde permanecia horas, e houve um dia em que tive um baita *clic*, não me lembro mais em qual museu, mas eu estava no salão de arte contemporânea quando dei de cara com uma instalação composta por uma grande estátua de uma bolota marrom e estatuazinhas de bolotinhas da mesma cor, mais pareciam a merda e suas merdinhas, e eis que minhas bonecas sem olhos entraram em queda na minha cabeça, e vi várias das minhas ideias enclausuradas farfalhando como imagens de um calendário no vendaval, e com o coração perdendo a solda do peito pressenti que, enquanto eu continuasse com medo de dar a cara a tapa, permaneceria na terra do nunca brincando de esconde--esconde sem conseguir terminar merda nenhuma. Só o que me faltava para concretizar as coisas era ser cara de pau. E então senti de novo o peso de mãos imaginárias, esculpidas em ferro, pairando sobre meus ombros sem descanso. E pensei no meu pai.

E me lembrei que no Brasil era dia dos pais e achei que fiz mal em cair na onda da minha analista que tinha me dito, vai viajar, se algo acontecer pode ser a qualquer hora, você não tem controle de nada, e blá blá blá, e aí eu dizia para mim mesma, tentando me acalmar, foda-se, meu pai detesta essas datas coletivas, eu e ele odiamos ano-novo, e então falei com meu pai por telefone e do outro lado da linha a voz fraquinha de eu te amo, minha filha, tenha cuidado, e eu fingindo estar em São Paulo para ele não saber que enquanto ele se recuperava eu espairecia com o seu dinheiro do outro lado do mundo. E de supetão me veio à cabeça meu pai tombando na cozinha durante a madrugada. Tinha acontecido duas vezes depois que ele recebeu alta e, por sorte, nas duas ocasiões não houve nada além da dor dos afluentes roxos e vermelhos que coloriram sua pele branca. A Maria Júlia vivia dizendo que a queda era a principal causa de morte na velhice. E nas duas vezes em que meu pai caiu e a Bete escutou a pancada e saiu correndo e o encontrou jogado no chão em frente à geladeira, nas duas vezes foi por causa do pudim *diet*. E meu pai, para não dar o braço molengo a torcer, dizia que havia caído porque a luz tinha acabado, e eu dizia, que estranho, eu moro do outro lado da rua e lá em casa não faltou luz.

Tudo isso se deu dentro de mim enquanto eu atravessava a merda e suas descendentes e mais uma vez constatava que a hercúlea simplicidade da vida está no ser sem pensar o que se é, o estar apenas, agora e passageiro. Mas se a gente fica estando e estando e estando do mesmo jeito, o estar vira o ser, e se o ser é igual o tempo inteiro, lascou-se. E devaneando sem perceber o lado de fora, fui "acordada" somente quando já estava na entrada da lojinha pelas amigas da Maria Júlia que acenavam com seus marcadores de livros com paisagens mortas.

Na volta para o hotel, depois de mais *pit stops* em *coffee shops*, eu estava tão chapada, mas tão chapada, tão amolecida em meus próprios gestos, num daqueles raros momentos de achar gostoso ser eu mesma, que meti na boca uma bala sem culpa, uma *toffee* recheada de chocolate cremoso dos bons, e fiquei sentindo o nham nham nas papilas gustativas e o caldinho derretendo na minha língua e quanta gostosura, deve ter licor nessa bala, acho que tem um durinho de cápsula de licor dentro dela, e mordi com força a guloseima e senti o dente batendo numa cratera, como um carro bate num poste, e cuspi imediatamente na mão e vi!

– Tem um dente na minha bala!
– Quê?
– Olha aqui.
– Que nojo!
– Eca! Tem um dente na minha bala! Que bizarro!

E corri até o balcão de entrada do hotel e bronqueei com o atendente já tão familiar de bochechas coradas e gorduras moles e tiradas instantâneas, *It's bizarre!* (e depois a Maria Juliana me disse que bizarro não é o adjetivo mais apropriado para este caso na língua inglesa), *There is a teeth in my candy!*, e falei assim mesmo, trocando o singular pelo plural, e repetia feito uma matraca, *There is a teeth in my candy!*, *There is a teeth in my candy!*, achando aquilo o fato mais extraordinário e nojento do universo, um dente alheio na minha bala, e o atendente ficou tão assombrado quanto eu e começou a olhar as letras miudinhas do papel celofane lilás procurando o contato da empresa fabricante, e então as amigas da Maria Júlia vieram correndo e mandaram eu passar a língua nos meus dentes e elas também estavam tão chapadas que enquanto eu passava a língua nos meus dentes elas me imitavam passando a língua em seus próprios dentes, e sim, eu estava com todos os meus dentes e que coisa esquisita, parecia aquela história do dedo encontrado na garrafa de Coca-Cola, e então eu continuei passando a língua e passando a língua e lá pela quinta percorrida molhada percebi um buraco ali atrás perto do céu da boca e senti meu siso e me toquei que a coroa do canal que eu tinha acabado de fazer não estava lá, e foi aí que eu disse, com cara de tacho:

– *Sorry, the teeth is mine.*

E gargalhamos e gargalhamos feito três patetas.

E então, porque estávamos num hotel simplesinho, mas com balas gostosas e camas que abarcavam nosso corpo inteiro, e logo mais abandonaríamos as noites bem dormidas para encontrar a Maria Júlia e a Maria

Juliana num *Airbnb* em Londres – e a Maria Júlia havia alugado o apartamento onde nós cinco nos hospedaríamos, e tínhamos acabado de ver as fotos e pressentimos que o lugar era hiperapertado –, ligamos para a Maria Júlia pedindo para ela tentar desfazer o acordo e recuperar a grana. Mas ela disse que não, que se quiséssemos dar opinião deveríamos ter dado quando ela pediu, que agora ela estava virada de um plantão de 64 horas e doida para tomar um "Zozô" – seu íntimo indutor de sono – e entrar no avião e pender a cabeça no pescoço e babar a noite toda para somente acordar na realeza do País de Gales, mas a amiga da Maria Júlia disse a ela que ela não ia acordar em palacete nenhum, pelo contrário, ela ia sim ter que dormir no breu de uma pocilga apertada e de cama dura no subsolo londrino, e que dessa vez ela não poderia dar um jeitinho como havia feito no Caminho de Santiago quando, já exaurida, pegou um táxi para completar sua rota de pseudoperegrina, e ainda assim ganhou uma medalha enquanto salpicava água termal em seu rosto.

Mas foi a amiga da Maria Júlia quem acabou dizendo isso tudo para a gente, porque a Maria Júlia já tinha desligado o telefone.

O fato é que eu fiquei com muita raiva e disse que a Maria Júlia era uma grande egoísta que não desviava do rumo dela para nada, e aí as amigas da Maria Júlia sentiram a coceira da minha lábia (e quanto mais você coça, mais a coceira coça) e começaram a contar todos os casos em que a Maria Júlia tinha se deixado transbordar em excessos, e continuamos falando tão mal, mas tão mal da minha irmã, que eu já achava que era mais amiga das amigas dela do que ela própria, e assim que a Maria Júlia aterrissou veio logo contando que dois Zozôs não conseguiram fazê-la dormir, e quando a vi quase 88 horas virada depois de tanta turbulência na família me senti uma irmã bastarda e instaurei meu processo de culpa e fiquei dizendo bem feito para mim mesma, bem feito, é por isso que você nasceu sozinha, é por isso que não se sente parte de nenhum todo, porque fica julgando geral, porque sabe que tudo que você vê nos outros tem aí dentro, você é uma umbiguenta da porra e não consegue conter a flatulência da boca, usa com os outros essa mesma voz com que julga a si mesma e é por isso que tudo dá errado e vai continuar dando errado na sua vida.

E a viagem já não seria tão gostosa quanto antes.

Logo na entrada do apartamento miúdo no *underground* londrino, num ataque de ira, lancei escada abaixo a mala que o Moacir tinha me dado para fingir que não sentia ciúme das minhas viagens. O Moacir sempre se recusava a me acompanhar, dizia que não podia estar longe porque a qualquer momento receberia a ligação de alguma produtora de elenco com o convite para interpretar mais um personagem bíblico na próxima novela, e o Moacir dizia, vai se divertir, você é jovem e inteligente e maluca e gostosa e não tem nada a ver com essa minha vida difícil de tourear, o Moacir adorava esse verbo, tourear, e na verdade o Moacir queria mesmo é que eu ficasse ao lado dele esperando o telefone tocar, mas eu não ficava, eu ia viajar, e depois o Moacir olhava as fotos e cismava com alguém que aparecia nelas e inventava amantes para justificar seus ataques de ciúme, e certa vez, depois de uma dessas crises, ele me pediu desculpas e me deu a tal mala de presente, a mala cujas rodas, sintomaticamente, eu quebrei na descida para o subsolo.

Depois, fiquei puta porque, assim que a Maria Juliana chegou do Brasil junto com a Maria Júlia, as duas se uniram às amigas da Maria Júlia e me colocaram para dormir no sofá rachado no meio da sala enquanto elas dividiam camas não tão mais confortáveis nos quartos pequeninos, porque elas sim sabiam viver no coletivo. E quando comprei maconha em Camden Town e acendi um baseado no subsolo fui chamada de marginal para baixo e quase expulsa, e foi aí que cansei de implodir e desembestei minha língua destrancando todos os vernáculos, disse que elas eram umas cretinas, que todas usavam algum tipo de droga, fosse álcool ou pílulas para dormir, e disse que as amigas da Maria Júlia tinham dois pesos e duas medidas porque em Amsterdam até fumavam maconha comigo no quarto, e comecei a dar todas as unhas afiadas às palavras, disse que eram umas superficialoides que não conseguiam ficar mais de vinte minutos num museu e só pensavam em compras e blusinhas de oncinha e conheciam tudo sobre as doenças, mas não sabiam nada sobre as pessoas que têm as doenças, e para completar chamei a Maria Júlia de egoísta e disse que as amigas dela também a achavam

egoísta, e então foi aquele clima horroroso de lua-de-
-mel interrompida.

No dia seguinte, estendeu-se aquele fio tenso entre meus olhos calados e os falantes olhos delas. E eu fiquei ali, engomando desprazerosamente todas as sílabas que havia posto para fora.

Foi como se eu tivesse virado uma instalação ignorada no meio daquela república de calcinhas e sobretudos. Elas se esbaldavam programando o dia que passariam comprando roupas de grife na Oxford Circus e pechinchando na Harrods, e mesmo que meus tímpanos pinicassem ao escutar aquilo eu engolia no ar frio lá de fora, com café solúvel e cigarros, minha culpa e autocomiseração. Eu, que até então estava sendo parte do todo, voltei ao costume de ser à parte. Todo o resto – o *fog* londrino, a alegria da vida após a quase morte do meu pai, o Tate Modern e o *Rei Lear* que eu iria assistir mais uma vez (porque a insanidade da velhice nunca para de me impressionar, no fundo eu já nasci velha) – todo o resto virou puro aparte. E foi assim que retornei à guinada das indecisões, perdida entre a solidão que não abastece e o coletivo que não satisfaz.

Após as quatro passarem desviando de mim rumo à escada de saída, resolvi empacotar meu infortúnio e fui correr no Hyde Park.

Larguei as pisadas. Comecei o trote lento, calcanhar, arco, peito, ponta, mas logo abreviei o aquecimento e acelerei para arco, peito, ponta, arco, peito, ponta, e assim, pisando na dianteira e esquecendo a traseira que segura, eu adentrava a névoa encarando o verde dos Jardins de Kensington, arco, peito, ponta, arco, peito, ponta, eu descia desvendando o memorial da princesa Diana enquanto pensava na memória que eu seria de ninguém, arco, peito, ponta, eu queria ser aquele cisne branco que desliza soberano e pacato no meio em que vive, arco, peito, ponta, eu me dissolvia alimentando a vida que cisma em negritar as negativas, sete quilômetros, minhas pernas recortavam o ar frio feito tesoura quente, por mais alto que eu pule sou uma pessoa pesada, peito, ponta, tombo para frente pensando no ponto de partida estacionado lá atrás, o ponto que contém o tanto que vivi dentro e o nada fora, quatorze quilômetros, a liberdade não pode ser maior que o espaço entre as pernas, peito, ponta, sonhei que paria pelo ânus ovos de pererecas, as pererecas se proliferavam e proliferavam e entupiam o quadro da minha cabeça, ponta, ponta, tenho que pintar para ordenar o caos, ponta, ponta, não dou conta de nenhum rabisco, só respingos do que poderia ser mas não será porque não está sendo, ponta, o Moacir dizia que era muito sintomático eu gostar de pedalar em bicicletas sem rodas, ponta, meu pai deu duro e eu sou uma falácia, ponta, o Moacir dizia que eu era uma Ferrari que anda com motor de Fusca, foda-se o Moacir!, manipulador emocional!, nem quando meu pai estava quase morrendo, ponta, e os fiapos dele, ponta, continuam feito pelos de gato na minha roupa, ponta, reduzi, ponta, desacelerei, arf, arf, parei.

21 quilômetros. Uma meia maratona em voltas pelo Hyde Park tentando correr de mim mesma.

Ao retornar para o subsolo, entrei no boxe minúsculo e, incapaz de equilibrar as torneiras quente e fria do chuveiro, deixei que a água ardesse na minha pele. Em meio à fumaça, pensei de novo nas pererecas e lembrei que elas adaptam sua temperatura à do ambiente. Quanto a mim, permanecia à mercê dos termômetros de fora. Então, devidamente empacotada, sentei com meu estojo de aquarela na mesa da cozinha e fiquei ali, vendo através das tintas. Quando arrisquei, saíram só borrões. Aí lembrei que a merda é a primeira criação humana.

Peguei o papel lambrecado e resolvi dobrá-lo ao meio e depois desdobrei, mas logo dobrei de novo duas vezes e desdobrei uma e outra vez e dobrei de novo e saí dobrando e desdobrando e, quando elas chegaram com suas alegrias ensacoladas, entreguei-lhes, junto com meus pedidos transparentes de desculpas, o origami de coração borrado.

E tudo voltou à sensatez das coisas não ditas. Parecia que estávamos antevendo o quanto seríamos agradecidas por formarmos um triângulo isósceles no qual, apesar de necessária, eu era o vértice mais distante. Assim, nossos últimos dias na Paddington Street foram como um início de namoro, quando as idiossincrasias servem apenas para graça e cuti-cuti. Nunca me esqueço do Moacir dizendo que, lá atrás, logo após aquele beijo interminável na encruzilhada (e o começo numa encruzilhada não pode ser flor que se cheire), eu adorava quando preenchíamos as noites blablaseando, enchendo a cara de uísque, fumando maconha, matando maços de Marlborão (ele) e Marlborinho (eu), comendo pão no bafo e trepando como se fôssemos o afogado se agarrando ao salva-vidas. Os dois afogados. E os dois salva-vidas. O Moacir dizia que tínhamos que aproveitar, que aquilo que nos tomava era como o cometa Halley, só acontecia uma vez na vida.

Depois, tudo que o Moacir dizia e toda a nossa comunhão passaram a vestir a roupa do hábito, e a hóstia antes sagrada começou a me causar uma repulsa semelhante àquela de quem comeu um pote inteiro de sorvete e está na última colher. Porque o Moacir era feito boi empacado impedindo quaisquer planos que escapassem do seu curral, o Moacir tinha ciúme até do barulho do micro-ondas, me acusava de tudo quando eu não havia feito nada, então o pão no bafo foi ganhando glúten, a coreografia da foda perdendo a graça, e o amor, apesar de ainda amor, cerrou os olhos na passagem do cometa. Naquele estágio que não deveria mais ser estágio nenhum, viramos personagens fixos sem nenhuma chance de escapatória. O Moacir tornou-se eternamente ciumento. Eu, para sempre descompensada.

Mas o fato é que, no meio do subsolo londrino, os rótulos se impuseram novamente. Fui de novo englobada pelo conjunto e tudo o que eu fazia era transformado num aposto taxativo. Eu tive medo de a janela cair e cortar nosso pescoço e virei a Paranoica. Bati com a cabeça na porta de vidro do *pub*, escovei os dentes com

Hipoglós, deixei o passaporte cair da London Eye e virei a Sequelada. E então, porque quanto mais dizem que você é algo mais você começa a crer que é, virei massa de modelar pronta para entupir a boca alheia, pois só desse jeito eu era capaz de ter alguma forma.

E aí, a Maria Júlia veio dizer que todo o meu desligamento era provocado pela maconha e eu disse que não, que eu tinha o olhar perdido desde criança, bastava olhar minhas fotos de infância, mas ela insistiu que a maconha piorava meu avoamento e que a Fluoxetina não estava fazendo efeito porque eu vivia pensando em tragédia e mais tragédia e eu tinha que voltar na psiquiatra e tomar Ritalina porque eu era igual criança hiperativa que não se concentra em nada, que eu era adulta e tinha que saber tomar conta de mim, e eu disse que o que ela achava que era tomar conta não era o que eu achava que era tomar conta, e ela repetia que não ia fazer o que o meu pai falava, que quando ele partisse ela não ia tomar conta de mim, e eu disse que não precisava, que isso era coisa da cabeça superprotetora do meu pai, mas a Maria Júlia com aquela postura de médica arrogante disse que não era não, que eu não sabia mesmo tomar conta de nada nem da minha vida nem da minha gata e que ela tinha certeza de que a psiquiatra iria me receitar a Ritalina, a Ritalina que me deixaria mais focada e mais produtiva, a Ritalina que iria me transformar em outra pessoa e ia ser muito bom e muito lindo tomar Ritalina, e então logo que voltamos para o Brasil eu retornei à psiquiatra e ela disse que eu era caótica, mas não perdida e que o problema era que eu pensava muito e pensava rápido demais e era viciada em pensar merda e no fundo se esses médicos fossem competentes mesmo eles não deveriam me dar ansiolíticos e antidepressivos, eles deveriam me receitar remédios para parar de pensar merda, mas a medicina ainda não inventou remédios para parar de pensar merda, e então a psiquiatra disse que nada de Ritalina, que Ritalina só iria me deixar mais pilhada e paranoica ainda, que eu deveria mesmo era tomar Bupropiona, que eu deveria jogar no lixo a Fluoxetina que me acompanhava há 15 anos – eu sou a prova viva de que o Prozac não é a pílula da felicidade – e virar amiga da Bup, que a Bup ia me dar uma acalmada e que ainda ia me ajudar a parar de fumar e ia me fazer respirar sem comer o ar e eu já estava ficando íntima da Bup, a Bup que ia me ajudar a ver que estava tudo certo, e então logo depois da psiquiatra fui visitar meu pai e encontrei ele fraquinho com aquele sono todo e deitei no seu peito e o apertei com força e ele disse, ora bolas, minha filha, assim você vai quebrar meus ossos e eu vou ficar lascado, e no dia seguinte a minha mãe armou um almoço para todas as filhas e meu pai na casa nova dela que ficava bem ao lado da dele e pela primeira vez meu pai saiu de casa desde que ele havia saído do hospital, e quando meu pai chegou trazido pela Maria Júlia e pela Maria Juliana ele me viu e me deu aquele abração juntando todas as forças que ele não tinha mais e me apertou daquele jeito de eu te amo, minha menina, minha criança, e eu coloquei um pedaço de frango no prato do meu pai

e cortei em pedacinhos pequeninos e quis colocar alface
e minha mãe disse que não, que alface não, que alface
poderia grudar na dentadura dele, e eu desatenta não
estava nem aí para isso e me senti culpada por não pensar na debilidade dos seus dentes, e logo depois do almoço a Maria Juliana colocou um DVD do Roberto Carlos para o meu pai assistir e pela primeira vez ele e a
Maria Juliana tinham uma tarde de pai e filha e meu pai
ficou com aquele olhar perdido meio bobo vendo o Roberto Carlos e comendo o pudim *diet* e eu deitei no ombro dele e ele sacudiu a cabeça ouvindo aquela música
que foi tema da minha peça com o Moacir, "quero me
casar contigo, não me abandones, tenha compaixão, a
coisa que eu tenho mais medo na vida, é saber que um
dia, posso perder teu coração", e é muito louco como a
vida pode ser tão clichê porque além de tudo eu dei ao
meu pai a lupa gigante que tinha trazido de presente de
Londres, mas sem falar que era de Londres, eu dei ao
meu pai a maior lupa de sua coleção, maior que todas
aquelas lupas imensas que ele usava para ler as letras
miúdas dos cadernos de economia, eu dei ao meu pai a
maior lupa de todas sem saber que dali a pouco meus
olhos também seriam outros, e depois fui embora antes
de todo mundo porque em vez de ficar ali eu queria fazer
as coisas que eu tinha inventado que tinha que fazer
para dar um jeito na minha vida e honrar o meu pai e
então eu dei um abraço de tchau nele e meu pai disse vá
inventar algo, minha filha, vá que é para isso que te dou
mesada, e aí fui embora prometendo a mim mesma que

tiraria do branco aquela tela prostrada no meio da minha sala, porque eu tinha que deixar de ser um desperdício integral, senão chegaria o dia furtivo em que eu acordaria na idade do meu pai e perceberia que de tanto passar o tempo divagando eu fui passada pelo tempo, e quando cheguei em casa me postei diante da tela e ela me encarando e eu nada e a tela esgarçando a impureza do branco e eu fumando um cigarro atrás do outro na sua frente e aí o Ernesto mandou uma mensagem dizendo que estava doido para me ver e eu tinha dispensado o Ernesto desde que eu havia voltado de viagem e tadinho do Ernesto, ele tinha até me levado ao aeroporto quando eu parti, o Moacir nunca fazia esse tipo de coisa, e o Ernesto era supersarado e fazia desenhos incríveis com caneta Bic e não ficava chafurdando na merda feito eu, e como assim eu ainda conseguia pensar no velho barrigudo umbiguento do Moacir?, e o Ernesto insistiu e então eu disse que sim mas eu não tinha vontade de transar com ele, só de olhar para ele, não era igual ao Moacir que só de encostar eu já virava Mamãe Oxum na cachoeira, eu só ficava a fim de transar com o Ernesto quando ele apalpava a minha bunda pequena como se fosse uma almofada gostosa de amassar e depois sussurrava no meu ouvido que adorava quando eu expulsava o pau dele de dentro de mim, e aí o Ernesto me chupava feito picolé até encontrar o palito e no fim eu acabava gostando de transar com ele e então ele foi lá para casa e a gente transou daquele jeito assim assado frito e depois eu lembrei que ele me irritava pacas com sua obsessão por pintar caralhos em tinta dourada, parecia adolescente fazendo aquelas piadas idiotas sobre pau pau pau, aquelas piadas que ele ria sozinho de se espatifar colocando a mão na frente da boca para cobrir seus caninos encavalados, e o Ernesto mal sabia que eu achava supercharmosa aquela vergonha boba dele, e também fui muito boba em terminar com o Ernesto porque talvez se eu tivesse continuado com ele não precisasse colocar meus óvulos em *freezers*, mas o Ernesto adorava o filme do urso Ted, achava muita graça do filme do urso Ted, esperava ansioso pelo lançamento do filme do urso Ted parte 2, e o Ernesto era um moleque bobo mas todos os homens são moleques bobos, e então eu me cansei e fui dormir e o Ernesto foi junto e colocou o pé dele encostado no meu porque eu sempre gostei de pé com pé e dormimos até às 4h57 da manhã quando meu celular tocou e eu já sabia e olhei a tela e vi que era a minha mãe e de algum jeito eu não me desesperei e ela disse, seu pai está passando muito mal, e ainda completou, cuidado quando atravessar a rua, e eu corri e o Ernesto querendo achar o cinto para prender a calça dele que estava caindo e eu disse dane-se a sua calça e saí em disparada e ele veio atrás mas não conseguiu me alcançar e corre corre corredora e foram tantas as vezes que atravessei aquela rua pensando que seria eu que algum dia seria a primeira a chegar para o fim e eu de pijama atravessando a rua e o Cristo de verde esperança lá em cima e o sinal amarelo piscando atenção e a ambulância na porta do prédio e a tensão e o elevador sem chegar e se eu for de escada não vai ser mais rápido e o elevador chega e aperto o oito que é o infinito, mas também é o fim e a eternidade daquela cápsula de sobe e desce danado, e então o corredor do oitavo andar e a porta do apartamento do meu pai aberta e a minha mãe e a Maria Juliana e a Bete chorando na sala e eu virei no corredor para o quarto e vi a bacia cheia de sangue até a boca, dei de cara com a bacia cheia de sangue e os paramédicos em cima do meu pai no chão e meu pai com a camisa branca e o sangue na boca e no peito e os olhos abertos sem ver e quem sabe ele estaria vendo e eu paizão, paizão, eu tô aqui e a Maria Júlia chegou logo depois e a Maria Júlia que sofre de Síndrome de Sjögren, que é uma doença autoimune que faz a pessoa ter dificuldade para produzir secreções, a Maria Júlia que era seca ficou com os olhos em tromba d'água e eu entrei embaixo das pernas de um dos médicos e coloquei a minha mão no ombro do meu pai e pai, pai, eu tô aqui, eu te amo, pai e a adrenalina e mais adrenalina e a cada choque o corpo do meu pai tremia e os olhos abertos sem ver e quem sabe ele estaria vendo e sai daqui! sai daqui para não atrapalhar nosso trabalho! e eu tive que sair, mas eu saía e voltava saía e voltava e pai, pai e lá da sala a gente ouvia a adrenalina e a Maria Júlia falava se engasgando que a conduta era tentar por cinco minutos e mais aquele apito de pressão e mais adrenalina e mais aquele apito de pressão e mais e mais adrenalina e um paramédico perguntou que horas são e quando se pergunta a hora é porque a hora chegou.

## II.
## Cata-vento de hélices tortas

E agora estamos nós três aqui, nesta rodovia sem trégua, e entre um quilômetro e outro cabe uma infinidade de distâncias, entre um quilômetro e outro os percalços construídos cruelmente ao longo das ausências, entre um quilômetro e outro a suspensão inefável, entre um quilômetro e outro, ainda que não nomeadas, as coisas existem.

A morte é assim, um entre sem medida.

Meu pai pariu muitos cifrões, mas era angustiado que só. A gente pode aprender a conviver com a tristeza, mas passar mesmo, ela não passa. O dinheiro compra tudo e, no entanto, não resolve porra nenhuma, ainda mais o dinheiro que não fui eu que conquistei, os papéis surgidos em ventania pela genialidade do meu pai. Meu pai que perdeu o pai aos 13 anos de idade na Ilha do Amor e desceu o país sozinho carregando uma mala e calçando um sapato que era do meu avô, um sapato muito maior que seu pé, e o sapato tinha um pequeno chumaço de cruzeiros nas pontas, as cedulazinhas que deveriam impedi-lo de ficar descalço, meu pai que estudou veterinária porque gostava dos bichos, mas não aguentava vê-los doentes, meu pai que um dia caminhando pelo centro da cidade inventou de entrar num pregão da recém-criada Bolsa de Valores e começou a investir seu salariozinho em papéis e ficou anos usando o mesmo chinelo e lia todos os cadernos de economia e lotava nossa sala até o teto com um monte de jornais que ele não jogava fora nunca, meu pai que virou uma águia financeira, mas se escondia no mato e na água da piscina demasiadamente clorada e pegava ônibus todos os dias e jamais saiu do país e morou com minha mãe durante 20 anos, mas nunca se casou com ela para não ter que dividir os papéis.

Meu pai tinha muito medo. Minha mãe é que sempre foi corajosa. Minha mãe que aos 17 anos saiu da terra seca com vinte quilos de goma de mandioca nas costas, minha mãe que vive escapando de si mesma fazendo coisas, resolvendo coisas, criando coisas para serem resolvidas e solucionando coisas para os outros, e aí vem o câncer que nasce das coisas nunca ditas, das coisas amortizadas, dos entupimentos não necessários. Eu posso ligar para a minha mãe a qualquer hora do dia que certamente ela vai me escutar enquanto lava a louça, seca a pia, varre a casa, costura a roupa, marca exames, faz ponto cruz, fala no outro telefone com alguma empresa que fez merda ou risca qualquer tarefa da sua lista diária de pendências, minha mãe nunca largou o caderninho das funções tatibitate do dia a dia, e no meio da falta de contato consigo mesma ela vai me ouvir enquanto fala ahã, ahã, ahã, e me dá um conselho prático no final da ligação, do tipo, você precisa ocupar seu tempo.

Para ela, tudo é uma questão de preencher quadrados vazios de jogo da velha com círculos ou xis. Por isso minha mãe já está lá, na velha casa, etiquetando tudo. Dela, recebi a vigilância desgraçada com o corpo, mas não a coragem. Já minhas irmãs são brancas como meu pai, mas tatibitates feito minha mãe, usam agulhas para perfurar os plantões da existência. Eu com meu pai era entendimento sem abrigo porque a falta dele também era muito grande. Até que. Pá! O peito onde eu pesava minha cabeça em conforto guardava dentro de si a pressão de uma reserva prestes a se romper.

Às vezes, para aplacar os solavancos da cabeça, só mesmo com o Olcadil. Foi o caso de ontem quando, dormindo acordada, não acordei. Eu tentava tirar as mãos debaixo do travesseiro, mas não conseguia, elas estavam duras e eu também não tinha coragem porque mesmo sem ver eu já sabia, precisava encarar sem ver, mas puxei as mãos e vi. A falta. O indicador e o polegar com as pontas decepadas. Sem sangue. Sem dor. Eu ainda os sentia inteiros, mas as falanges haviam desaparecido, e mesmo que sonhasse eu era capaz de deduzir os sintomas daquilo tudo, porque eu tinha perdido a ponta do dedo que aponta e a ponta do dedo que para mim aponta, as falanges dos dedos que seguram a tesoura, que manipulam o arame, que adestram o pincel, que se metem na argila, as digitais que se vão, as pontas dos dedos por mim desperdiçadas que, àquela altura, deslizavam no chão branco da cozinha como esquis na neve. Acordei pinotando do travesseiro. Senti os dedos, peguei os dedos, vi os dedos, mexi os dedos e chorei.

Certa vez, um Hare Krishna me disse que os pesadelos são pílulas do inferno. Então devo ser um demônio que tem bastante apreço por seu habitat, porque os dedos não cansam de fugir de mim. Oscilo entre uma ferramenta aqui e um material acolá que vão se acumulando na minha longa fila de indecisões, e diante da profusão de paisagens só me resta esculpir meu rosto de desespero. Mas nem isso consigo, porque o gesso craquela na minha mão e a argila me dá alergia, e aí sigo parada no acostamento enquanto entoo meu mantra de crime e castigo: "divago tanto porque nada faço, ou nada faço porque divago tanto?"

Passo o tempo pensando se eu deveria fazer uma performance interminável em homenagem ao meu pai no meu ateliê de obras inacabadas, passo o tempo imaginando uma moldura para o rolo de barbante ou a tela em branco, passo o tempo querendo afundar o barro com meus seios crescidos tardiamente, passo o tempo desejando captar digitais de toda a gente em baldes de resina, passo o tempo cogitando expor falanges decepadas e não passíveis de costura – quem sabe a Maria Júlia não tem acesso a coisas desse tipo nos hospitais? –, passo o tempo inventando coisas mórbidas feito um Farnese de saias, passo o tempo fingindo que através delas posso aniquilar a probabilidade da coisa em si acontecer, passo o tempo recordando que décadas antes do bigode de Duchamp, um tal de Bataille já havia metido um cachimbo na boca da mesma Mona Lisa, passo o tempo cheia de referências sem nenhuma consumação, passo o tempo regredindo ao peito da minha mãe vaca leiteira, passo o tempo lembrando que tomei muito do leite produzido para a Maria Júlia e a Maria Juliana, passo o tempo pensando na performance da idosa que dá de mamar enquanto também mama, passo o tempo imaginando possíveis trepadas, passo o tempo recusando trepadas reais que não têm graça, passo o tempo cogitando colocar meus óvulos em *freezers*, passo o tempo com tantos excessos que só exponenciam dúvidas e mais dúvidas, passo o tempo ansiando abandonar a janela e invadir esse imenso passatempo.

Mas é o tempo que me passa, como se o calor do ferro me afronhasse para dentro.

E permaneço feito esta placa com a seta apontando Siga, só que, ao contrário dela, sou erguida por indagações. Ficamos à margem da rodovia enquanto dia a dia, minuto a minuto, instante a instante, enferrujamos cada vez mais até oxidarmos por completo.

Engraçado é que no pesadelo com os dedos não teve sangue. O sangue é escondido, só aparece na ameaça, ele não dá as caras à toa. Se eu tivesse a habilidade de me apropriar do meu inconsciente usando tinta a óleo, roubaria pinturas aterrorizantes dos meus sonhos. E se o inferno for coletivo como Jung diz ser o inconsciente, eu ofereceria àqueles que porventura serão privados do paraíso alguma espécie de reconhecimento de terreno. Mas Füssli já fez isso em mil setecentos e blaus com os demônios sedutores do seu *Pesadelo* de força hipnótica, e a mim não cabe mais nada além de oscilar feito um cata-vento de hélices tortas.

As paisagens VIADUTO DOS CABRITOS passam velozes lá fora e aqui dentro, CASA DE FOGOS, RIO GUANDU como os pontos de grafite no asfalto que tanto mais rápido correm quanto maior é a distância percorrida CEDAE, KM-51, BALÃO NO CÉU, TROUXA NA CABEÇA parecem *zooms* descontrolados que assaltam os olhos de um suicida em queda livre

MOTEL

VENDEDOR DE BANANAS

URUBU

MACACO NA PISTA

PARDAL

GIULIETA MASSINA

E eu tenho cada vez mais certeza que o sacolejo do carro vai me colocar para dormir, porque acabo sempre dormindo para descansar, mas não descanso nada.

\* \* \*

– O matagal do MJ, o matagal do MJ!

Acordo com os gritos de alvoroço delas duas. Lá fora, feito paliativo da natureza, a extensão da plantação de eucalipto atenua a vista pois seus quase três quilômetros em alta velocidade permitem que o enquadramento da janela não se altere. Sincronizadas, a Maria Júlia e a Maria Juliana abrem os vidros e o ar quente aliado ao odor do eucalipto transforma o carro literalmente em uma sauna. Elas largam um sorriso com dentes de comercial de pasta, mas apenas a fileira superior se revela em suas bocas de queixos comportados. Já eu, quando rio, ultrapasso as orelhas. Minhas irmãs estão abobalhadas assim porque foi bem ali, numa clareira em meio à plantação, onde elas, fugindo precocemente de casa a bordo de suas bicicletas de rodinhas, hastearam uma bandeira com as iniciais de seus nomes. Quase 20 anos se passaram e a bandeira permanece ali, dançando ao sabor do vento, soberana no mastro que fincou em terra firme o orgulho inabalável de suas perfeições siamesas.

E elas riem e falam sobre renascimentos piscando os cílios feito borboletas negras em voo sincronizado, falam com seus gestos serpenteantes sobre o futuro remexido no passado desta estrada, falam sobre o centro holístico que abrirão em dupla após o testamento, falam rebolando seus narizes de nádegas diminutas, falam sobre suas descobertas curativas e a expansão da consciência e barras de acesso e *Reiki* e *ThetaHealing* e rituais xamânicos que desligam os carmas, falam de plantas que curam e falam mal da minha maconha, falam coisas clichês que me irritam, do tipo, a gente tem que vibrar no amor e não no medo, falam que vou me acalmar quando a dose extra da Bup fizer efeito, falam que minhas tentativas de criação não servem para nada, que preciso medir o tempo pelos ponteiros, que devo fazer algo que contribua para a humanidade, falam e falam e falam em modo *forward*, superando a velocidade dos pontos de grafite do asfalto. Enquanto isso, rebobino sem parar.

Às vezes acho que o volante da vida é o retrovisor. Foi assim desde sempre. Elas na frente, eu aqui no banco de trás. Nós todas neste asfalto destruído, esturricado pela vela de deus que incendeia o céu. Mas não fazia sol quando minhas irmãs chegaram ao mundo. Já era noite. A noite da minha primeira lembrança, justamente nesta estrada que chega e sai da nossa antiga casa. De certa maneira, se não me recordo de nada antes, é como se eu só tivesse começado a existir junto com elas. Minha mãe e o aguaceiro. Minha mãe dirigindo sozinha enquanto conduzia nós todas – minhas irmãs dentro, eu fora – até o hospital. Minha mãe acelerando a vida com sua barriga de Pogobol gigante e eu comendo ar encolhidinha aqui atrás, morrendo de medo que fôssemos afogadas pela torrente de líquido que saía de dentro dela. Sete anos depois de mim minhas irmãs chegaram. De sete em sete anos viro outra. De sete em sete anos eu queria ter pintado mais o sete.

Lá no alto do morro que parece pender sobre a estrada, entre as árvores do fundo da paisagem, acena a torre azul da nossa escola do jardim de infância, nossa escola onde minha mãe aparecia frenética ao meio-dia rodopiando sua saia cigana, encantando todos os pais e enciumando as outras mães, nossa escola onde os meninos jogavam besouros dentro do meu uniforme e me chamavam de Maria Sapatão por causa do tênis enorme que minha mãe havia trazido do Uruguai, nossa escola onde meu pai vinha, depois de separado da minha mãe, nos deixar com seu fusca branco – vulgo Jabuti – e chorava e se tremia todo quando descíamos do carro, a escola onde obtivemos as melhores notas, onde desamarraram meu biquíni rosa, onde me deixaram de peitinhos de fora, onde me sacanearam cantando a melô da Pantera Cor-de-Rosa, onde o *bullying* entre crianças não era crime, onde a cerca não era uma barreira. Lá longe, na ladeira da memória, o parquinho da escola.

Naquela gangorra, sentada no ferro da solidão de quem não era convocada nem para o time de queimada, eu senti pela primeira vez o murmúrio do cano enferrujado correndo entre as minhas pernas. Ali, subindo e descendo sem par, enquanto desvendava a copa das árvores, descobri que só no gozo o mundo se dilata para o agora.

– Auuuuu! Auuuuu!! Auuuuu!

Como que regidas por um maestro, as duas começam a uivar. Estamos invadindo a floresta e os galhos das árvores ainda não afligidas pela urbanização descontrolada cismam em estapear minhas lembranças. Aqui na selva eu era o lobo mau e, mesquinha no controle da imaginação alheia, atemorizava garotinhos e garotinhas com minhas mãos calçadas em luvas peludas e meus berros danados. Você era uma criança muito má, a Maria Júlia e a Maria Juliana não cansam de repetir. Agora, aos quase 40, eu recebo os meus pecados.

Nesta rodovia de muitos veículos e bastantes poréns, no quilômetro 46 da autopista, meu coração já palpita as próximas distâncias. Sei que no 47, após as ruas em formato de elipse, começará o desnorteio da minha bússola. Antigamente, ali na Elipse Alta morava a Jackie e eu queria ser igual à Jackie, pois a Jackie era americana e eu achava Estados Unidos um nome muito bonito, e a Jackie colocava as *Barbies* para montar em minipôneis e escutava Pink Floyd e comia bolo embebido no leite e depois chupava languidamente o dedão. E a Jackie cortava os pelos pubianos recém-florestados e deixava ao lado da TV para seu irmão saborear a puberdade. E o irmão da Jackie usava aparelho ortopédico para abrir as pernas e brincava de arremessar gomos de tangerina da sua boca para a boca dos outros. A Jackie e o irmão da Jackie comendo bife malpassado, a Jackie e o irmão da Jackie sempre felizes. Se vocês fossem iguais aos filhos da Elvira, eles ficam alegres só em ver o pôr do sol, minha mãe costumava dizer. Para mim, o entardecer é a hora mais triste do dia, porque sempre exige novos começos.

Pouso a cabeça contra o trepidar da janela de vidro como que auscultando meu próprio bate-estaca ermitão. Lembro direitinho de quando eu deitava de bruços na rede do meu pai e fechava os olhos e via o redemoinho de areia girando e girando na minha cabeça, e aí eu tornava a abrir os olhos e a fechá-los novamente e o redemoinho continuava dando voltas e mais voltas e não acabava nunca. E foi então que percebi que a gente passa e a vida fica.

Quando alcançamos a igreja com a cruz torta da minha educação católica, mas sem fé, nós três juntas fizemos em nome do Pai, do Filho e do Espírito Santo, e seguimos percorrendo a Elipse Alta e a Elipse Baixa e seus caminhos de terra batida beirada por casas do mesmo formato e mesmo tamanho, encaixadas como as peças de um Lego sem variedade de tipos, todas enaltecidas por varandas com portas de vidro que espelhavam a rotina regrada da minha infância. Aqui, reinava o bicho-da-seda. Terra da sericicultura, era o que diziam. Eu nunca vi nenhum bicho-da-seda passar e, apesar das solas grossas de quem correu descalça por matos e asfaltos, tenho bolhas friccionando o pavimento, tenho pés longos e estreitos, tenho dedos finos e unhas encravadas, tenho os pés do meu pai. Logo, derrapo.

Retornar a essa casa junto ao meu pai era um futuro próximo que de tanto ser adiado virou hipótese fantasiosa. "E se tivéssemos..." é sempre um chamariz para a melancolia. Também se tornou destino riscado o plano de irmos juntos para a sua terra natal. As passagens, de tão postergadas, só não perderam a validade porque foram usadas para fins póstumos. Desde a nossa infância, apenas a Maria Júlia tinha ido com meu pai para a Ilha do Amor. De ônibus até. Várias vezes. Várias vezes comeu *pê-efes* em catingueiras de pé de estrada, várias vezes tomou uma ducha em banheiro imundo de rodoviária, várias vezes quase perdeu o ônibus porque estava tentando cagar em buraco fedorento que é a única opção para muita gente. Três dias de busão adentrando a terra *brasilis*. Porque a Maria Júlia não elucubra. A Maria Júlia faz.

Meu pai tinha medo de avião, mas foi voando para seu próprio enterro. Eu sou igual ao meu pai, temo quase tudo, a tragédia fica zunindo na minha orelha feito abelha cercando o doce, mas o veneno vem mesmo do meu próprio rabo, tal qual um escorpião. Temo o que pode advir dos meus flagelos autoimpostos, temo meu esôfago arranhado, temo meu estômago efervescente, temo meus cistos nos seios e meu nódulo na mama direita que precisa ser vigiado, temo os cistos nos ovários que agora resolveram anular de vez a minha menstruação, temo o cisto no rim que vira um tumor fatal só porque o urologista me encaminhou para uma tomografia com contraste. O pior é que sempre existe a chance de os achados serem de fato alguma merda cujo descarte da suspeita nunca vem a curto prazo, e então já trago o veredicto para bem loguinho e saio galopando feito cavalo fugindo do abismo rumo ao desfiladeiro. E aí, só o Olcadil salva.

Com meu pai era Lexapro. Para dormir, para assistir ao Botafogo jogar, para escutar o índice *Dow Jones*, para ver o resultado das eleições, para receber qualquer exame médico. Lembro-me de quando meu pai arrancou a falange do indicador com a máquina de cortar grama desse quintal onde daqui a pouco vamos pisar. A ponta do dedo virou mão, braço, tronco, o corpo inteiro. O mundo era o dedo decepado. Minha mãe ficou com tanta pena – ela e sua eterna culpa – que levou meu pai para nossa casa nova onde, desde a primeira noite, já habitava também outro homem. O Hércules. Mas, durante a semana que minha mãe levou meu pai, o Hércules não ficou na casa nova.

Minha mãe dava banho no meu pai. Ensaboava seus cabelos já grisalhos enquanto ele, nu, embaixo do chuveiro, se fixava no dedo enfaixado que tremia e falava do seu futuro sem mão.

Meu pai hipocondríaco tomou pílulas a vida inteira para não ter nada e terminou a vida tomando 27 comprimidos diários porque tinha tudo. O irônico é que meu pai foi embora olhando para as suas fotos à la James Dean lindão, ele começou a jorrar sangue pela boca e sentou na cama se encarando no auge, foi bem naquela posição que começou o fim, a Bete mostrou para a gente. Ele tinha que estar comigo, não com a Bete. Mas dizem que a pessoa escolhe quem ela quer do lado na hora da partida. Eu acho que meu pai não escolheu. Eu acho muita coisa e não sei de nada.

Só sei que depois de tanto procrastinar, paizão acabou voltando mesmo à Ilha do Amor. Mas empacotado, como diz a Maria Júlia. Virou mais uma espécie de carga transportada pelo avião. A morte é uma estranha que, durante toda a vida, cochicha baixinho com seus lábios afiados de ironia. Até que. Pá.

Dois meses antes de morrer, meu pai:

**1.** Voltou no tempo e teve uma conversa que deveria ter tido com minha mãe há 25 anos, quando eles não eram casados no papel, mas moravam sob o mesmo teto, ou melhor, no mesmo terreno, mas em casas diferentes, porque meu pai começou a dormir na casa lá de trás logo após descobrir a suposta traição da minha mãe que não era tão suposta assim, porque eu me recordo de que quando a gente ainda morava com meu pai, minha mãe levou a gente para passear junto com o Hércules, e a gente foi em uma pracinha onde havia várias árvores cheias de preguiças com suas caras bobonas, e lembro também do sofá listrado em vermelho da casa do Hércules, o móvel e o dono que logo se mudaram para a nossa casa nova. Anos depois, já no fim da linha, como se ainda morassem juntos, meu pai resolveu ter essa conversa remota com a minha mãe – que agora tinha o quarto dela na casa dele e o apartamento dela ao lado do dele –, você pode ter seus homens, mas aqui dentro eu não admito. Lá fora não é da minha conta, mas aqui dentro não! Era como se meu pai estivesse perscrutando sua linha do tempo e desatando os nós que agora achava que não deveria ter dado.

**2.** No hospital, enquanto o pedaço de melancia estava suspenso no ar em cima da colher que a Maria Juliana dirigia feito aviãozinho até a boca dele, meu pai pela primeira vez disse, eu te amo, minha filha. Quem sabe quisesse oferecer o perdão para ter o perdão do juízo final.

**3.** Logo que recebeu alta, levado pela Maria Júlia toma conta de tudo com seu sol, lua, ascendente em capricórnio, meu pai também tomou conta do testamento. Tirou das mãos da ave de rapina e passou a batuta para a Maria Júlia. Seria ela a testamenteira, a grande responsável pela continuidade do patrimônio e pela divisão de tudo apenas para as três filhas. Para minha mãe, e isso ele fazia questão de frisar, para minha mãe, nada. A última prerrogativa: deveríamos continuar enviando a mesada do meu tio, o gênio maldito.

Parece que meu pai sabia. Talvez soubesse. Ou, decerto, todos nós sempre saibamos. Os gatos até se metem em algum lugar escuro e não saem mais quando a hora se aproxima.

Quando meu tio vinha da Ilha visitar meu pai, eles ficavam disputando quem morreria primeiro. Os dois quase octogenários deitados, meu pai na rede e meu tio no chão, ambos com os braços cruzados sobre o peito. E a luz apagada. Nessa brincadeira de só morto e nenhum vivo que presenciei algumas vezes, enquanto meu tio falava do câncer de esôfago que ele cismava estar voltando – o coitado teve que extirpar o esôfago e suspender o estômago, graças ao alcoolismo que começou aos 12 anos –, meu pai jurava seu estado terminal muito antes de estar perto do fim. E ai de quem acendesse a luz daquele quarto de paisagem moribunda. O engraçado é que meu tio morreu três meses cravados após a morte do meu pai.

E agora estamos nesse sobe e desce de pedra: nós, o quinhão, o fim, o começo de tudo e quem sabe talvez não seja nada disso e seja só o meio que apenas é a metade dessas vidas que talvez tenham sido outras ali, e quem sabe sejam outras também acolá. Nós e a ausência que ocupa um trono de gigante deixado vazio no meio da roda.

Não à toa, sinto que minha gratidão é traiçoeira. Histriônica em sua tentativa de pôr para fora o novelo malandro que insiste em invadir meu corpo com suas linhas pretas, grossas e duras. Às vezes, o novelo para na boca do estômago e se aperta em si mesmo, fica ali, paralisado, a ponto de desvirar novelo e virar pedra. Não tem ar que passe. Duas vezes sonhei com o novelo. Sei lá por que diabos eu alcançava com meus dedos longos metidos goela abaixo a ponta preta e babada da linha graúda e então iniciava um esforço contínuo de regurgitamento enquanto minha mão se punha a puxar o fio que ia sendo desembainhado de dentro para fora do corpo e cocegava a garganta como se tivesse cerol e seguia saindo pela boca e não cessava de sair nunca. Acordei com a convicção absoluta da sua existência, a garganta irritada pelo arranhão da linha infinita.

O novelo me lembra o cisto no rim. O médico, bem gato por sinal, com as mãos grandes sujas de branco do talco das luvas, disse que, apesar de não ser a Coisa, o cisto vai ser meu para sempre, e tem cisto que cresce e fica quase do tamanho do rim inteiro. Para os chineses, o rim é o órgão do medo.

Na buraqueira final da estrada prossigo me embrenhando nos vãos da minha cisma e com o temor de sempre desfio o passado, rumino meus mitos de formação e arquivo todos os princípios até então indesmoroná-veis. Estar no palco sempre melindra mais do que subir na arquibancada, há quem vive e há quem observa, minhas fotos com olhar perdido e vestidinho amarelo nessa casa que logo vamos adentrar já prenunciavam o algoritmo de quem vê fora mas fica apercebendo dentro, esse diabo egocêntrico que não é uma escolha, porque se fosse seria muito mais fácil, seria como a Hilda disse, a Hilda é uma das poucas pessoas que me entendem, e esses dias a Hilda falou contraindo a testa inteira que queria muito ser crente, meu deus, como seria mais fácil, e sim, eu também queria ser crente e ficar seguindo o pastor, e por que não viemos com esse dom do não questionamento?, seríamos salvas dizendo amém para todas as dádivas ingloriosas, nos ajoelhando diante das regras, assentando no cadafalso da gratidão e orando "nas tuas mãos entrego o meu espírito; tu me resgataste, SENHOR, ó Deus verdadeiro, repudio os que se mantêm em crenças vãs e enganosas, eu, porém, confiarei só no SENHOR!, exultarei com grande alegria por tua misericórdia, pois viste a minha aflição e compreendeste a angústia da minha alma", e assim desse jeito agoniada houve um dia em que eu estava pedindo perdão pelas minhas blasfêmias e meu celular apitou e era um texto desses grupos insuportáveis do *WhatsApp* que deixo no silencioso, mas que nesse tal dia resolveu voltar a gritar, e o texto distinguia justamente a espiritualidade da religião, articulando que, entre outras coisas, a primeira é da ordem da experiência e a outra é da obediência, e minha mãe é assim, minha mãe vai à missa para bater ponto, minha mãe diz que só conseguiu dar conta da vida porque ela sempre obedeceu às normas, e fica aflita se chega trinta segundos atrasada em qualquer lugar, e se tem gente junto dela na hora de sair, minha mãe começa a atormentar a todos e eu não me aguento, se eu vou chegar atrasada sou eu quem vai chegar e que se dane!, e mesmo dizendo que não tem fé minha mãe segue a santa igreja católica e fica repetindo sem saber a não crença dela, e eu fico aqui nesse mais desce que sobe danado enquanto a minha mãe já está lá na casa, o já da minha mãe é antes do já de qualquer outro, porque o já dela é o que a segura na vida, o já dela é arma ferrenha no enfrentamento da Coisa, o já dela não deixou que ela chorasse no enterro do meu pai, o já dela se entupia de preocupação com o que iria fazer com a empregada, com a devolução do apartamento, com a pintura das paredes, com a retirada dos móveis, com a distribuição das roupas, com a decisão sobre a velha casa e com todas as burocracias mundanas, e no táxi indo para o aeroporto onde eu e minha mãe encontraríamos a Maria Júlia e a Maria Juliana e pegaríamos o avião para enterrar meu pai na Ilha do Amor – ele iria no dia seguinte, após ser despachado pelas minhas irmãs no departamento de cargas do Galeão, voaria de lá rumo ao cemitério do Gavião –, mas nesse dia no táxi indo para o aeroporto com a minha mãe, eu comigo e com aquilo tudo, e ela só falando de resolver isso e mais isso e mais aquilo outro e então eu berrei, deixa eu viver a minha dor!, e meu grito foi tão alto que o taxista freou e disse que interromperia a corrida, só continuou porque minha mãe prometeu que calaríamos nossas bocas, e eu fiquei pensando o quanto ela tem pena dos outros e não tem compaixão por si própria porque, coitada, se ela não se permite viver o ritual do fim, o fim fica vivo, e o fim vivo e guardado entope e vira doença.

E agora ela está lá com seu já na casa, com toda a sua pau de ararolândia, como ela gosta de dizer, enveredando paulatinamente por todos os espaços, abrindo com seu corpo miúdo todas as gavetas, etiquetando com sua artrose inchada todas as pastas do meu pai, organizando, segundo sua alcunha de secretária, o futuro dos papéis encardidos da nossa família. Minha mãe continua cumprindo feito braço direito de morto as funções do dia a dia que meu pai lhe impôs durante anos, minha mãe permanece resolvendo todas as coisas enquanto eu fico aqui pensando essas coisas, elucubrando sobre os espelhos do meu parque de diversões que não é nada divertido, espelhos de deformidades que reproduzem assim ou assado pai e mãe, e aí tem aqueles reflexos que atribuo a mim e que eu sei que não são tudo aquilo que sou, o sou de agora é apenas um comportamento vicioso que me faz odiar cada vez mais a mim mesma, e então na sequência do ódio vem a culpa pela ingratidão, e junto com ela o chicote por ter deixado os pincéis estacionados, as telas em branco, as bisnagas de tinta lacradas, e assim vou vivendo no açoite por não ter feito nada de mim, aflita por ter que viver outra vida e outra e outra até eu conseguir resultar em algo que preste, e aí viro bolha de sabão que rapidamente espoca, soltando respingos que somente servem para escorregar, e logo vêm as coisas que cuspo no cérebro e cuspo tanto que as telas ficam vazias arfando acrílico, óleo ou carvão, ontem eu fiquei 36 horas em frente à tela, e ficava na frente dela arregaçando sua brancura e acendia um cigarro e apertava um baseado e bebia Coca zero e a tela ali e eu acolá resolvendo liberar endorfina para aliviar a pressão, e aí suei e suei por três horas seguidas dando tiros calibrados com 90 por cento da frequência cardíaca, e voltei e tomei café e Coca zero e pipoca de arroz sem açúcar e cigarro e baseado e a tela lá branca enquanto eu já vermelha mastigava tomate-cereja, a tela sendo fantasma e eu querendo uma chupeta, a tela valendo nada mais que a impureza do branco e eu abrindo as pontas duplas do meu cabelo, ela vegetando e eu espremendo aquele pelo encravado, e isso foi muito bizarro, eu comecei a espremer aquele pelo encravado na virilha, não um pelo qualquer, o pelo de tanto tempo e tão entranhado que várias vezes sonhei que ele saía como o fio do novelo, mas eu espremia esse pelo há anos e ele só infeccionava e aí nesse dia foi bizarro mesmo, esse pelo que por mais que eu espremesse, dessa vez eu estava espremendo e *tchuf! pláfs!*, de uma vez só, e em vez de pus mole amarelo saiu pus branco duro em forma de bolota nada cheirosa, e cada vez que eu sinto esse cheiro fétido fico tão alvoroçada, mas tão alvoroçada, e penso no Moacir, que também adorava cheiro de inflamação, e a ponta do pelo saiu para fora e eu não acreditava que meu sonho estava virando real, eu imaginava aquele pelo saindo fio inteiro, mas é claro que o sonho é sempre muito mais legal que a realidade, e o pelo que deveria sair longo e encaracolado saiu de pedaço em pedaço, pelo decepado, nacos de pelo e pontos, muitos pontos, pingos nos is de lapiseira preta em reticências e mais reticências, e de ponto em ponto peguei de novo no pincel com aquele mau cheiro gostoso e olhei para a tela e quis fumar outro cigarro e já não tinha mais e aí aspirei a casa, passei pano no chão e resolvi ir no posto de gasolina 24 horas atrás da nicotina, e do outro lado da rua sempre a lua, o Cristo e o prédio que meu pai morava, e também o prédio da minha mãe e o da Maria Juliana, e tudo aquilo é a minha rua, mas não é porque nós somos parte daquilo tudo de onde viemos, mas não somos aquilo tudo de onde viemos, e aí a Léia, a gerente malandra que é muito engraçada no seu arrebatamento diante da vida, mas me irrita pacas com a pequenez da sua felicidade quando estou de mau humor, a Léia que no fundo me causa inveja, a Léia com a sua ginga cearense que come os vernáculos – o Moacir sabia imitar bem o cearês, ele sabia fazer qualquer sotaque, o Moacir é mesmo um ator do caralho –, aí a Léia entrega meu maço com a foto aterrorizante do tubo na boca e pergunta quando eu vou parar de fumar e diz que Deus põe em casa para dar o exemplo, e obviamente ela estava se referindo ao câncer da minha mãe, porque a Léia sabe tudo do bairro dessa cidade grande que é uma província de merda, e aí a Léia na aspereza sem querer dela já me estraga toda mais ainda, e aí subo com os tremores abrindo fiordes na minha cabeça e olho de novo para a tela e o celular apita e é meu vizinho com sua mensagem de sempre, e aí, vizinha?, e aí, vizinha? significa quero te comer, e então eu digo para o vizinho na lata que não, não posso porque estou trabalhando, e no final das contas não faço nem uma coisa nem outra e acabo em algum momento lembrando que sexo existe e aí penso no Moacir e em como a gente transava gostoso, teve um dia que o síndico me chamou na portaria para avisar que os moradores estavam reclamando das madrugadas varadas por gemidos, o síndico disse que a moradora do décimo andar iria me processar com base na lei do silêncio se eu continuasse dando uma de jegue, e ele disse isso enquanto olhava para os meus peitos, e eu com vontade de virar avestruz também fiquei com vontade de cortar fora o pau dele, mas hoje não tem mais o Moacir e nem o jegue e aí no meio do zero a zero do sexo com amor eu prefiro gozar com o chuveirinho enquanto penso na paixonite platônica da vez que nunca é o vizinho, o coitado está lá tão encasacado com meus preconceitos, que tem um ano que o danado me chama e tem um ano que eu não vou, ele deve ter mesmo gostado de ter me comido, me acho estranha porque muita gente quer dar para o vizinho, o vizinho gato, o vizinho sarado, o vizinho que fala arrastado, mas eu prefiro um barrigão sagaz do que um bombadinho que manda foto do abdômen tanquinho ou foto do pau, tem estúpido que manda foto do pau, é muito reino do falo mesmo, muita substituição do todo pela parte, que mundo idiota, e aí eu prefiro ficar sozinha com o meu atropelamento gastando água e me fazendo ecologicamente incorreta até o gozo, e então fico perambulando no etéreo que se infinda na matéria que finda, e aí a tela me olha e eu olho para a tela e já estou tão cansada da sua branquidão, já estou tão cansada, mas tão cansada de mim, que acabo dormindo para sanar a mente, acabo dormindo para aliviar a tensão, mas não alivio nada, porque quando apago é quase óbvio que vou pesadelar outra vez, e talvez a Maria Júlia tenha razão, talvez só a Ritalina possa mudar a minha vida.

– Asfaltaram tudo, mas nossa rua continua de terra batida.

1757. Lá está ela. A casa. Parada. Imóvel. Ainda na beira da estrada. Naquela época, o cinza do asfalto não acabava antes da vista. Tudo era gigante. A casa, o quintal. Quando a gente cresce as coisas diminuem. É esse o problema: perder a grandeza de quando se é pequeno.

## III.
## Para a cabeça não tem remédio

SHUMMMMMMMMMMMMMMMMMMMMMMMMM...

O carro deu uma bela escorregada em cima de um monte de areia leve e solta, estávamos invadindo uma ampulheta. A Maria Júlia puxou o freio de mão como quem desespeta injeção de veneno da veia. Pulamos, quase batemos a cabeça no teto, fomos para a frente e para trás e então, paramos.

Os vidros do carro viraram olhos cheios de ciscos, tudo faiscando em incômodo, era como se tivéssemos mergulhado numa instalação de telas pontilhadas que simulam a areia do tempo. Queríamos a casa, mas éramos impedidas de vê-la.

– Quer ficar assando aí dentro?

Só então percebi que minhas irmãs já tinham saído do carro e se encontravam diante da casa, essa casa que é mais obrigação e desafio do que desejo, essa casa que significa regurgitar mais coisas, deglutir o lugar onde tudo começou e não vai terminar, invadir a solidão de onde meu pai se dizia inteiro.

Ele tinha certeza de que a ladeira final começou quando foi morar naquele apartamento em frente ao meu, o *flat* urubuzado. No primeiro dia, já caiu da rede. O fantasma de um grande escritor que havia morado lá estava assombrando o lugar. Nunca perguntei por que meu pai achava que o tal escritor ia querer assombrar logo ele. Devia ter perguntado. Tem muita coisa que eu nunca perguntei ao meu pai. Quase tudo.

Calcei meu chinelão Rider – presente dele para eu pisar nos dias frios com meia no pé, porque chinelo que divide o dedão do segundo dedo é uma merda com meia –, abri a porta traseira do carro, pulei na areia e senti meus dedos se granulando, como é gostoso ter o pé engolido pela terra, corri das paredes do extenso muro que encobria minha visão e enfiei minha cara nas grades da parte de cima do portãozinho branco da entrada, então a Maria Júlia fez o mesmo e se meteu do meu lado esquerdo, e o espacinho do lado direito foi logo ocupado pela Maria Juliana, e ali eu estava no meio delas junto com tudo aquilo no meio da gente, os quatro balanços de ferro branco consagrando o gramado verde verdinho de pontas amareladas, aquelas cordas já cheias de ferrugem, pareciam tão mais compridas quando a gente era pirralha, os balanços de assentos estreitos que levavam a gente para cima e para baixo, para o mundo lá do alto e para a centopeia colorida que se metia na terra e não queimava feito as outras lagartas, e de repente pulávamos na areia brincando de banana à milanesa, e o ar rarefeito vindo de dentro da casa e o cheiro de amônia com sua nudez inviolável, o número de sempre na minha cara, 1757, e sair do carro era como disparar a câmera, *frames*, filmes pausados, *flashs*, nada inteiro, o dessoterramento da memória em quadros descontrolados.

*P̃ẽẽẽẽẽẽẽẽẽẽẽẽẽe*. A Maria Juliana apertou a campainha. Não era o mesmo som de antes. Para desembestar os *déjà-vus*, o som só não é mais sinistro que o cheiro, que tem o poder de chamar qualquer coisa. Ali fazia silêncio de árvores e vento, mas na nossa infância havia a pedreira que quebrava tudo pontualmente às cinco da tarde, feito sino de igreja espantando o capiroto, a pedreira que se confundia com trovoadas, e nós três ali depois de muitos pedregulhos estilhaçados, talvez todas nós estivéssemos sendo atropeladas pelas lembranças moídas, quando morávamos nessa casa não havia música e o silêncio abarulhado da vida campestre dava muita onda. *P̃ẽẽẽẽẽẽẽẽẽẽẽẽẽe.*

Ninguém apareceu. A Maria Juliana começou a apertar uma perna contra a outra:

– Eu preciso fazer xixi.

– Porra, cadê minha mãe?

– Não tá atendendo o telefone.

A Maria Juliana arriou a calcinha, não pediu cabana nem nada, ficou de cócoras e fez xixi em avalanche. A Maria Júlia logo desembestou:

– Os tarados da área vão ver sua bunda.

A Maria Juliana direcionou o jato de mijo para o pé da Maria Júlia, que saiu da zona de risco e, revirando os olhos para cima com as mãos na cintura, resolveu se calar. Enquanto isso, a Maria Juliana abria rios na areia. Olhando aqueles afluentes que, em dado momento se separam, eu pensava o quanto é acolhedor ver cada um indo para um lado – pois certamente algum deles virá para mais perto de mim.

– Pode ser que minha mãe esteja com o Antônio lá na casa de trás.

Do portão não dava para ver a casa de trás. A casa de trás fica lá longe, depois do jardim que meu pai mandou construir quando já morava sozinho aqui, meu pai adorava passar o dia dando banho nas plantas e planejou com algum arquiteto aquele jardim que minha mãe dizia ser de cemitério, parecia canteiro de tumba para todo lado.

A casa de trás foi construída antes da casa da frente e, além da casa de trás e da casa da frente, tem ainda a garagem com o fusca branco ano sessenta – vulgo Jabuti, que carrega consigo a promessa de ser meu presente de debutante, promessa esta jamais cumprida –, os dois carros zero quilômetro que meu pai nunca havia usado, assim como ele também nunca tinha ouvido os CDs que comprava nas Lojas Americanas, Rod Stewart em "As time goes by", Roberto Carlos e "As curvas da estrada de Santos", Roberto Carlos em *"O inimitável"*, Roberto Carlos em *"Splish Splash"*, Roberto Carlos e a Jovem Guarda, Maria Bethânia em *"Que falta você me faz"*, Emílio Santiago e "Eu preciso dizer que te amo", Elizeth Cardoso no Japão, Angela Maria, *"Pela saudade que me invade"*, Elizeth de novo em *"Elizethíssima"*, Roberto Carlos e "As curvas da estrada de Santos", e mais outro e outro do rei repetidos e Pavarotti e Plácido Domingo, e são tantos CDs iguais e plastificados porque meu pai tinha papéis das Lojas Americanas e então ele entrava dia sim dia não no estabelecimento e comprava meias, comprava caixas de bombom Garoto para a gente e para os trocadores de ônibus, comprava desodorante e comprava creme de barbear e calça de moletom e cuecas e várias televisões que ficaram para sempre na caixa, e o *home theater* embrulhado em plástico bolha, e *Perfume de mulher* e *Casablanca* e *Rocky, um lutador* e *E o vento levou*, e o vento um dia ia levar tudo, era isso que a gente dizia para o meu pai, um dia ele ia levar todos os papéis para o caixão sem ter aproveitado nada deles – o que, de fato, aconteceu –, porque tudo era virtual, importava mais o jogo do que o resultado do jogo, igual à casa em construção que havia nesse quintal, importava construir, não entrar na casa, então essa casa em construção foi para sempre em construção, e além dessa casa em construção e além da garagem, tem o chalé que meu pai construiu bem depois, onde o Antônio mora agora e há muito tempo e onde, segundo meu pai, o Antônio dá o cu, porque o Antônio é maricas, meu pai dizia, e o Antônio da nossa infância subia para catar coco no coqueiro que era muito alto, e do lado do coqueiro tem a nossa casinha de bonecas com telhado de chapéu e todo o laboratório de sonhos dentro, e logo ali, o balanço altivo no seu quadrado de areia e a casa de trás e a casa da frente e entre elas a piscina e no meio o afogamento.

    Não sei por que penso essas coisas. Às vezes acho que não sou eu quem está pensando, que é coisa de antena lotada de Bombril. Em vez de resgatar os primeiros passos que dei justo dentro d'água, invento de imediato uma cena de terror que não existe: o ralo como um potente tubo de sucção aspirando os fios de cabelo e chupando o corpo para perto de si até que ele pare de se debater e carimbe inerte no fundo da piscina, e depois, como um bicho que mata só por prazer, o ralo solta o corpo e ele boia na superfície que espelha o céu. Imagino isso acontecendo comigo e com meus longos cabelos, imagino acontecendo com a minha mãe, com as minhas irmãs, e até com meu pai que já morreu.

Talvez eu seja cobaia de um deus sádico – eu mesma – que se alimenta do digladiamento de suas ratazanas. Porque de tudo o que sou, sobra muito pouco no que eu estou sendo. E assim, fico devendo ser para sempre.

Estou certa de que foi na outra casa depois desta aqui que começou, de fato, o meu encolhimento. As paredes me atrofiando de cima a baixo e me pressionando pelas laterais, e eu apenas sentindo, ainda sem nenhum vislumbre de compreensão, todo o meu esmagamento.

Naquela casa na beira da rodovia de muitos acidentes morávamos eu, minha mãe, a Maria Juliana, a Maria Júlia e também o meu primeiro padrasto, o Hércules – que meteu uma bala na cabeça – e depois meu segundo padrasto, o Getúlio – esse sim deveria levar um tiro –, e por fim o meu terceiro padrasto, o Sílvio – o primeiro marido da minha mãe, o bêbado que proporcionou a ela o tão sonhado casamento no cartório e no quintal daquela outra casa, aquela outra casa que de tanta coisa perdeu seu alicerce e onde foram cometidos os maiores crimes.

Lá, só o aquário tinha sanidade. Eu sempre grudava meu nariz no vidro e achatava bem as narinas até que elas se abrissem e eu meditasse com o cheiro de peixe e o cloro bem perto da boca. Na água, o Beijocudo rosa abria e fechava seu bico enquanto eu expandia e encolhia minhas narinas amassadas. Passava horas ali dentro deixando meus ouvidos serem surrupiados pelo barulho borbulhante da bomba. De um lado para o outro nadava o Cabeça para Baixo junto com mais quatro colegas Cabeça para Baixo, eles e suas transparências de espinhas negras em seu modo de vida coletivo, e também os Borboletas Pintadas que se abriam em asas na superfície, e o Laranjudo acendendo com seu tom de alvorada, os Mosquitos, vermelhos vivos que encapsulavam uma gota azul e eram rapidinhos e rapidinhos de cima para baixo e de baixo para cima, o Paulistinha que tinha sempre uma tripa pendurada, cagava quase sem interrupção, o Tinca Tinca com seu jeito bocó, o Barrigudinho lerdo, e todas aquelas criaturas que nadam sem pensar em nada, as barbatanas que em três segundos já não sabem que águas deixaram para trás, o tédio dos peixes que não é igual ao nosso. Da aula de barroco, jamais esqueci o Padre Antônio Vieira e seu sermão, "Vede, peixes, quão grande bem é estar longe dos homens".

O problema é que eles estavam ali bem perto de mim. E de mês em mês a água do aquário deveria ser trocada e quando percebi aquele dia fosforescente na folhinha do calendário fui atrás dos saquinhos plásticos e da peneira que eu guardava na lavanderia, e no meio do caminho o Getúlio apareceu soprando fumaça cachimbenta com a sua barba cretina e disse que ia me ajudar, mas eu disse que não, não precisava, eu não queria ele mexendo nos meus peixes, não queria aquelas mãos imundas no meu aquário – isso eu só pensei, mas é óbvio que ele também sabia – e então eu falei que faria o serviço sozinha, e que bom que ele não foi atrás de mim, e aí eu comecei a apanhar os peixinhos um a um na peneira e enquanto eles pulavam agoniados fora d'água eu acelerava por dentro, e aí eu metia os peixes no saco plástico cheio com a água do aquário e ainda bem que nenhum pulou para fora da rede e depois de todos eles sãos e salvos no habitat temporário eu entornei a água da jaula de vidro e fui com ela lá para a bica do quintal e fiz conforme a indicação do veterinário, só lavei com esponja e água corrente, e enquanto a enxurrada descia pelo vidro eu vi o Getúlio me olhando lá do canil comendo uma goiaba, e então o vidro quase escorregou da minha mão, mas eu logo aparei com meu joelho e deixei o aquário banhar até ficar reluzente e então voltei com ele tinindo para a sala e coloquei a bomba e pinguei as gotas de cloro até alcançar o pH certo da água e aí abri o saco e joguei os peixinhos de volta no meio das plantas plastificadas e fiquei ali olhando para eles e eles não olhando para mim e eu pensando como deveria ser gostoso nadar na água limpinha, deveria ser igual pular numa piscina sem mijo, mas como o que a gente pensa não é o que é, o Tinca Tinca iniciou um movimento lento e lânguido e o Espada começou a apontar para cima e para baixo em câmera lenta e o Beijocudo não abria mais a boca, o Borboleta Pintada descia enquanto fechava suas asas, o Barrigudinho não tinha mais forças nem para mexer as barbatanas e ai, meu deus, todos eles estão subindo e descendo e ficando brancos, ai meus deus, eles estão morrendo!, socorro, meu peixes estão morrendo!, e asfixiada corri para pegar a caderneta e o telefone no gancho, aquilo era anos 80, nem existia celular, e varei até o salão e tropecei no meu Pogobol azul e verde no meio do caminho e levantei feito acrobata e peguei o telefone e liguei para o veterinário cujo consultório era logo ali na floresta atrás da minha casa e ele perguntou o que tinha acontecido e eu contei tudo engolindo as palavras e ele soprou CHOQUE TÉRMICO, eu deveria ter deixado os peixes dentro do saco plástico se acostumando com a temperatura da água nova antes de soltá-los, e o que eu faço agora?, não faz nada, não tem jeito, como não tem jeito?, é choque, já parou o coração, e aí o telefone pendurou feito enforcado e o barulho da bomba molhou meus ouvidos e eu voltei para o campo de batalha e grudei bem forte o meu nariz no aquário e fiquei assistindo aquela agonia que parecia não ter fim, eles tinham nascido na água e estavam morrendo dela própria, e isso talvez só não seja pior do que morrer do próprio ar que se respira, e naquela época eu nem pensava que seria fumante e que também correria esse risco – e minha mãe que largou a chupeta e começou a mamar no cigarro e teve câncer de pulmão e ai, meu deus, eu tenho que parar de fumar – e os peixes lá feito bexigas perdendo o ar e não dava para saber quem, eles ou eu, se inundava mais ali.

Ouvi o barulho do Monza vermelho da minha mãe chegando na garagem, mas ela logo entrou daquele jeito papa-léguas toda bonita de saia cigana e foi direto para a garrafa de café e aí eu comecei a chorar mais alto e ela veio na sala e me abraçou dizendo aquelas coisas bonitas que se diz para uma criança, que eu ia ganhar novos peixes e aqueles iriam virar anjos, mas peixe com auréola não me convencia e eu queria os meus peixes, e aí eu fiquei com a cabeça no ombro da minha mãe e quando olhei para cima já estava lá aquela boca de dente de metal se intrometendo, e então o Getúlio disse para minha mãe que tinha me oferecido ajuda e que eu não quis aceitar e minha mãe me chamou de teimosa e aí eu dei um empurrão nela e disse que ia enterrar meus peixes!, e pesquei aqueles olhos esbranquiçados e coloquei todos boiando no saco e saí em disparada, eu, minha Caloi Ceci e minha cestinha fúnebre pedalando pelos raios do sol que se infiltravam no verde-musgo da floresta, e adentrei o verde-bandeira e fui executando as curvas entre o verde-claro e abacate e continuei no verde-esmeralda enquanto as cigarras cantavam e o Laranjudo que já não era feito o sol quicava no saco, e então eu vi o lago, o lago enorme que no escuro parecia campo de patinação, o lago de onde eles nunca deveriam ter saído e, de sede, parei.

Au, Au, Au, Au!

Um cão marrom veio apontando seu focinho acelerado lá detrás, interrompendo meu retorno aos peixes da nossa segunda casa e me trazendo de volta para esta casa aqui, onde tudo começou e não cessa de começar. Enquanto o cachorro comia o terreno a passos largos em direção ao portão, lá em cima no céu, sintonizada com a velocidade das quatro patas, uma revoada de pássaros gaiatava no mesmo sentido. Para mim, que não canso de inventar sinapses para o mistério do mundo, aquelas paisagens, a de baixo e a de cima, talvez contivessem o desbravamento e, quem sabe, o voo.

Porque é preciso minar o que foi para continuar sendo.

Só vou viver como os outros vivem, só vou conseguir escapar da tela em branco quando as coisas estiverem escavadas e etiquetadas, como se todos os acontecimentos fossem ossos desenterrados e deixados para trás pelo cão, ou virassem fósseis expostos num museu: um passado só para olhar de fora.

Trummmm! E essa pedreira aqui do lado não interrompe seu esmiuçamento. Trummmm! Talvez ela já estivesse querendo alertar, lá atrás, que nossa existência seria dominada pelo "e lá vem pedrada".

Tenho até medo de falar isso porque minhas irmãs adoram dizer que a gente cria a nossa própria realidade e eu não quero dar origem a esse quadro estático que está agora na minha cabeça, não quero imaginar a falta de ar, feito os peixes asfixiados. A Maria Júlia disse que preferia que fosse com ela do que com a minha mãe. Meu pai temia tanto o maldito que chamava ele de a

Coisa, mas a Coisa veio assombrar justo a minha mãe, e enquanto um resfriado virava um câncer para o meu pai, um câncer vira um resfriado para a minha mãe, porque ela aciona o modo resolução automática e fala que só resta fazer o que tem que ser feito. É a indiferença que resulta de ter sido criada, como ela diz, como Deus criou batatas. E batatas dão em qualquer lugar. Não precisam de nenhum cuidado especial, nem mesmo de água.

Fico apavorada só de pensar em assistir à minha mãe interpretando o mesmo personagem do filme já protagonizado pela minha tia que também tinha nome de flor, Hortência. E toda flor pode morrer de vez ou ser despetalada aos poucos. Como se todas as estações fossem feitas de Outono.

Lembro como se fosse agora da minha tia deitada do meu lado na cama da minha mãe, ela e sua cabeça de pedra reluzente, os olhos cavando vales, a pele de bexiga amarela esticada, a hérnia abdominal apontando como seta para fora do umbigo, saindo do esqueleto torto e indefeso: o quase nada ainda vivo. E eu lá, abraçada a ela fazendo força para não me jogar sobre seu corpo, ela ainda com gana de ser o que tinha sido, sua esperança de cura no supositório de babosa, a TV travada na cena de morte da novela das oito e a música melodramática acordeando pelo ar fúnebre com cheiro de lavanda.

Depois, minha mãe contou sobre o olhar derradeiro que trocou com a irmã quando se despediu dela lá na terra seca, a conexão final cheia de acusação, a querela provocada porque minha mãe tinha seguido as orientações da Maria Júlia e trouxe minha tia para operar o tumor que, além do útero e dos ovários, já estava também na cabeça, e aí a cirurgia de escavação com a equipe recomendada pela Maria Júlia durou 12 horas, e logo após veio o degringolamento total. Como a Coisa já tinha se espalhado por todo o corpo, talvez não fosse o caso de ter operado, a Maria Júlia falava que se a Coisa crescesse no cérebro a pressão sobre a cabeça seria insuportável e aí minha mãe foi pegar minha tia lá naquele lugar onde ela esconde as raízes suadas da sua infância para se tratar aqui, e depois foi devolvê-la (bem pior do que tinha saído) para minha tia se despedir e morrer na sua terra seca natal, onde foi recebida como esqueleto de peruca e com festa até pela própria mãe, minha avó, eram mãe e filha e viviam feito cão e gato, e olha que moravam na mesma casa e minha tia fazia tudo pela minha avó que não parecia nem um pouco mãe dela, tanto é que minha tia Hortência a chamava de Moça e não de mãe, porque minha avó sempre gostou mais dos filhos homens e das filhas adotadas. Ao menos a minha mãe tinha o tio Wando que era como um pai para ela, o irmão mais velho que a trouxe para cá ainda adolescente, o irmão com o sorriso manga-larga que dizem que eu puxei, o irmão que fez meu parto e salvou minha mãe e a criança prematura da morte, e minha mãe vive dizendo que desde que o tio Wando se foi ela nunca mais se sentiu protegida, que quando o tio Wando morreu nem o abraço do meu pai a acalentava. Eu lembro direitinho da sala desta casa aqui na escuridão daquela madrugada em que o telefone de ferro grudado na parede tocou e minha mãe atendeu e de repente soluçou mais alto que a pedreira e escorregou sem forças pela parede como se o chão tivesse aberto crateras, e aquela foi a primeira vez que eu senti a dor da minha mãe em mim. Minha mãe desculpa a minha avó dizendo que ela já sofreu muito na vida, já perdeu dois filhos, e fico com medo de ser sina da minha avó – que já é nonagenária – viver para perder todos os filhos legítimos, e aí só faltaria meu outro tio e minha mãe, que horror!, por que penso isso?, por que tudo que penso acaba na morte da minha mãe?

O fato é que quando minha mãe deixou minha tia de volta na terra seca, elas trocaram esse último olhar, minha tia com íris de quem diz, você não deveria ter me levado para operar a cabeça, e aí eu na minha paranoia penso que a Coisa da minha mãe é uma vingança da minha tia, mas até parece que quem morre tem poder para alguma coisa, até parece que quem é vivo tem.

O bizarro é que dois anos depois da morte da minha tia a Coisa atacou a minha mãe no pulmão direito, e olha que ela só descobriu a Coisa fazendo uns exames porque também havia acabado de achar um aneurisma na cabeça, um cano prestes a estourar, igual ao que o meu pai guardava no peito, e nesse surto de fim a qualquer momento – e sempre é assim, mas a gente se esquece – a Coisa teve que ser extirpada junto com um terço do pulmão direito da minha mãe, os médicos dizendo que minha mãe nunca mais seria capaz de alimentar seu vício diário em exercícios físicos, e no pós-operatório minha mãe passava os dias acoplada ao equipamento de morfina ao lado da cama do hospital, a droga que seria acionada quando fosse cortante a dor pela falta latente do pulmão, e aí eu vi minha mãe chorar pela terceira vez na vida – a primeira foi quando o tio Wando morreu e a segunda quando ela pegou o Sílvio, o meu padrasto bêbado, na cama com outra mulher, uma novinha que trabalhava com ele no banco e que o Sílvio na cara de pau tinha levado até para passar o ano-novo na nossa casa –, e nessa outra semana após a cirurgia no hospital, minha mãe rechaçou o café com leite morno que a enfermeira tinha trazido para ela, porque minha mãe queria o café BEM QUENTE, BEM QUENTE!, ela sempre quer o CAFÉ BEM QUENTE!, e então minha mãe recusou o café e em seguida desaguou de dor e nem a morfina adiantava porque o pulmão sem um pedaço estava demorando para se expandir de novo pela caixa torácica e só quando isso ocorresse minha mãe poderia sair do hospital, mas acontece que nenhum procedimento dava certo, tiveram até que injetar sangue no pulmão, e então, depois de duas semanas internada (Maria Júlia, Maria Juliana e eu em escalas diárias de revezamento e síncopes de fadiga emocional), os médicos decidiram que dariam alta para minha mãe se ela voltasse para casa portando um cano fino que saía do pulmão e entrava numa bolsinha que sinalizava o escapamento de ar, só quando não fugisse mais nenhum sopro minha mãe poderia se livrar da tal bolsinha que era tipo aquelas bolsinhas que quem não tem intestino carrega fora do corpo. A bolsinha apitava como o aviso do padeiro toda vez que minha mãe expirava, mas a minha mãe mesmo apitando, contrariando toda a alopatia, no dia seguinte à alta já estava correndo seis quilômetros, e Piii!, Piiii!, parecia anunciar o pão para o condomínio inteiro, Piii!, Piiii!, e assim supersinistra ela seguiu apitando até o dia em que o pulmão se expandiu e o assobio silenciou e só restou o murmúrio daquela respiração de quem arfa, o ruído do ar que não entra por completo.

O pior é que não tinha acabado, nunca acaba, e logo depois veio a cirurgia da cabeça para estancar o aneurisma e a sorte é que a Maria Júlia havia convencido meu pai a pagar o neurocirurgião bambambã porque o médico do plano que tínhamos consultado antes disse que operaria por câmera e que havia a possibilidade de a minha mãe perder a locomoção, mas o neurocirurgião que tem o dom de mexer na cuca abriu mesmo a cabeça da minha mãe e mexeu em seus miolos quentes no centro cirúrgico gelado e quando a operação acabou a primeira coisa que ela fez foi ver se as pernas estavam se mexendo e quando viu que estavam sim minha mãe sorriu largo a sua boca murcha sem dentadura.

Então, prometi a mim mesma que nunca mais seria ingrata porque quando a merda tem que vir ela vem mesmo, é puro atrevimento eu achar que sei quando a merda vai chegar, e por um tempo fiquei achando que esse era o final feliz do filme da nossa família, mas óbvio que não foi não, porque meu pai intensificou sua capenguice e vieram as incontáveis idas e vindas do hospital até o dia em que a hora chegou, e após três meses cravados meu tio poeta também se foi, e logo depois do enterro do meu pai minha mãe anunciou a notícia que tinha engolido por um mês (para não abalar a gente mais ainda): a Coisa tinha voltado e agora atacava no mediastino. E aí a merda ficou mesmo bem cagada e veio veneno correndo pelo corpo, sessões de radiação que ferravam o esôfago, minha mãe com uma tosse de cachorro constante, minha mãe tomando antidepressivo que nunca foi a cara dela, minha mãe apática diante de toda a sua vontade queimada por toxinas que matam o que é maligno e levam embora também o que é bom, minha mãe foi escondida sozinha raspar a cabeça antes de o cabelo cair por completo (para não incomodar a gente), minha mãe ficou com tanto medo que até topou que eu a levasse num centro espírita em busca da cura que, de fato, aconteceu. Por causa do mundo sobrenatural ou dos quimioterápicos ou dos dois, o cabelo da minha mãe voltou a crescer e ela assumiu os fios brancos e estava toda felizinha mesmo tendo decaído muito depois de tudo, mas o intervalo de paz durou pouco porque o indicador tumoral começou a subir de novo e mais uma vez ela teve que vasculhar o corpo inteiro para ver se a Coisa havia resolvido dar as caras novamente e a gente nem tinha se recuperado da morte do meu pai e das outras ameaças de morte da minha mãe e veio mais essa, e o que mais poderia vir, caramba, o que mais?, e aí eu pensando nisso diante do portão da velha casa peguei o celular para ver que horas eram e não sei por que diabos ele estava aberto no álbum de fotos, aceso bem na imagem da minha mãe careca, e assim o lençol branco continuou rondando nossa família, ansiando por se jogar sobre cada uma de nós.

A Maria Júlia foi certeira ao apontar que entre a gente ninguém morre sem sofrimento (só o tio Wando foi de infarto fulminante). É sempre um definhar da matéria, e nós três continuamente a postos para termos nossos esteios dilacerados. Se Deus existe, ele está sempre exigindo que tenhamos couraças além da conta. Talvez por isso tenha nos compensado com um triângulo que, se não assenta de um lado, assenta de outro. Porque, apesar das disfunções, nossa geometria atada é o que nos salva.

Então estávamos nós três de volta ao lugar onde se escondem os morcegos pendurados de cabeça para baixo. Nós três no portão desta casa do porvir assombrada pelos fins e por todas as obsessões a nós unidas como os espinhos de proteção do muro.

E a obsessão é como uma roupa de gigante encharcada. Se quiser secar, tem que torcer, retorcer, torcer, retorcer e *t o r c e r* com força focada, não uma viradinha assim à toa, torcer com a vontade do espírito – retorcer às vezes por anos a fio – torcer nunca deixando de fora nenhum tendão, retorcer com gemidos inteiros até que os braços musculem, os neurônios esturriquem, os nervos incinerem, as sinapses ardam, a memória incendeie, o suor entre em brasa, as lágrimas inflamem e não sobre sequer uma gota d'água. Só um completo amasso. De terra seca. De roupa craquelada que não cabe mais.

Esse meu pensamento, uma farpa de alívio entre madeiras de demolição, foi logo interrompido pelo cachorro que quase ficou de pé e beijou nossa cara com seu focinho intrometido. O portão sacudiu, nós três saltamos quase em uníssono para trás – eu nunca contenho meu retardamento – e logo percebi que aquele eufórico boas-vindas do animal não era motivado por nossa presença, mas pela proximidade de seu dono.

Lá no fim da estrada de terra, o Antônio irrompia em meio à fumaça de areia pedalando em sua bicicleta Monark das antigas, parecia um super-herói grisalho nascendo de uma nuvem. Ele vinha com o pé no pedal enquanto gritava:

– Não assusta as meninas, Chang Lang!

Porra, que nome mais Baby Consuelo para se dar a um cão, Chang Lang é *bullying* com o cachorro, parece Ching Ling, o Moacir chamava celular chinês vagabundo de Ching Ling, o Moacir dava apelido para tudo, dava não, deve continuar dando, eu também dou apelido para tudo, eu sinto falta dessa bobeirada do Moacir, nisso a gente era parecido até, no começo a gente era parecido em várias coisas, e a cada coisa parecida a gente achava que quanto mais a gente parecesse mais a gente daria certo, e o engraçado é que, anos depois quando a gente terminou, a Hilda usou uma comparação bem clichê, mas certeira: duas peças iguais não completam o quebra-cabeça.

Mas eu não sou igual ao Moacir, não mesmo, só que quando a gente começou nosso atolamento um no outro – a paixão é um atolar-se no outro –, a gente queria mesmo virar um só, e naquele dia 24 de dezembro, véspera do nascimento daquele que veio salvar o mundo, eu também achava que estava começando a me salvar de mim mesma, e fui com o Moacir na Uruguaiana porque ele duro toda a vida ia comprar presentes para o sobrinho e a filha, e no dia anterior eu havia dormido pela primeira vez na casa do Moacir, aquela noite tinha sido nossa segunda trepada – porque entre a primeira e a segunda vez que fomos para a cama passou um tempão, porque o Moacir sumiu após uma noite cheia de encosta aqui, encosta acolá e línguas que pareciam um casal de cobras já enroscadas há um tempão, e foi aquela coisa toda tão gostosa que nessa primeira trepada eu gemi de amor sem estar gozando fisicamente, eu me tremia toda por estar vivendo o que tinha vivido muito tempo só na cabeça, e depois de um bom tempo de quase tudo – e quase tudo é muito mais que tudo, porque inclui todos os inacabados – ele foi entrando em mim sem camisinha e eu deixei porque estava tão cheia de amor e de tesão naquele pau pequeno embaixo da barrigucha grandinha – e olha que até então eu renegava com todas as forças os menores – que eu queria ficar ali naquele papai e mamãe encaixado para sempre, e nem imaginava que minha felicidade escapulia pela janela e invadia a noite, eu ali abastada em tudo, remediada de todos os males, completamente abandonada, ausente de qualquer resistência à vida, e aí ele pediu para eu pedir para ele gozar dentro de mim e eu no alvoroço de tudo o que eu sempre quis acontecendo naquela hora me senti meio Molly Bloom e disse sim, eu quero sim, eu deixo sim. E foi.

– A gente pode melhorar.

Foi o que ele disse depois do gozo, com a cabeça deitada nos meus pés, olhando para mim com aquelas bolsas de quem já tinha acumulado muita tonteira embaixo dos olhos nos seus quase 50 anos de vida. O Moacir mal sabia que eu não queria melhorar nada, que naquele dia o sol nascendo atrás da montanha era mesmo a aurora. E estava sendo aquela volúpia toda até o momento em que ele soltou:

– Eu vou te colocar pra dormir e vou pra casa.

Eu – que sempre quis fugir depois da transa, porque dormir junto é mais íntimo que uma trepada – me engasguei e cuspi um espesso COMO ASSIM? O Moacir disse que precisava ir para casa, que já era de manhã, que tinha que levar a filha para a escola, que ainda precisava secar com o secador as calcinhas molhadas dela que ele tinha recém-lavado, e eu já com saudade só imaginava o dia em que eu seria parte daquela família também, porque mesmo antes de eu ficar com o Moacir eu já gostava da filha dele e ela de mim, a Gabi parecia um chaveiro em miniatura do Moacir, uma palhacinha que anda pendurada no pescoço. Era uma dupla e tanto.

O problema é que só depois fui saber a peculiaridade perigosa do coração que eu estava comendo – uma amiga me disse que para os húngaros "eu te amo" é "eu vou comer seu coração" –, porque o principal motivo de ele ter que ir para casa era evitar o provável escândalo que a Lucrécia poderia fazer, a Lucrécia era a amiga que morava na casa dele e ficava com a filha dele fazendo as vezes de babá em troca de teto e sexo – o Moacir disse para mim que comia a Lucrécia só por força das circunstâncias, porque homem precisa trepar – e a Lucrécia fez mesmo o barraco quando ele contou que passou a noite comigo e que estava apaixonado, a metida a astróloga desenhou meu mapa astral e falou para o Moacir que eu era o demônio, e ela meteu o violão dele na parede quando ele disse que ela era só uma boceta amiga que ele não queria comer mais, e a Lucrécia ficou com muita raiva, muita raiva mesmo, e com razão, porque, claro, ela estava ali na casa dele há três meses trepando com ele e tomando conta da filha dele e isso segundo os moldes tradicionais é o que se não casamento?, e aí eles continuaram nessa maluquice e o Moacir nem me ligou no dia seguinte ao que a gente transou e não deu mais notícia e eu fiquei lotada daquele ar cortante de quem espera trem no inverno e passei contando os dias com as unhas roídas dos meus dedos pois dali a uma semana eu iria encontrar o Moacir no encerramento da peça em que eu era assistente de arte e ele atuava, e todo domingo tínhamos que liberar o palco, cabia a mim desmontar o cenário, um suposto globo da morte feito de jornal pela Carlota Rito, uma artista bambambã que sempre cria cenários com sucata, era uma peça moderninha demais para o meu gosto, uma coisa assim meio blasé além da conta, por isso eu gostava quando o Moacir entrava em cena, o Moacir é um grande ator, intenso sem ser canastra, irônico e divertidíssimo, o Moacir fazia a plateia que estava quase dormindo gargalhar, o Moacir soltou um improviso e recebeu um aplauso em cena aberta durante uns três minutos no dia da estreia, o Moacir tem mesmo umas tiradas ótimas, e desde o início dos ensaios a gente se despedia dando um abraço tão lua crescente e tão demorado que eu passei sete meses platonizando, e numa dessas despedidas ele soprou no meu ouvido:

– Seus peitos não são de silicone. Quem tem peito de silicone abraça primeiro com os peitos. Os seus não parecem duas bolas de leite.

O ar desceu pelo meu pescoço e eu me arrepiei toda. E então, depois disso, numa das poucas vezes que o Moacir saiu com a equipe depois da peça – ele dizia que não saía com a gente porque não tinha dinheiro nem para o Danoninho da filha, o Moacir só foi ao bar essa noite porque o diretor o convidou –, eu fiquei toda aflita achando que era uma puta oportunidade para acontecer alguma coisa, mas aí além de não rolar nada além do já típico não fode nem sai de cima, ele resolveu flertar cafajestemente com a amiga de uma das atrizes, pegou o telefone dela e eu fui ficando cada vez mais triste, e então resolvi esquecer o Moacir e passei a me afastar, a não dar mais trela para os papos dele e comecei a dar trela para o Ernesto que reapareceu pedindo para eu posar nua para um dos quadros que ele começou a pintar numa tentativa de variar um pouco os paus sempre duros, o Ernesto apareceu querendo que eu fosse modelo para a sua série de vulvas e vaginas e clitóris pintados a óleo, o órgão feminino abarcado em toda sua inteireza, e eu achei bonito quando ele disse vulva e clitóris e não apenas vagina ou boceta, acho tão tosco boceta, mas o Ernesto não se referiu só ao orifício, e assim como os paus para ele têm rosto, a minha vulva também teria rosto, minha cara apareceria na pintura, não seria como o Moacir costumava dizer, que para os caras as bocetas não têm rosto, mas aí quando o Ernesto apareceu com esse convite eu logo lembrei que ele me chupava de um jeito tão milimétrico, sabedor de tantos tatos que eu própria desconhecia, que fiquei bem curiosa sobre a arte do Ernesto sobre o órgão feminino e topei posar amarradona, eu admirava o Ernesto porque ele aproveitava todo o seu tempo livre dentro do ateliê na garagem de sua casa, ele com aqueles bíceps trabalhados pelo *jiu-jitsu* passava os dias vendendo suplementos em uma loja para atletas e adentrava as noites em um processo autodidata regado a taurina e anfetamina, e quando ele me convidou para posar nua enchi a cara de Boazinha, a mais suave das cachaças vinda do bálsamo, que de fato foi um alento para que eu abrisse as pernas para o quadro, mas não para o Ernesto, não que ele não quisesse, mas nesse quesito o Ernesto é superprofissa, vai lá, tira a foto, pinta ou desenha e zarpa, não mistura as coisas, ao menos não no mesmo dia, e isso de ser modelo foi um jeito de a gente se reaproximar e aí ele ficou no meu pé, me chamando para esse evento de artes plásticas aqui, aquela exposição acolá, e depois de muita insistência eu acabei aceitando sair com o Ernesto e resolvi transar com ele e durante o sexo fui relembrando que o Ernesto tem aquele jeito de trepar na chapa, no forno, no fogão, e quando eu estava com o dedão do pé dele na minha boca eu recordei a noite em que transamos em cima de uma caminha de cachorro na despensa de uma festinha, e enquanto eu me sentia fazendo acroyoga eu pensava que o Moacir no auge de seus quase 50 não deveria transar assim, e aí eu fiquei ali dando para o Ernesto enquanto pensava no Moacir, e segui dando para o Ernesto enquanto pensava no Moacir, eu tinha que esquecer o Moacir, estava mais do que na hora de sair da criação e viver a vida e, ora essa, o Ernesto conseguia me fazer gozar com os lábios estourados pelo *jiu-jitsu* e fazia cafuné em mim e gostava de deitar encostando pé com pé e também entendia que dormir esparramado era bom, não tinha esse negócio tenso de ficar de conchinha, essa coisa que sufoca, e ele super me incentivava a largar a paranoia pensante e agir com as tintas e também suportava a minha ansiedade e ia correr comigo e não se incomodava com a minha fumaça mesmo não sendo fumante, e eu fazia carinho na sua orelha arrebentada e a gente via filme juntinhos – menos o do urso Ted que desse eu não dei conta –, e aí fui me acostumando a ficar com o Ernesto e fui dando uma chance para ver se o amor era mesmo essa coisa que dizem que se constrói com a convivência, eu tinha que esquecer aquele velho do Moacir, e o Ernesto todo fortinho, todo bíceps, todo bundinha dura e gostosa e todas as piadas idiotas com pau, pau, pau, e o Moacir com as tiradas fenomenais dele, e o Ernesto que vibrava ao ver o campeonato de MMA às três da madrugada, o Ernesto que fazia saladas bem misturadas com alface, rúcula, tomate, cenoura, pepino, palmito, hortelã, cebola, passas, champignon, nozes e tudo que tinha direito – e tanto tudo virava nada, porque não dava nem para reconhecer o gosto de cada coisa –, e o Ernesto me ajudava a arrumar a cama e a passar o aspirador na casa, o Ernesto todo parceiro enchia a cara e ficava mais bobalhão ainda, mas de tolo o Ernesto não tinha nada porque como artista ele se levava a sério e fazia o que o inconsciente louco dele jorrava e a sala da minha casa foi virando a garagem da casa dele e ficou lotada de telas supercoloridas cheias de paus e vulvas e peitos e cus, e aí eu fui me sentindo mais normal porque tinha um namorado, mas também fui me sentindo cada vez pior porque enquanto o Ernesto superproduzia eu ficava atarantada no espaço em branco, e aí ele com aquele bando de referências impulsionando a Bic, o grafite e os pincéis e eu com todas as obras dos artistas que eu tinha que escrutinar antes de começar a pintar, os livros que eu precisava ler até o fim da vida, o mundo inteiro do qual eu nunca daria conta, e ele pintando e organizando exposições e querendo se livrar do trabalho para viver de arte e eu podendo tudo e não fazendo nada.

Já namorando o Ernesto eu fingia para mim mesma que estava cagando para o Moacir e fazia um esforço danado para não dar trela para ele, e segui sabendo que toda a história que eu tinha criado era só mais uma do meu pacotão de invenções, e assim fui me esforçando para viver na realidade, e estava até me acostumando com o Ernesto, com a loucura abafada dele, com as risadas que ele dava tapando os dentes com a mão – ele estava todo feliz porque finalmente havia juntado uma grana e poderia pagar o tratamento dentário para consertar os caninos – e eu fui me habituando ao Ernesto – e só agora noto que habituar-se a alguém é deixar o outro virar de fato um hábito na sua vida – e sim, o Ernesto estava finalmente se tornando uma rotina que me ajudava a desproblematizar todas a miudezas da minha cabeça, e assim fui me atendo a ele até o dia em que o acaso se pôs a trocar alianças com a varinha de condão e quando eu saí do teatro depois de uma sessão fatídica da peça na qual só havia seis espectadores, me questionando sobre toda essa merda de ser artista e para que essa coisa umbiguenta serve para o mundo, segui sozinha pela rua em direção à estação do metrô com o olhar perdido, me debatendo com quem eu era e com o destino que eu estava erguendo – um ateliê cheio de obras não concretizadas não é nada, então eu sou o quê? –, meu pai estava certo quando dizia que se não fosse ele eu iria morar embaixo da ponte, meu pai era uma águia, e por que eu mereço isso tudo se não faço algo que preste?, e aí parei para comprar um Marlborinho na banca e quem estava lá adquirindo o Marlborão dele era o Moacir, e ele também estava indo para o metrô, e então caminhamos juntos soprando fumaça no ar frio – dali a pouco eu me esquentaria com o Ernesto em casa – enquanto a lua sorriso se anunciava no alto da ladeira e nós soltávamos os joelhos rampa abaixo até sentarmos lado a lado no vagão das mulheres – que estava vazio porque não era a hora do *rush* abusador – e eu com uma puta vontade de ser assediada pelo Moacir depois do áudio agudo do "não atravesse a faixa amarela" sei lá por que disparei de supetão:

– Sabe que eu já fui apaixonadinha por você?

Na lata, antes do "cuidado com o vão entre o trem e a plataforma", o Moacir disse:

– Eu também.

E ficamos olhando um para o outro em suspensão enquanto o metrô solavancava até o Flamengo.

– Foi bom ter te contado pra eu perceber que não era coisa só da minha cabeça.

Permanecemos naquela ausência de palavras quando os olhos envergonhados se evadem e no instante em que as portas se abriram ele me deu um beijo estalado ao lado da boca e saiu do vagão e o metrô voltou a deslizar pelos trilhos enquanto o Moacir ficava para trás na plataforma encarando o trem partindo e eu quase com torcicolo dentro do vagão tentando enxergá-lo, e quando tudo escureceu no subsolo eu estava completamente cheia naquela lua crescente e saí do metrô como quem brinca numa piscina de bolas coloridas e subi as escadas rolantes estalando os dedos no compasso da música dos Beatles que inundou minha cabeça,

"*Here comes the sun, tchurururu, Here comes the sun, And I say, It's all right*", e segui trotando pela Voluntários da Pátria como um cavalo manga-larga de sorriso aberto, e a noite estava assim, tchurururu, e fui bamboleando pelas cinco quadras até a minha casa e nem queria mais encontrar o Ernesto e quando cheguei no posto parei para tomar um Nescafé quentinho da máquina e encostada no balcão eu senti um bocejo no meu cangote e quando me virei a primeira coisa que o Ernesto disse foi que eu estava linda, e é muito louco esse lance dos feromônios do cupido, como a possibilidade de concretizar uma paixão deixa a gente assim tão abestada e como os outros notam, e aí quando subimos para o meu apartamento o Ernesto foi logo se atracando comigo e transei com ele pensando no Moacir e ansiando por um prazer sufocado de fortuna idílica.

Mas com o Moacir a marcha nunca engatou de vez e nosso percurso foi sempre cheio de engasgues. Dizem que o início de qualquer relação determina o porvir. Depois de sete meses de pele enrugada por tanto banho--maria, eu já deveria saber que nossa posteridade seria escaldante.

No dia seguinte, eu acordei pensando no Moacir. Quando estava trocando de roupa para ir correr com o Ernesto o telefone da minha casa tocou. Eu atendi e o Moacir ficou mudo do outro lado da linha, eu tinha certeza absoluta que era ele, essas coisas a gente sente, o Moacir só ligava para o convencional porque, assim como o Ernesto, ele nunca tinha crédito no celular e aí o

Moacir desligou o telefone sem falar nada e eu passei a manhã e a tarde vendo o mundo espocando e à noite fui para o teatro depois de vestir todas as roupas do meu armário e saí com uma saia pregada que aumenta a bunda e então depois do espetáculo o Moacir me chamou para tomar um chope e eu fiquei sem saber o que fazer porque por mais que eu pensasse que algo iria acontecer eu achava que poderia ser só mais um amontoamento da minha imaginação, tanto é que eu tinha combinado de encontrar o Ernesto depois da peça, mas aí o chope rolou mesmo e acabou que todo o elenco foi e aí eu mandei um caô para o Ernesto, disse que estava indo beber com a galera e que assim que eu soubesse em qual bar sentaríamos eu avisaria a ele, mas então eu desliguei o celular e fui mesmo muito escrota, e aí chegou a hora em que eu já estava bem alta de caipivodca e levantei da mesa com cigarro e isqueiro a postos – porque hoje em dia fumante é leproso e tem que se afastar dois metros do toldo, mesmo que a galera inale a rodo o monóxido de carbono dos carros –, e então saí para fumar e o Moacir foi atrás e viciados que somos acendemos nossos caretas e acabamos dando só uma tragada porque o acúmulo de sete meses estava rebentando e então foi aquele beijo de sete minutos – alguém disse que cronometrou – que girava tudo no meio da encruzilhada em frente ao restaurante Aurora e o bar Plebeu – os nomes que iniciavam toda a dicotomia da nossa história – e foi então que nós transamos e eu pedi para ele gozar dentro e ele foi embora e sumiu no meio do rolo com a

Lucrécia e eu liguei para o Ernesto e contei por alto o que havia acontecido, disse que o Moacir era uma paixão platônica de muito tempo, e aí o Ernesto riu na minha cara e disse que o Moacir poderia ser meu pai, que essa questão senil eu deveria resolver no consultório de análise, que o pau do Moacir nem devia subir mais, que eu ia trepar com alguém que precisa tomar Viagra (mal sabia o Ernesto que eu até já tinha transado com o Moacir), e aí eu disse que estava ridícula essa conversa pelo telefone e que queria encontrar com ele para terminar de forma decente – no fundo eu não queria nada, mas achava que era o mínimo que eu deveria fazer – e ele superabalado, mas se mostrando o valentão disse que não ia me encontrar porra nenhuma e que desejava que eu fosse muito feliz e desligou o telefone e eu fiquei aliviada. Mas acontece que o Ernesto não sumiu, porque ele não cansava de mandar mensagens dizendo que ficava de pau duro só de pensar em mim – sempre o pau, pau, pau – e começou a fazer ameaças falando que iria se matar, mas não se matou nada, e ainda voltou a namorar comigo quando o Moacir e eu terminamos de vez.

Foi mesmo muita provisão do destino eu estar com o Ernesto na noite em que o telefone tocou de madrugada e era a minha mãe anunciando a despedida do meu pai. Nesse dia de suspensão – a alavanca do tempo também trava para quem fica –, quando meu pai virou inanimado, eu deitei minha cabeça no peito ainda quente dele e tentei carimbar na minha pele a carne que dali a pouco estaria morna, busquei reter com meu nariz grudado na nuca dele aquele cheiro de pai, do meu pai, meus olhos querendo decorar cada dobra daquela orelha com seborreia, cada fiapo das sobrancelhas pintadas de preto, todo o branco do cabelo oleoso reluzente – tratado a pão de ló por um *shampoo* desamarelador indicado pela Maria Júlia. Ali, deitada no peito ainda morno do meu pai, senti as células abandonando suas trajetórias feito as formigas que se perdem quando alguém remove o marcador de feromônio da trilha, arrancando-lhes do bolso o endereço da própria casa.

Depois, acendi uma vela e num impulso ajoelhei ao lado da cama onde meu pai jazia e pedi que ele encontrasse o pai dele e que não houvesse escuridão aonde quer que meu pai estivesse indo, se é que ele estava indo para algum lugar, mas ele tinha certeza, ao menos era o que dizia, de que encontraria o pai dele, o pai que ele perdeu aos 15 anos, e aquela cena que meu pai não precisava puxar pela memória porque era sempre presente: ele e os irmãos jogando pingue-pongue no sobradão da Ilha do Amor, e de repente alguém grita lá embaixo e os três irmãos e a mãe olham pela janela e assistem ao corpo do pai vir carregado por dois homens subindo a ladeira em direção às escadarias do sobradão, o corpo robusto do meu avô que parecia um porco gigante indo parar no abatedouro, enquanto lá na frente o sol do entardecer iluminava os sinos da igreja do Carmo batendo às cinco da tarde. E cada vez que meu tio poeta me contava essa história, ele citava o Lorca:

> "Às cinco horas da tarde.
> Eram cinco da tarde em ponto.
> Um menino trouxe o lençol branco
> às cinco horas da tarde.
> Um cesto de cal já prevenida
> às cinco horas da tarde.
> O mais era morte e apenas morte
> às cinco horas da tarde..."

Meu pai encontrou, sim, o meu avô. A Maria Júlia contou para a gente. Um sonho que não foi sonho, ela disse, e meu pai disse para a Maria Júlia que havia chegado bem do lado de lá e que só no início foi difícil porque ele sentia frio e sua bunda estava muito gelada. E logo depois meu pai encontrou a minha avó e meu avô e tudo ficou bem, e a gente também deveria ficar bem, ele disse. A Maria Júlia está certa de que foi uma conversa real. Eu queria ter certeza de que um dia vou reencontrar meu pai.

Ajoelhada ao lado do corpo ensanguentado que não era mais o meu pai, naquele quarto onde segundo ele a desgraça começou quando caiu da rede, saltei do meu devaneio ao perceber o silêncio cheio do Ernesto parado na porta.

– Me dá um paninho que eu limpo ele.

Chorei. O Ernesto é um cara muito sensível, ele perdeu a mãe por causa de um aneurisma na cabeça bizarro, o Ernesto precisa de muito colo, não foi justo o que fiz com ele, talvez eu tenha sido bem idiota porque o Ernesto era superparceiro, e naquele dia de atravessamento, depois que a funerária levou o meu pai afundado no lençol branco feito uma coisa qualquer – essa foto que jamais se apagará com o tempo –, eu peguei a lupa imensa que havia dado para meu pai e carreguei aquele olho gigante até a minha casa, e aí coloquei o olho no meu altar ao lado do Buda e, imersa naquele tempo fora do tempo, resolvi correr para quem sabe dar uma aliviada e o Ernesto foi comigo pois ele dizia que os momentos em que ficou só logo após a morte da sua mãe foram os piores da vida e então ele não me deixava só nunca e na volta da corrida paramos suados na farmácia para eu comprar minha Bup, cuja cartela havia acabado justo no dia do fim, e enquanto eu estava no balcão preenchendo a receita para entregar ao atendente, o Ernesto ficou atrás de mim fuxicando a seção de preservativos, e aí pegou uma camisinha *extra large* que ficaria folgada no pau dele e disse bem alto, provavelmente achando que eu daria umas boas risadas:

– Vamos levar essa aqui, né, bonita?

Ai, que ódio! Eu achei o Ernesto tão idiota, tão moleque, que piadinha mais esdrúxula e sem cabimento, e aí não aguentei e também mandei bem alto para a farmácia inteira ouvir:

– Você tem problemas com o tamanho do seu pau, né?

O Ernesto deu uma risada super sem graça encobrindo os dentes com a mão e ficamos parados na fila do caixa em silêncio.

Uma semana depois, após a missa de sétimo dia do meu pai, quando a Maria Júlia fez um discurso tão comovente que até o sino da igreja tocou sem avisar – e eu não fui capaz de escrever nem falar sequer uma palavra –, dormi com o Ernesto pela última vez. Porque conchinha nunca foi nosso hábito e a cisão já estava completa.

Hoje, o Ernesto mora em Portugal e é conhecido por seus paus em tinta dourada. Todo dia reitera sua felicidade postando fotos com a mulher e o cachorrinho buldogue francês pra cima e pra baixo como se o cão fosse um filho, Plínio de babador, Plínio tomando remedinho na mamadeira, Pliniozinho ainda pequenino, mas já se comprometendo com a cadela vadia em plena luz do dia, ah! o Pliniozinho e o pauzão pendurado, o pauzão que dá três paus do Ernesto, o Ernesto e mais uma vez o pau, pau, pau, acho que o Ernesto queria mais um casamento do que uma mulher, eu é que sou chata, eu que não gosto fácil, se eu tivesse ficado com o Ernesto talvez a gente criasse um filho em vez de um cão, se eu tivesse ficado com o Ernesto certamente ele me incentivaria a fazer alguma coisa com as minhas coisas, se eu tivesse ficado com o Ernesto quem sabe eu sairia da minha idade de velha imatura, quem sabe eu perderia meu chiado de rádio que não encontra a estação.

\* \* \*

A Maria Júlia, com seu rosto de quem encara as coisas de frente, estava observando atenta o esvoaçamento das cortinas na sala além do portão, as cortinas se moviam como crinas galopantes, e nós três feito cavalos prestes a dar a partida, olhando para a casa e a casa conversando com a gente, estava quente pra caramba para eu ficar pensando nas coisas atrás das coisas, e de sovaco molhado lembrei que naquela véspera de Natal com o Moacir na Uruguaiana o sol também estava a pino e a gente se bronzeava de ternura porque, graças a mim, um mês após ele ter sumido depois da nossa noite de explosão feito câmara de pneu que sai da neve direto para o asfalto, houve uma hora que eu não aguentei mais e resolvi jogar meu orgulho no lixo, e essa hora foi às sete da manhã, quando meu pai estava mais uma vez no hospital se recuperando de alguma coisa entre todas aquelas que o assolaram nos últimos anos, e enquanto meu pai roncava eu tentava dormir no sofá destinado ao acompanhante ouvindo o ar-condicionado pingar do lado de fora e todos os apitos dos sensores do lado de dentro, e virando de um lado para o outro eu só via as paredes brancas como o lençol pálido que embrulharia e levaria meu pai, o branco da pele germânica do meu pai, o branco reluzente do cabelo grisalho que estava lindo recém-nascido na cabeça da minha mãe, a Maria Júlia e a Maria Juliana estão certas sobre o doce da vida, tenho certeza de que minha mãe está se curando, irmã, a vida é doce, doce como a calda da maçã do amor que derrete e vira vermelho fluxo que um dia endurece, e naquela noite em que o fluxo de sangue do meu pai voltou ao normal, a Vanessinha tomou conta da minha cabeça, a Vanessinha tinha sido o meu primeiro contato com a morte, a Vanessinha era minha amiguinha de quintal e de pôneis e de carrossel, e voltando da escola no carro com a minha mãe, depois de alguns dias que a Vanessinha tinha sumido, eu perguntei à minha mãe por que a Vanessinha estava fora de casa havia tanto tempo, e minha mãe respondeu que a Vanessinha havia ido para perto do papai do céu porque ela tinha um dodói na cabeça que não sarava nunca, e aí eu perguntei para minha mãe por que a Vanessinha não tomou remédio, e então minha mãe disse essa frase que nunca saiu da minha cabeça:

– Porque para a cabeça, minha filha, não tem remédio.

O carrossel continuou girando no teto do quarto da Vanessinha que permaneceu sem ela mas intacto na casa da tia Elisa, girando, girando, girando sem parar, porque ali o vento não cessa seu arregaçamento, como os sopros que entravam pelas ventanas do ar-condicionado do hospital, e sem conseguir dormir naquele frigorífico comecei a escrever meu e-mail desabafo para o Moacir me desfazendo de qualquer dose de altivez, e depois de revirar minha pele em seis laudas eu dei o ponto final e enviei a ele às sete da matina, quando a enfermeira entrou no quarto para colher o sangue do meu pai e a Maria Júlia chegou para me render, e então eu amassei meu pai num abraço tão forte que ele pediu para eu parar de esmagá-lo porque assim ficaria lascado, e fui pedalando do hospital para casa e minha bicicleta parecia ter se livrado de um baita bagageiro e lá em cima o Cristo arregaçava seu sovaco e aqui embaixo eu passei o fim de semana inteiro checando meu e-mail de segundo em segundo e na segunda recebi a resposta sucinta do Moacir: eu sou uma besta de oito patas, vou te ligar.

Desde o início eu devia ter notado que o Moacir precisava de todas as provas para se sentir amado e ainda assim nunca seria suficiente, mas naquela véspera de Natal o Moacir era o meu presente mais esperado, e logo que a gente acordou ele preparou pão no bafo com manteiga – quem diria que alguém me faria comer farinha com gordura, e como era gostosa aquela maçaroca –, e eu contei para o Moacir que há cerca de 15 anos eu não comia pão francês, que eu tinha sido anoréxica e quase fiz meu coração parar e que depois descobri a liberdade do vômito, e abri todos os meus podres e noias e doenças para o Moacir, e ele também arregaçou sua infância e adolescência nada bonitas que passou em Bonito, me contou como veio do Centro-Oeste para o Rio com o bandolim embaixo do braço, me descreveu sua ex-mulher periguete bunduda que usava a filha para atingi-lo e que odiava o Moacir porque ele não pagava pensão, e também me contou do pai que nunca teve porque o salafrário abandonou a mãe grávida na lua-de-mel, e reclamou de como estava sendo difícil arrumar um *roommate* para morar no quartinho de empregada, porque ele tinha ficado comigo e por isso havia mandado a Lucrécia embora, e mesmo que ela não rachasse o aluguel ao menos tomava conta da Gabi, e agora não tinha mais ninguém para tomar conta da Gabi, e o Moacir fez questão de me dizer que a Lucrécia ficava feito sirigaita de calcinha e sutiã pelo apê, e ele repetia como estava sendo puxado arranjar um *roommate* para ficar no quartinho lá de trás, disse que pensou em colocar para alugar o quarto da Gabi e passar ela para o de empregada, que ele nunca imaginou que cairia em um perrengue financeiro desses, como ia explicar para a Gabi que o pai dela era um imprestável que não conseguia mais tourear a vida?, o Moacir falava como se só ele tivesse que levar flechada na arena do mundo, e a publicidade que havia lhe dado tanta grana no passado já não queria um velho desses como garoto-propaganda, e enquanto o Moacir procurava o filtro de café me contando isso tudo eu disse que na falta de coador a gente podia passar o pó em alguma meia, que eu já tinha feito isso, e aí ele riu e gargalhou mais ainda quando eu contei da manhã em que coei a ração da minha gata no lugar do café, e me confessou que já tinha sentido um batidão dentro desde o dia em que a gente se conheceu na primeira leitura da peça quando eu cheguei atrasada levando uma garrafa de pinga e tirei os sapatos e estava com uma meia diferente em cada pé, e desde esse dia eu também dormia e acordava pensando no Moacir, e então ele achou o coador de café e eu sem querer soltei um pum e imediatamente arrastei a cadeira para tentar disfarçar o barulho produzindo um ruído semelhante, e aí o Moacir para não me deixar constrangida soltou outro pum de volta, e aí nós rimos mais ainda, e enquanto a cozinha era inundada pelo aroma dos gases e do café começamos a descobrir que nenhum de nós dois tinha medo de intimidades hediondas, até fazíamos cocô na frente um do outro – o Moacir sempre disse que o esgoto ficava ao lado do lugar do prazer e que o esgoto também era lugar de prazer –,

e aí no meio de todo aquele iê-iê-iê eu fui me livrando
da desesperança de já aos 30 e tantos anos só ter tido
um amor vivido fora da cabeça, e como eu estava feliz,
como eu estava feliz, e aí o Moacir me chamou para ir na
Uruguaiana e eu fui empanturrada daquele frenesi todo,
aquela coisa besta que deixa a vida mesmo abestada, e
naquele dia eu estava tão sorriso sincero à toa que pas-
seei feito a mulherzinha que eu sempre tinha renegado
de mãos dadas com o Moacir no camelódromo lotado
de véspera de Natal, e pensava como eu era e ainda sou
bem atrasada mesmo, eu que nasci prematura e estou
sempre comendo o ar, e o ar que não me sufoca pela sua
falta, eu que me sufoco por seu excesso.

Naquele ar escaldante de Papai Noel queimando gordura, enquanto o Moacir comprava GTA pirata para o sobrinho e Tomb Haider hackeado para a Gabi, eu me ques-
tionava se a vida queria me mostrar algo original com
aquilo tudo, porque o Berilo também ia na Uruguaiana
comprar *videogame*, o Berilo também fumava maconha e
acendia um cigarro com a guimba do outro – feito galho
que se joga para não apagar a fogueira –, o Berilo fazia
todo mundo rir com seu jeito de quem odeia todo mundo,
o Berilo também era um palhaço triste que só, o Berilo se
escondia nos gibis, zumbis e afins, o Berilo era fissurado
em quadrinhos e bolou um plano infalível para salvar
suas revistinhas caso seu apartamento pegasse fogo, o
Berilo ficou puto comigo quando saí do banho e sacudi
o cabelo molhado e uma gota caiu no plástico que enca-
pava *A origem* do Superman, o Berilo hoje vai de capa e

óculos escuros na Uruguaiana para não ser reconhecido, o Berilo virou um *pop star* comediante ídolo das adolescentes, o Berilo 15 anos depois continua sendo um adolescente, o Berilo que além do Wolverine, do Batman, do Quarteto Fantástico e da Liga Extraordinária também coleciona super-heróis em miniatura e até conversa com eles, eu e o Berilo que éramos o casal vinte da Escola de Belas Artes, o Berilo que antes de a gente namorar pesava mais de cem quilos, o Berilo que um dia encostou a mão dele na minha e ela me pareceu uma almofada, o Berilo que começou a me namorar ainda gordinho e foi emagrecendo e mesmo com a bunda flácida se tornou um Don Juan escancarado, o Berilo que todas as meninas queriam e que dizia que me queria, o Berilo que começou a me meter um chifre atrás do outro e na frente dos outros, o Berilo que me namorou e namorou outra ao mesmo tempo, o Berilo que me fazia soluçar nos jardins da escola, os jardins que exalavam dama-da-noite e marola, a marola das melhores noites e dos piores dias daquele tempo que foi o maior de todos os tempos, aquele tempo que eu não sei quanto tempo tinha, aquele tempo que ainda tem seu tempo, os mais diversos cenários no mesmo teatro, as cortinas empoeiradas de outros mundos e outros personagens, os personagens que escondiam papéis reais de cleptomaníacos, panicados, bulímicos, órfãos e viciados em drogas para cavalo, as personagens que abriam as pernas e o Berilo que se metia entre elas, o Berilo que aprendeu a ser mestre no sexo com sua primeira namorada, a primeira namorada do

Berilo que era puta e depois virou evangélica, o Berilo que mijava em garrafas PET espalhadas pela casa, o Berilo que tinha problemas com seu pai, o pai do Berilo que era uma das cabeças mais fodas do Brasil, o pai do Berilo que também escrevia sobre fodas, o Berilo que foi minha primeira foda, o Berilo que me pedia para gozar olhando para ele, o Berilo que nessa hora sussurrava eu te amo no meu ouvido, o Berilo e as melhores transas da minha vida, a virgindade perdida com meu primeiro namorado gay não conta, o meu primeiro namorado gay não sabia que era gay, o meu primeiro namorado gay dançava na cama ouvindo Whitney Houston, o meu primeiro namorado gay gritava Jack, Jack!, e abria seus braços peludos na cabeceira como se estivesse na proa do Titanic, o meu primeiro namorado gay enfileirava as garrafas de Perrier do lado esquerdo da geladeira, o meu primeiro namorado gay morava na República do Peru e era uma perua, o meu primeiro namorado na verdade mesmo foi o Berilo, o Berilo que me ensinou a ser devassa no amor, o Berilo que caiu do bugre quando era criança, o pai do Berilinho que não percebeu o filho gordito pulando para fora no quebra-molas, o Berilinho que foi esquecido no meio da estrada, o Berilo que foi minha primeira estrada, o pau do Berilo que eu adorava chupar, o Berilo que me sacaneava e depois se ajoelhava no asfalto, o Berilo que estava ficando careca, o Berilo que tinha medo de tomar Finasterida e ficar broxa, o Berilo que de fato broxou quando eu terminei com ele, o Berilo que queria casar e ter filhos comigo, o Berilo que hoje tem um filho, o Berilo que ficou disputando espaço entre seus bonecos e os do filho na prateleira, o Berilo que foi minha primeira ida e volta, o Berilo que ficou indo e voltando por muito tempo, o Berilo que me lançou na correnteza, o Berilo que me virou de cabo a rabo, o Berilo que foi o primeiro a comer meu rabo, o Berilo que só estava indo embora sete anos depois na Uruguaiana com o Moacir, o Moacir que comprava *videogame* para a filha, o Moacir que queria ter um filho comigo, o Moacir que dizia que nosso filho ia ser um menino, o Berilo que me deu um boneco do E.T., eu e o Moacir e o Berilo que somos à parte do mundo, eu e o Moacir e o Berilo nos encontrando nos apartes, eu e o Moacir ali na Uruguaiana alheios a tudo e a Simone cantando o renascimento do salvador do mundo e o Moacir comprando GTA e eu adquirindo o celular Ching Ling e

– CHANG LANG!, CHANG LANG!, CHANG LANG!

De volta ao portão, o Antônio estacionou metendo o pé na terra após fazer uma curva derrapante. Foi areia para todo lado. Depois de alguns cof-cofs e nós três esbranquiçadas feito lascas do passado, e o pedal da bicicleta girando para trás em contrafluxo, o Antônio mandou a primeira frase, que às vezes vem em luva de pelica, mas quando bate de verdade é palmatória no coração:

– Como o tempo passa.

Não, Antônio, não é o tempo que passa. É a gente que passa pelo tempo. O tempo fica. Como o assoalho encardido dessa casa. Como o cheiro de amônia que acorda as minhas narinas. Não é uma questão de vasculhar a memória. Mas de ser atropelada por ela.

## IV.
## O hamster vira a roda

Enquanto o Antônio tirava o molho de chaves do bolso da bermuda, todas elas de formas e tamanhos diversos tilintando entre si, eu pensava quantas aberturas estariam escondidas em cada cômodo daquele velho espaço. Porque os furos, por mais que sejam imperceptíveis, estão sempre ali, esperando sem nenhuma ansiedade pelo momento em que serão notados.

O Antônio, como que sentindo a chegada daquelas crianças já adultas, duas delas para sempre quase iguais entre si – não se pode esquecer a diferença de espaçamento entre as pintas negras e os narizes, estes sim sem disputa alguma, mas mesmo que elas estejam vestidas igualmente de laranja eu as reconheço pelo olho, nunca me enganei, e minha mãe e meu pai também não, ele sabia muito bem quem era a Maria Júlia que ele amava e a Maria Juliana a quem renegava –, então o Antônio embasbacado com elas duas tanto tempo depois, mas ainda com o mesmo assombro, se embolou diante do portão. Parecia ter esquecido o segredo da fechadura.

As chaves dançavam quadrilha na mão dele, o Chang Lang não parava de latir e dar voltas em torno do próprio eixo, o pedal da bicicleta continuava rodando para trás como que motorizado, as gaivotas faziam sua passeata periódica lá em cima, aqui embaixo o Antônio parecia uma rolinha que perdeu a asa, e nós três provavelmente estávamos ali em mais uma volta no círculo feito de vários pontos, mas nenhum deles com origem definida, porque é sempre difícil demarcar onde é o fim de uma coisa e o começo de outra, e talvez as coisas continuem continuando para sempre e não acabem nem mesmo com a morte.

Meu pai não acabou.

– MÃE!!!! MÃEEEEEEE! MÃEEEEEEE!

Berro como uma porca no abatedouro porque o Antônio está no portão com a gente e lá dentro minha mãe não atende a campainha, nem o celular, nem o telefone de casa então deve ter acontecido alguma coisa com a minha mãe provavelmente ela estava espevitada em cima da escada velha e bamba de alumínio querendo achar todos os documentos do meu pai e do jeito que é aflita e esquece que tem idade e faz tudo à la *The Flash* deve ter tropeçado e caído no chão e sua cabeça bateu na quina pontuda do armário e fez um corte bem na marca onde o médico abriu para operar o aneurisma e minha mãe sangrou e sangrou e a gente demorou para chegar e agora a poça de sangue está lá em volta dela igual à bacia vermelha do meu pai e

– MÃEEEEEEEEEEEEEEEEEEEEEEEEEEEE!

– QUE ISSO, TÁ MALUUUUCAAAAAA?

Em uma só voz, a Maria Júlia e a Maria Juliana me despertaram do pesadelo. Elas estavam boquiabertas e o Antônio tinha os olhos esbugalhados e o Chang Lang havia se afastado uns dez metros do portão e enquanto os pingos de suor escorriam feito lâminas de gelo em avalanche pelo meu corpo, a Maria Júlia colocou a mão na minha testa. A Maria Juliana me abraçou com força e disse:

– Irmã,
tá tudo bem
tá tudo bem
tá tudo bem.

Na imensidade do meu tempo, fui me apercebendo ainda mais partida na minha solidão. Então, a Maria Juliana perguntou com toda a sua sensatez:

– Antônio, cadê a minha mãe?

– Tá lá na casa de trás jogando as coisas velhas fora. Espero que ela não me jogue também.

Minhas irmãs riram com seus dentes igualmente enfileirados. Eu ainda estava arfando porque o pior dos mundos tinha dado as caras justamente ali naquela hora e a grande merda é a constância com a qual irrompo em devaneios trágicos e me mutilo com a fantasia do desenhista gigante jogando lá de cima uma lata enorme de nanquim que enegrece e borra meu invólucro me punindo por um pecado original que não tem nome, como se eu merecesse que algo de muito ruim aconteça, e me deixe com uma culpa atroz para o resto da minha existência, e isso se espalha feito água com sabão por dentro da minha cabeça, e assim vou escorregando pelas minhas cenas nefastas que, na maioria das vezes, conseguem ser guiadas pelas coleiras da racionalidade impedindo que eu escarre o pânico, mas tem vezes que as cordas rebentam e largam para as palavras a insensatez do meu terror, porque eu não "penso, logo existo"; eu sinto, logo estou, e como eu sinto demais sou dominada pelo sentimento que alimenta o pensamento que por sua vez retroalimenta a sensação e assim vou me transformando numa estátua esculpida pelo medo, muito medo, e a tensão vai atingindo os nervos da minha garganta que ficam esticados feito pererecas mortas em água fervente, e aí eu acendo um cigarro no outro e ando daqui pra cá e de lá pra cá, e arranco com os dentes a pele espessa em volta das unhas, e começo a me empanturrar de toda sorte de alimentos gostosos dos quais me privo, e sigo me entalando e a pança estufando até se estender a ponto de parecer comportar uma abóbora inteira, e então com o estômago para lá de lotado sem respirar e tendo ultrapassado as calorias diárias com meu desatino resolvo me livrar de mim e meto o dedo na goela e vomito na privada.

A liberdade tem todas as cores e fede.

Depois, com o estômago atormentado pelo suco gástrico e o esôfago unhado, apanho o Veja Multiuso para deixar tudo limpinho e cheirosinho de novo, para esconder de mim a minha própria merda. Tem vezes que, quando vomito algo de que a Matilda, minha gata, gosta, como omelete de claras, por exemplo, ela lambe meu vômito antes de o pano de chão chegar, e depois eu sempre tomo banho com o ouvido zunindo e me esparramo pelo oceano de dentro que me afoga e a pressão baixa e eu capoto, mas não sem antes dar mais uns tapas num baseado e enfiar também a fumaça do cigarro pela garganta e então penso no meu esôfago e no meu estômago e já fico com mais medo de fazer uma endoscopia e peso nos lençóis e pesadelo com *Incubus* e grito para não ser dominada e no dia seguinte acordo desejando ser outra mesmo sabendo que ninguém nunca é, que a gente sempre está, mas o problema é que ando estando muito rápido de lá pra cá, daqui pra lá, estou variando muito, minha mãe e minhas irmãs insistem em dizer que sou *borderline* igual ao meu pai, que eu mudo de uma hora para outra e que além disso nunca sei se quero isso ou aquilo, se quero ficar junto ou separado, se faço uma performance ou uma instalação, se vou a pé ou de bicicleta – de carro nunca porque dar uso à minha carteira de motorista seria colocar em risco a minha vida e a dos outros –, se solto um peido ou se me cago toda, e assim me torno o quadro em branco que é nada mais que nada, e de supetão vem o *flash* de mim mesma quando criança na cadeirinha da psicóloga da nossa escolinha no meio do mato, eu fazendo desenhos de cabeça baixa sem pé nem cabeça enquanto a psicóloga me perguntava por que eu tinha medo, muito medo, eu devia ter uns sete anos, sete, sempre sete, e tinha medo de espírito, medo dos ventos, medo do cara de cara enfaixada, medo do bate-bola, medo igual ao da minha gata, medo de tudo, e então a gente vê que a gente não muda, a gente só se acostuma a conviver com a gente mesmo, e quem sabe reconhecer a causa é o primeiro passo para curar o sintoma, mas quem disse que o conhecimento da origem sana o efeito?, e aí continuo tocando a mesma tecla dó de dar dó e acho que sou louca porque perco as rédeas da realidade e solto essas afrontas berradas igualzinho aconteceu há pouco, mas nada foi como o ocorrido naquele dia que já tem um bom tempo, ainda bem que já tem um bom tempo porque eu não sou mais daquele jeito, eu estava voltando com a Hilda de ônibus depois de uma exposição coletiva que a gente tinha participado, ela com suas fotografias *true selfies* que mostravam pessoas cheias de rugas e marcas e lágrimas, eu com minha colagem enorme, um painel elaborado a partir de manchetes de jornais antigos, que na nova configuração, criavam rimas emparelhadas, as palavras e suas múltiplas possibilidades que pareciam só interessar a mim, porque quase ninguém ficava mais de dois minutos diante do painel gigante, e ao fim eu tinha que desmontá-lo e carregá-lo num rolo bem pesado, o que me custava uma grana de táxi porque não tinha como eu levar o painel embora de ônibus, ao menos naquela época eu não pensava no vexame e fazia alguma coisa, agora eu nutro tantas expectativas irrealizáveis que não faço coisa nenhuma, e naquele dia com a Hilda não era domingo de desmontagem e então a gente pegou o busão que ia pelo túnel e sentamos perto do motorista e a Hilda como sempre não parava de falar e eu olhava surda através dela para o cemitério caindo sob a lua nova lá fora e entre os santos em prece eu só via a boca da Hilda e seus dentes pequeninos articulando em modo *non stop* um palavreado para mim surdo e assim capengando pelos buracos autistas vi Nossa Senhora reluzente em cima da tumba e então alguém gritou, é do outro lado!, é do outro lado!, e foi aí que num impulso levantei e também comecei a gritar, é do outro lado!, é do outro lado!, porque o ônibus estava indo na contramão e ia colidir com os carros vindo velozes dentro do túnel na direção contrária, e então eu comecei a gritar em pé e com as mãos em alvoroço junto com o outro passageiro, é do outro lado!, é do outro lado!, vai bater!, vai bater!, e vi a Hilda olhando para mim passada e ela pegou de fininho na minha saia e me puxou com força de volta para o banco e rindo sem acreditar no que tinha acabado de acontecer perguntou incrédula, amiga, o que é isso, sua louca?, e ela riu tanto, mas tanto, que demorou para conseguir me explicar que o cara só estava pedindo para ficar do outro lado do túnel, que o motorista não tinha parado no ponto, e de onde eu tirei essa coisa de que o ônibus ia bater, o ônibus não ia bater porra nenhuma, e aí eu também me achei tão fora da real que disparei a gargalhar de mim mesma e foi engraçado porque o ônibus inteiro também riu e depois do meu destemperamento nós parecíamos um coletivo aliviado cruzando a cidade na calada da noite e quando eu contei isso para a minha terapeuta ela disse que essa cena foi símbolo-mor do meu maior medo, o medo de ir para o lado de lá, de passar pelo túnel-fronteira, de ser a carta zero do tarô, de despencar para a loucura.

Minha analista negritou com sua voz de seda:

– Louca você não é. Porque o louco mesmo não sabe que louco é.

– Já sou uma boa ideia.

Foi o Antônio falando diante do portão.

– Oi?

– Eu tenho 51.

Dessa vez a Maria Júlia e a Maria Juliana deram um sorriso sem graça. A piada simplória me provocou inveja porque é justo na tolice e na falta de análises paralisantes que se encontra a sanidade. Ao contrário do que nos é introjetado desde o maternal, menos é sempre mais.

No portão já dava para notar que cada passo naquele velho ambiente abriria um novo inacabado. Porque existem começos que terão infinitos fins e também existem fins que jamais serão finitos.

"*Aaaaave Mariiiaaaaaaaa, gratia plena...*" O Pavarotti vinha lá de dentro encorpando ainda mais a densidade do ar.

– Nossa senhora, que isso!? Ê! Ê! Parece até assombração.

O Antônio disse que tinha sido essa a última música que meu pai escutou naquele som agora sintomático. Provavelmente minha mãe havia dado o *play* lá dentro da casa. "*Mariiiiia, gratttttia pleeeena*", a voz tenor veludo dominava até o canto dos pássaros com seu calibre estrondoso, "*Mariiiiia, gratia pleeeena*", naquela época os sons tinham liberdade, "*Ave, aaave doooominus*", meu pai podia ouvir tudo a céu aberto, com as orelhas se arregaçando para qualquer ruído, "*Benedicta tu in mulieribus*", no entanto, diante desse muro pichado de malquereres, minhas lembranças cismam em respirar o silêncio.

*Stop.*

A música parou.

Minha mãe apareceu longe na profundidade de campo. Recortada miudinha na frente da casa lá de trás, seu tom amarelado contra a parede girassol que antes era ferrugem e manchava a pele, lá depois do quintal, lá depois da piscina onde meu pai dava braçadas no cloro de seus tempos felizes, minha mãe acenou com os braços esgalgados a ligeireza de sua guerrilha. Ao contrário do que parece denotar, o acanhamento ósseo da minha mãe esconde um arcabouço de gigante. Lá estava ela e sua verticalidade profunda em meio às pilastras que alicerçam a varanda coberta da casa de trás. A casa de trás que foi a primeira construção do terreno, a casa de trás onde meu pai e minha mãe dividiram o teto primitivo, a casa de trás de chão gelado onde dei minhas primeiras engatinhadas, a casa de trás que faz as vezes de cérebro reptiliano e seus instintos, a casa de trás cenário das fotos encardidas do meu primeiro aniversário – eu no colo da minha mãe lindona anoréxica de calça *semi baggy* e sorriso besta me encarando, eu e minha mãe estendendo um cordão umbilical invisível entre nossos olhos –, e aí me vem à cabeça todos os apontamentos psicoastrológicos sobre a minha lua cravada no ascendente que culmina na identificação sem balizas com a mãe que resvala na falta da mãe que resplandece na autovigilância impiedosa dos ossos e das calorias que depois descobre a liberdade na voracidade que não suporta a si mesma e acaba caindo no expurgo para se livrar de tanto preenchimento e então vem o vazio que não permanece oco porque anseia novamente pela avidez e começa a se empanturrar de novo e persiste feito *hamster* na roda de bateria infinita que corre e corre e corre e continua alcançando os mesmos pontos, mas com uma estrutura cada vez mais detonada e aí o *hamster* insiste em continuar correndo na roda e a roda prossegue trabalhando em tons pastéis e escuros e um dia o *hamster* não aguenta mais e se estabaca e rola e rola e rola pela roda que continua rodando e rodando e rodando, e então o *hamster* vira a roda.

Feito um feto que não se desprende da placenta morta.

Um elo que paira oculto entre as minhas cicatrizes e as da minha mãe.

Entre nós, o silêncio tensiona como um elástico alongado pelo acordo mútuo entre os nossos dilemas, um sopro invisível que de supetão se torna nítido em algumas palavras.

– Experimenta!

Minha mãe tem o péssimo hábito de meter o garfo como um avião a jato pela minha boca na tentativa de me entupir com o nutriente que ela não se permite ter, como se dessa forma pudesse expiar a culpa pela doença que, consciente ou inconscientemente, transmitiu para nós. A doença que, em mim, agora sei, nasceu daquele terror na outra casa, a casa 571.

Das três filhas, apenas a Maria Júlia passou de raspão pelo sintoma alimentar, o que demonstra que nem mesmo a correspondência entre ela e a Maria Juliana está isenta de discrepâncias. Mas nenhuma de nós deu rasteira na estética – *vide* a Maria Júlia que trocou a anestesia pela dermatologia, deixando de apagar as pessoas para tratar das pactuadas feiuras que nos são impostas na pele, justamente o órgão que firma nosso contrato e contato com o mundo.

A Maria Juliana, que de tão fechada contrai o tal do músculo corrugador, apertando a distância entre as suas sobrancelhas e abrindo espaço para a Maria Júlia travar-lhe a ruga aplicando *botox* na testa (porque justo sua irmã gêmea não há de corromper a beleza), a Maria Juliana com todo seu enfezamento teve coragem de dizer para a minha mãe que ela era a responsável pela nossa prisão corporal.

– Você acha que se for gorda não vai ser amada. Você passou isso pra gente.

Na hora, eu achei uma crueldade sem tamanho por parte da Maria Juliana. Mas agora sei que ela teve mesmo uma baita coragem, era algo que entupia a todas nós, minha mãe sempre escrutinando nossas medidas, e quando a Maria Juliana disse isso para a minha mãe estávamos bem no meio da semana entre a partida do meu pai e o anúncio da volta da Coisa na minha mãe, e logo que a Maria Juliana mandou essa espezinhada – parece que foi ontem e também parece que passou muito tempo, porque o tempo da morte é o tempo mais contraditório que tem –, minha mãe permaneceu em silêncio e nós três também ficamos caladas como que assistindo a uma pedra gigante ser arremetida num lago que socado pelo pedregulho não consegue impedir seu próprio transbordamento, as ondas estremecendo os peixes, as algas, os platelmintos, as vitórias-régias, os plânctons, os baiacus e a gente – e a Maria Juliana saiu nadando feito sereia e destravou o meio da sua testa, como se aquela frase tivesse lhe devolvido a cauda para atravessar qualquer oceano, como se contivesse uma reza capaz de livrá-la até do hipotireoidismo, dos ovários policísticos e da sua homossexualidade reprimida, mas em mim, as grades continuam exercendo sua segurança máxima, minha prisão é a própria boca marionete da ideia, a boca e os dentes, a mandíbula sorriso de cavalo que também é a dentadura do inferno, porque em todas as cartas escolhidas ignobilmente no baralho das minhas lembranças a comida é sempre o naipe principal, o *punctum* da imagem, o coringa do jogo, o bobo da corte que aplaca e que substitui tudo, o maior prazer e o maior pecado, e talvez esteja aí a semente do medo que acompanha os meus passos feito uma eterna ama de leite que não quer tirar o peito da criança que, coitada, também não aprende a desmamar e vira um adulto bezerro que começa a perceber o leite quentinho como azedo e passa a rejeitá-lo a qualquer custo, e então depois do período de abstinência o bezerro se abre para o empanturramento que escorre como queda d'água de tetas gigantes entupindo o quadrúpede com a gordura do pecado, e aí o bezerrinho perde seu autocontrole rigoroso e se aperta todo por dentro no intuito de se livrar de si mesmo, de regurgitar a voracidade que não preenche nada e suscita mais uma úlcera no vazio, assim como se esvaziavam as mamadeiras nesta casa abandonada e escondida atrás do portão branco que finalmente o Antônio arregaçava diante de nós, esbofeteando minha vista com as janelas pequeninas daquele quarto também miúdo que, naquela época, parecia ter vidraças gigantes com grades feito cobras sinuosas que todas as noites refletiam as três meninas sonhando em três camas iguais, duas grudadas e uma solitária, e o par de pijamas rosa que adormecia no beliche se virava para a direita, enquanto a outra da camisola laranja com frutinhas dormia de ponta-cabeça, e então, ao som dos grilos e dos galos e das corujas e dos morcegos, as três meninas acordavam durante a madrugada e uma puxava a outra em um coro ensaiado de berros:

– MÃEEEEEEEE!!!! NESCAUUUUU!

Ouvíamos os passos ligeiros despertarem no quarto ao lado, e eu sempre me recordo da fala repetida da minha mãe dizendo que ela era uma governanta parideira, e imagino que meu pai só metia na minha mãe durante o período fértil para tentar fazer filho homem, e coitada da Maria Juliana que pela diferença de apenas sete segundos da Maria Júlia se configurou para sempre como a esperança perdida, e tudo isso bate com a teoria de botequim do Moacir que dizia que casal que trepa muito tem mais chance de dar origem a cromossomos $XY$, até nesse aspecto o Moacir é machista, colocando os homens prioritariamente como frutos do tesão, mas o lance é que meu pai só devia comer minha mãe na data rosa marcada naquele calendário preso na geladeira porque diante dos ataques da velhice tarada dele minha mãe contou pra gente que achava muito doido meu pai só falar de mulher e de colocar prótese no pau porque ele nunca tinha sido muito ligado em sexo, e quando as três bocas bramiam em uníssono na calada da noite:

– MÃEEEE! NESCAUUUU!!!!

Minha mãe acordava naquela cama de casal ocupada apenas pela sua magreza e se erguia em prontidão e deixava em passos céleres o quarto ao lado e se dirigia à cozinha – mas não sem antes percorrer o corredor escuro que tinha cravado em sua parede o quadro pintado com tinta a óleo retratando a suadeira cansativa de um pescador corcunda que em vez de um arpão carregava nas costas uma cruz – e logo em seguida vinha o liquidificador esporrento triturando a madrugada e aí em menos de 15 minutos uma mamadeira cheia de Nescau geladinho e docinho já estava metida na minha boca, e se isso fosse hoje eu saberia que daquele bico venenoso estavam vindo 275 calorias das quais 38,5 gramas eram só de carboidratos, e é óbvio que se fosse agora os 260 ml passariam pelo meu esôfago fazendo também o caminho reverso, e talvez todo esse Nescau que minha mãe não tomava porque ela nunca se permitiu nenhum chocolate na boca – só dois quadradinhos do branco quando estava grávida de mim e sentiu esse desejo incontrolável – talvez tenha sido a sina que prenunciaria a minha existência viciada na oralidade e em seu mais absoluto repúdio, e isso é tão sintomático que nos meus primeiros boquetes eu deixava de engolir o produto final porque aquela porra cheia de nutrientes para fazer bebês deveria estar tão infestada de calorias quanto um copo de açaí, e o que mais me assusta é o medo ou a intuição – porque esses dois se confundem feito sal e açúcar – de que eu vou morrer pela boca feito um peixe.

\* \* \*

Atormentada por essa trombeta que soa o passado sempre presente, meti um cigarro na boca e traguei com toda a força dos meus pulmões – que não é nada escassa devido ao meu vício descomunal em atividades aeróbicas além da conta, sem descanso nem no Natal nem no ano-novo. Devorando a fumaça senti uma pontada nas costas e imediatamente deduzi que a Coisa também estava me invadindo e, na tentativa de impedir a força atroz do meu chicote, lembrei da minha analista delatando incisiva a minha autoinfração:

– Você não é a sua mãe.

A Maria Júlia e a Maria Juliana já estavam lá na frente invadindo o terreno no encalço do Antônio e do Chang Lang – que pulava de uma para a outra e de outra para uma, arfando pela atenção que nunca seria suficiente, porque os cães carregam consigo essa carência nata que golpeia quem tem olhos sempre voltados para dentro, por isso eu prefiro os gatos, que se detêm em vontades transitórias, simulando em quatro patas e sopros ferozes o meu próprio destemperamento.

Comecei a invadir o terreno paterno calçada nos chinelos Rider que meu pai havia me dado, e com os pés dele que são meus também, eu dava passos para a frente e sentia o cheiro do meu pai sendo sugado por canudos que irrompiam de todos os meus poros e traziam o olfato até a minha coluna que se aprumava toda para receber a kundalini, e ali quase estacionada, esmagando o cimento onde os sapatos de couro do meu pai faziam toc toc toc quando ele voltava do seu ritual diário na Bolsa de Valores, a bolsa que na minha cabeça era vermelha gigante e guardava homens de terno e gravata içados até dentro dela por guindastes, e o meu pai e os outros homens eram do tamanho de formigas, como os fiéis da Idade Média ajoelhados nas catedrais góticas, e eu sei lá por que diabos eu nunca perguntei ao meu pai como era a bolsa, a bolsa da minha cabeça era suficiente e sem contestação, e acelerei meus passos na calçada branca atrás de pegadas invisíveis e me dirigi à porta de entrada da casa quando olhei adiante e vi que a minha mãe vinha lá da casa de trás em direção à casa da frente carregando com a sua baixa imunidade uma enorme caixa de papelão que parecia ter o triplo do seu tamanho e que provavelmente continha a organização do nosso

```
F    U    T    U    R    O
U                        R
T                        U
U                        T
R                        U
O    R    U    T    U    F
```

Idiotamente eu estava nos encaixotando porque as prateleiras e os lacres e as caixas e as categorias dão a ilusão de controle porque em terreno conhecido é mais fácil pisar, mas nenhum terreno já pisado será o mesmo quando pisado de novo, e nem mesmo o pisador e nem o pisante serão os mesmos, igual a Heráclito, o homem e o rio, igual à espiral junguiana que não é ciclo porque a gente sobe ou desce em pontos correspondentes, mas nem o ponto é o mesmo ponto, e subindo e descendo na parte interna dos meus pés de pisada pronada eu via minha mãe vindo lá da casa de trás em direção à casa da frente subindo e descendo em seus passos também pronados, e aquela imagem ganhou um *zoom* descomunal na minha cabeça e tudo ficou em câmera lenta e ao mesmo tempo em que minha perna esquerda do joelho fodido por tanto abuso dava um passo à frente e na sequência o topo do meu ombro direito se protuberava em direção ao céu – minha escoliose não me deixa fingir equilíbrio, tenho nas costas uma cobra sinuosa que se autoenvenena –, a caixa de papelão que escondia a minha mãe se aproximava inclinada para o lado esquerdo, posição que confirmava o meu espelho invertido, e foi assim pisoteando naquelas pedras brancas que rabiscavam minhas mais recônditas memórias que eu me detive na cabeça de capim da minha mãe vindo em velocidade ligeira lá detrás.

A cabeça de capim que brotava da caixa de papelão com as coisas do meu pai.

A cabeça de capim que foi o nome dado pela Maria Júlia à careca da minha mãe de cabelos antes lisos e castanhos que agora começava a reflorestar com fios dando voltinhas assumidamente grisalhas, o mais louco é que quando éramos crianças minha mãe vivia fazendo permanente com uns rolinhos amarelos porque ela queria os cabelos encaracolados, e hoje em dia quase ninguém mais quer cachos, mas a minha mãe fazia permanente apesar dos fios aguentarem por pouco tempo a permanência, assim como a costura de todas as coisas, e ali indo em direção à minha mãe e ela vindo em direção a mim, eu enxergava de longe os caracóis pintados de zebra germinando da sua cuca rabiscada pelo corte do aneurisma e nua pela segunda vez, aquela cabeça que agora celebrava a cintilância nada tinha a ver com a outra que recebeu a grinalda no dia do casamento com o meu padrasto bêbado, e foi nessa época – eu devia ter uns 14 anos, múltiplo de sete, ou sou eu que sempre vejo o sete? –, mas por volta dessa idade eu comecei a desenvolver a doença da cabeça da minha mãe em mim, e ela dizia que nada adiantava eu andar em ritmo lento enquanto conversava com a Jackie, eu tinha que caminhar rápido para o exercício fazer efeito, e quem sabe um dia eu correria como minha mãe sempre em volta da casa?, e eu achava linda a minha amiga Estela de bunda na medida e barriga reta, enquanto eu era sem bunda e só barriga, eu nunca tinha ganhado votação para desfilar na escola, e uma vez meu professor disse, aproveita seu rosto que é a única coisa que você tem de bonito, e os garotos da natação me jogavam na piscina com meu biquíni rosa e depois de assobiarem em coro a música da pantera me chamavam de gorda, safada e vadia, e naquela época eu nem sabia o que era ser vadia, e quando o menino por quem eu era apaixonada me viu saindo de maiô da piscina ele me disse que eu era gorda, e minha mãe também dizia que eu tinha que emagrecer, e a Maria Juliana passou por isso também, anos depois eu soube que, quando a Maria Juliana desistiu de morar fora porque não conseguiu ficar longe da Maria Júlia e voltou, a minha mãe foi recebê-la no aeroporto e antes mesmo de abraçar a filha disse, como você engordou!, e outra vez a Maria Juliana estava chorando porque se sentia gorda e não conseguia sair de casa para o aniversário da melhor amiga e minha mãe disse para ela ficar calma porque ganharia de presente de aniversário uma semana no spa, e a Maria Juliana também me contou que minha mãe vasculhava o lixo para saber o que ela havia comido, e a Maria Juliana desenvolveu hipotireoidismo e ia até em um médico ilegal para tomar uma fórmula com anfetamina com o consentimento da minha mãe, e a Maria Juliana também entrou na faca para fazer uma lipoaspiração mesmo sabendo que era superarriscado ser operada tomando tal remédio, e a Maria

Júlia também fez lipoaspiração porque para ela que é médica uma navalha é como uma faca que se usa todo dia para cortar tomate, todas elas fizeram lipoaspiração, minha mãe quando era mais nova fez também, assim como rasgou a cara inteira, lembro da minha mãe toda enfaixada se mexendo milímetro a milímetro feito uma múmia, só eu que não fiz lipoaspiração, talvez isso seja um bom sinal de independência, pois eu coloquei um limite e não aceitei receber anestesia geral por questões estéticas, e então por mais pavor que eu tenha dos meus flancos na minha barriga – que mesmo eu contando as calorias e fazendo exercícios em demasia e metendo o dedo na goela não vão embora em sua totalidade –, eu não deixei que me apagassem e enfiassem um tubo dentro de mim que cavouca as vísceras e faz *choc choc* por debaixo da sua pele e suga todos os adipócitos, diferentemente delas eu não fiz lipoaspiração, mas quando eu soube pela Maria Júlia que tinham inventado a primeira lipo sem cortes que dava certo de verdade eu fiquei maluca com a possibilidade de exterminar meus pneus e achei sinistro terem criado um procedimento sem anestesia que parece mágica, porque a técnica consiste em apenas deixar umas ponteiras beliscarem sua pele e chuparem toda a sua banha para dentro delas, como se uma ventosa tivesse sugando sua carne, então é claro que decidi ser submetida àquela imprensada de monstro e a máquina começou a diminuir a temperatura até menos dez graus e minha banha foi sendo congelada mas não ao ponto de necrosar, e após uma hora de congelamento, a mulher da clínica indicada pela Maria Júlia – porque espalharam-se a rodo lugares de criolipólise por aí, com pacotes promocionais e profissionais de origem duvidosa – abriu a ponteira e eu não sentia mais aquela parte do meu corpo que estava vermelha em formato retangular como se fosse um picolé de morango, e então a mulher fez uma massagem para a forma de picolé ir embora e aí a vermelhidão se dissolveu pela minha barriga inteira que ficou cheia de hematomas e dolorida por dois dias, a indicação era não fazer exercício físico nos dias seguintes, mas é claro que fiz, e então após duas semanas comecei a mijar as células de gordura mortas que foram processadas pelo fígado e permaneci fazendo xixi engordurado durante três meses e minha barriga foi sumindo progressivamente como um truque de mágica! E porra, foi a coisa mais foda que esses cientistas de Harvard inventaram, tão foda que eu fiz de novo, mas minhas amigas feministas ferozes acham um absurdo eu, que na cabeça delas não tinha barriga nenhuma, submeter meu corpo a isso, mas se o corpo é meu eu faço o que eu quero com ele, ora essa!, melhor admitir do que pagar uma de pseudofeminista e postar foto do casamento no dia seguinte ao que leva safanão do marido, e na época que minha mãe casou com meu padrasto bêbado ela já tinha namorado meu primeiro padrasto – que adorava tirar o cochilo da tarde com as suas pernas entrelaçadas nas minhas – e depois minha mãe namorou meu segundo padrasto – que sabia muito bem que a minha camisola de flanela laranja com perinhas e maçãzinhas miudinhas era a minha preferida, porque era quentinha e era larguinha e era velhinha e era de ficar em casa, e eu sempre gostei dos trapos de ficar em casa, e também sempre gostei de ficar em casa –, e ao som do Gipsy Kings que minha mãe deixava tocando na vitrola da sala de jantar daquela outra casa depois dessa aqui, "*Volar*é *oh, oh*", aquela casa que tinha sons proporcionais à quantidade de silêncios, "*Cantar*é *oh, oh, oh, oh*", minha camisola dançava pelo corredor de janelão azul-marinho, "*Nel blu dipinto di blu*", e as janelas que se eu ultrapassasse as grades daria de cara para o lago de horizonte marítimo, "*Felice di stare lassù*", e minha camisola preferida estava bailando, "*E volavo volavo felice più in alto del sole...*", e foi interrompida por mãos amarelas manchadas de pintas marrons que saíram de supetão do meu quarto e alavancaram a minha camisola para dentro do cômodo escuro e então os botões perderam suas casas, as peras e as maçãs saíram rolando pelo taco de madeira, o viço abandonou a flanela e o que era trapo não ficou nem para pano de chão.

## v.
## Minha mãe é filha da puta
## e eu sou filha da mãe

Daquela outra casa depois desta – o número 571 da rodovia que passou a interligar meu estado inteiro – as lembranças fogem como véus sem noivas, transparências planando alijadas de uma cabeça e um corpo, bastante diferentes da grinalda preenchida por *Ranunculus* rosas e *Gypsophilas* lilases que se estendiam sobre uma cabeça muito concreta, as flores que cobriam uma cabeça de flor, a minha mãe Margarida, que queria porque queria muito se casar no cartório e na cerimônia, coisa que meu pai nunca fez, mas também não cansava de prometer, meu pai dizia que se casaria com a minha mãe quando tivessem o primeiro filho, e aí eu cheguei e ele não se casou com ela, mas garantiu que casaria logo quando viesse o segundo filho, e então nasceram a Maria Júlia e a Maria Juliana juntas, porém nem tão juntas assim, e aí a gente vê que o tempo é uma coisa muito relativa, porque por alguns instantes a mais a Maria Juliana virou para sempre o menino malogrado, ou a menina bastarda, e a grande ironia é que no enterro do meu pai lá na Ilha do Amor – a gente nunca tinha feito isso, a gente foi obedecendo mas não aprendendo porque a morte, para quem vai e para quem fica, talvez seja um retorno ao vazio imensurável do desconhecido, e o tanto que a morte tem de infalível tem também de inefável –, mas lá no lugar do velório, uma vila onde havia várias casinhas geminadas de sala, quarto e banheireco, e em cada casa as pessoas pareciam tentar confirmar a morte, como se o tempo diante da presença do corpo inerte ajudasse a realizá-la, não à toa há culturas onde dura 18 meses o luto de um pai, de uma mãe, e outras culturas nas quais três anos são destinados ao luto de um pai, de uma mãe, e quem dá a medida e quando o luto deixa de ser luto?, e quem sabe o luto cesse de se chamar luto quando nos acostumamos à presença da ausência, e aqueles que são impedidos de viver o ritual do velar – como uma mãe que sabe da morte do filho e, no entanto, não tem acesso ao corpo – podem enlouquecer de vez.

Naquela vila-velório também velada pelos vigias que também eram vigiados por Deus, como se o velar fosse feito de inúmeros véus, em cada uma das casinhas envoltas pelo ar fosco e úmido da Ilha, as pessoas passavam o dia inteiro e também dormiam com o morto e era para isso que servia o quartinho em anexo à salinha do caixão, e aí quando a minha tia mulher octogenária do meu tio veio perguntar para a gente quem de nós quatro passaria a noite ali, dissemos em uma só voz que ninguém, ninguém passaria a noite lá, ora essa, meu pai já nem estava mais ali, e minha tia achou um absurdo e disse que só não ficaria ela mesma porque estava resfriada e isso não seria bom para o meu pai, mas acontece que aquele dia do velório era também o dia da exibição do último capítulo da novela das oito de maior audiência dos últimos tempos, e aí minha tia ficou vidrada na TV – porque no quartinho do acompanhante tinha até televisão – e acabamos indo embora e trancamos a porta com minha tia e meu pai lá dentro, e já na saída do estacionamento a Maria Juliana perguntou, cadê a tia?, e então voltamos às pressas para a salinha e na medida em que nos aproximávamos ouvíamos minha tia porrando a porta e quando giramos a chave na fechadura em vez de reclamar ela ria e ria sem parar, e também tinha rido quando foi receber o corpo do meu pai no aeroporto e não reconheceu seu semblante por causa das sobrancelhas que minha mãe pintava de preto, e nós rimos quando minha tia disse que se morresse não queria que doassem seus órgãos e minha mãe perguntou, quem vai querer seus órgãos podres?, e tudo era motivo para darmos boas gargalhadas, porque o abscesso da dor nada tem a ver com a sua expressão, e as lufadas de vento quente batendo na pele engoliam o som das nossas destemperanças e nos lembravam da vida que segue no mesmo compasso da morte, e nesse dia de velório fomos até a casa de presentes para os mortos e o atendente de tez lascada pelo sol perguntou, qual coroa vocês querem?, e aí eu repliquei, qual delas eles preferem?, e nós quatro tivemos outro ataque de risadas, crisântemo sai mais porque é resistente à chuva e ao vento, e o vento não faz as coisas passarem, o *Kalanchoe* traz felicidade, ah, sim, que baita alegria, copo-de-leite significa paz, tranquilidade, pureza e calma, sim, sim, são características primordiais numa lápide, então, qual tu preferes?, e lá eles falam assim mesmo, conjugando o tu direitinho, na Ilha do Amor a invocação do outro é feita com maestria, mas quem é o tu que prefere o quê?, que espécie de preferência é essa?, põe uma de cada espécie então, mas aí não orna, ORNA SIM, a voz de nós quatro saiu cheia em uníssono, UMA DE CADA ESPÉCIE ORNA SIM. Talvez estivéssemos falando de nós mesmas.

Depois de decidida a profusão de flores mortas, arrancadas de suas raízes para espreitarem sem vida a não vida, já com a coroa pronta e estendida sobre o balcão, o atendente perguntou o que viria escrito na coroa e imediatamente minha mãe, a Maria Júlia e a Maria Juliana viraram inquisidoras para mim, e aí eu fiquei imprensada nessa tal frase que iria com meu pai, e mesmo que soubesse que tudo que tinha que ir já tinha ido, permaneci fixada em dizer todo o tanto no pouco pano, e aquela pressão de formular a frase começou a zoar meus ouvidos e fui sendo tomada pela imagem dos pelos enfileirados da orelha inchada do meu pai na casinha ali ao lado, os pelos e o chumaço branco vedando a surdez, eu fazia uma força danada para elaborar alguma coisa e meus ouvidos zuniam como se eu fosse uma mergulhadora jogada em apneia no breu do oceano mais profundo, e a orelha do meu pai foi virando a orelha do *Blue Velvet* decepada na grama e naquela hora não fui capaz de escrever nada, da mesma maneira que eu não consegui escrever coisa alguma para a missa de sétimo dia do meu pai –, e ali na loja de presentes fúnebres eu tentava puxar os acordes de alguma trilha sonora que me apaziguasse, mas o barulho agudíssimo espetava meu corpo inteiro e eu entrava nas dobras da orelha do meu pai e o cheiro de cera abrasava meus olhos até que veio um estalido de altos decibéis que golpeou meu ouvido e então me estabaquei no chão da loja.

Não sem antes arrancar com meu corpo, no caminho de cima a baixo, a coroa que jazia no balcão.

Desmaiei adornada pelas flores que seriam do meu pai.

Só fui saber disso depois de muito sal embaixo da língua, que logo recebeu também a fumaça de alguns cigarros, todos eles acendidos no anterior que se apagava (truques para preencher o vazio custam caro), mais precisamente 17 caretas e vários cafés aguados do pó rançoso daquela garrafa térmica azul-marinho que espreitava a desgraça alheia ao lado de seus companheiros Cream Crackers.

Nessa altura, a Maria Júlia já tinha decidido o dito. Um simples:

Estamos com você.

Talvez não estivéssemos com ele.

Mas, de alguma maneira, ele sempre estaria com a gente. Basta eu olhar para o meu pé.

Quando a coroa foi colocada no caixão – o dito por mim não dito com o qual eu reiterava meu fracasso pela ausência de forma para modelar qualquer substância – percebemos que estava assinada por:

Seus filhos que tanto te amam.

E de novo nós quatro rimos e rimos e rimos, porque só na morte meu pai ganhou o filho que ele nunca teve, assim como só depois que empacotou voltou à terra natal para a qual ele dizia que retornaria todo mês seguinte, e eram assim as promessas do meu pai, e eu tenho medo que sejam também assim as minhas promessas, no mesmo naipe do ficaremos juntos na alegria, na tristeza, na dor e na coragem que minha mãe e meu terceiro padrasto, o Sílvio – este que não gostava de criancinhas e vivia para lá de Bagdá –, trocaram naquele palanquinho improvisado de altar no quintal verde e devassado da casa 571, a casa depois desta aqui, a casa na beira da avenida onde nossos cachorros eram atropelados, onde subíamos nas árvores e perdíamos o chão, onde eu tinha uma estrelinha mágica e era a She-Ra pronta para qualquer ataque, mas sem defesa alguma, a casa mal-assombrada onde as memórias fogem como se tivessem sido guardadas num cofre pesado com segredo jamais sabido, mas por que falar disso?, não quero falar disso, quando minha mãe estava trocando alianças com o Sílvio, linda com a coroa da união na cabeça – feita apenas com duas espécies de flores, os *Ranunculus* rosas e as *Gypsophilas* lilases –, ela e o Sílvio sob a chuva de arroz dançaram a gafieira embalados pelo "malandro pra valer, não espalha, aposentou a navalha, tem mulher e filho e tralha e tal", e quanto mais minha mãe rodopiava a saia cheia de pregas mais sem compassos ficava a minha respiração, eu sentia que a estava perdendo para o Sílvio, assim como ela sem saber ou sabendo já havia me perdido para seus outros namorados, e não importa se minha mãe tinha consciência de ter soltado minhas mãos no abismo, não importa se ela fingiu para si mesma que não via a casa mal-assombrada, o que interessa é que desde o primeiro padrasto eu nunca mais pude ser serena, eu nunca mais teria confiança, não, eu tenho que ter, eu vou aprender a ter, mas não foi à toa que eu havia passado os três dias anteriores ao casamento prostrada na cama com uma febre de 40 graus, o médico não conseguia descobrir o que era mas minha garganta arranhava e eu tinha ânsia por coisas geladas que em alguma instância deveriam abrandar a minha ardência, e foi justamente quando o Sílvio foi morar lá em casa que eu comecei a substituir minhas brincadeiras com argila pela leitura de revistas de corpo e beleza e pedi para minha mãe assiná-las junto com a *Luluzinha* e a *Turma da Mônica*, e como eram lindas aquelas mulheres sentadas com a barriga sem dobras e o umbigo carimbado nas costas como a minha mãe, minha mãe que só comia chuchu e pensava abobrinha para não pensar naquilo que deixa a nossa carne sangrenta, minha mãe olhava para a minha barriga e fazia cara feia, e aí quando minha mãe varapau, pau de arara, pau pra toda obra casou com o Sílvio metida naquele vestido espartilho eu não comi nem uma fatia do bolo de casamento e minha mãe também não, minha mãe diz que doce a religião dela não permite, e quando ocorreu a união no cartório e na igreja – na época eu devia ter uns 14 anos, múltiplo de sete, sempre sete – iniciei minha entrada pela porta sem retorno das dietas, e fui decorando as tabelas nutricionais de todos os alimentos e virando uma *expert* em calorias e comecei a andar rápido pelo asfalto do mato querendo um dia correr igual a minha mãe e hoje eu corro mais que ela, e aí a gente vai vendo como as obsessões são herdadas e às vezes parece até que Darwin é Deus, mas acontece que muitas coisas não vêm do gene, muitas coisas espocam do trauma que chega como seiva venenosa pelos galhos de cima da árvore, e aí comecei a construir um quartel para mim tipo o que eu tinha visto no filme da Nadia Comăneci, fui me transformando numa general cheia de ordens para o meu corpo, e assim como as ginastas romenas contratei uma treinadora que era eu mesma e fui me tornando uma máquina que rabiscava cálculos em todos os cadernos e até hoje ativo as contas de calorias instantaneamente na cabeça ou na calculadora e todo dia subtraio a energia gasta pelo meu corpo pela energia consumida pela minha boca, e logo eu que sempre fui uma merda em matemática aprendi com a moléstia a fazer ótimos cálculos, e na fase mais periclitante da doença que nunca passa, mas tem seus momentos mais amenos eu ficava de domingo a domingo durante cinco horas seguidas na academia movida apenas por um copo de Guaravita *diet* e pedalava e corria na esteira e esquiava no *transport* e nadava e puxava ferro e depois subia na balança e se meu peso tivesse aumentando cem gramas, ainda que fosse por conta de mais água no corpo, eu entrava em desespero, porque era muito injusto eu fazer tanto esforço para emagrecer enquanto tinha gente que era magricela sem privação alguma, e se com este empenho todo eu ainda assim engordava cem gramas imagina se eu não fizesse nada?, e então a barra de ferro mental foi ganhando progressivamente mais anilhas e cada quilo perdido já não era suficiente e aí fui fazendo restrições cada vez maiores e cheguei aos 40 quilos – corpo de criança, agora percebo, corpo que talvez ofereça menos perigo.

Fui expulsa sucessivamente de três academias de ginástica que espalharam minha foto cadavérica pelas companheiras do bairro e todas proibiram minha entrada como se eu fosse uma criminosa, afinal, não se responsabilizariam por alguém que atenta contra a própria vida. Mas nessa época eu já morava sozinha e comprei uma bicicleta ergométrica na qual eu pedalava durante três horas sem ninguém me ver, e eu sentia um baita prazer quando passava pela roleta do ônibus e meu osso do quadril batia na catraca, e também adorava deitar no chão e perceber meu próprio esqueleto como uma cama de espinhos, até que parei de menstruar e certo dia minha mãe invadiu meu apartamento na Vila de Noel, o conjugado no número 175 onde eu ouvia o samba raiar os dias, o conjugado baratinho que eu tinha implorado ao meu pai que alugasse para que eu pudesse cursar o terceiro ano na cidade grande e passar no vestibular, mas agora sei que esse pedido foi antes de tudo uma súplica de mim para mim, uma fuga do Sílvio e de todos os que vieram antes, um abandono – físico, jamais concreto – da casa mal assombrada. E preocupada comigo minha mãe chegou no meu conjugado 175 com *Tupperwares* cheias de abobrinha e suflê de legumes e batatinha e amor que havia preparado, mas eu joguei toda a comida no chão e expulsei minha mãe da minha casa e ela chorava e chorava, mais uma das poucas vezes em que vi minha mãe chorar, e um dia andando de ônibus com ela alguém comentou que eu parecia uma doente em fase terminal, e então o caos se instalou porque meus batimentos cardíacos começaram a ficar cada dia mais fracos e minha médica disse que eu precisava ser internada e eu detestava aquelas pessoas todas interferindo na minha vida!, e aí para não me trancafiarem num hospital minha mãe me colocou numa "camisa de força" e passei a ser vigiada por ela e pelas minhas irmãs sentinelas insubordináveis, e meu pai sozinho nesta velha casa sem ter condições de lidar cara a cara com a minha figura me dizia pelo telefone que iria cortar a minha mesada caso eu não melhorasse – esse sempre foi o jeito do meu pai demonstrar amor –, e atuando veemente minha médica me obrigou a participar de sessões de terapia em grupo com umas meninas anoréxicas chatas pra caramba e aquilo tudo era um verdadeiro blá-blá-blá da porra e eu era forçada a abrir a boca para não entrar na sonda e além disso fui impelida a frequentar divãs diários com a psicóloga que parecia mais uma mãe do que uma analista, e foi ela quem me encaminhou também para a cadeira do psiquiatra, e desde então a Fluoxetina se tornou a minha melhor amiga até eu abandoná-la e ficar íntima da Bup, todas as vezes que tentei abandonar a Flu-Flu ou a Bup a atrocidade dessas mazelas pior ou reconfigurada em ataques compulsivos de empanturramento seguidos pela liberdade de comer tudo e depois pressionar a barriga e contradizer o esôfago e colocar o mundo para fora, e durante cinco anos sem feriado eu meti o dedo na goela, e ainda hoje a bulimia vem me dar um tchauzinho quando a porca torce o rabo, e a maioria dos médicos e nutricionistas e psicólogos não entende porra nenhuma de distúrbios alimentares porque sempre acham que a pessoa consegue se esquecer da comida, mas o que eles ignoram é que a gente só pensa em comida, me recordo que até fiz uma redação para a escola na qual eu descrevia uma casa de doces igual a do João e Maria, mas no lar da minha história as guloseimas tinham zero calorias e quem entrava ali podia se lambuzar do tanto que quisesse de chocolate e doce de leite e brigadeiro e torta e bolo e pirulitos e balas e suspiros sem culpa e aí a professora leu a minha redação em voz alta e me deu nota dez e disse que eu estava de parabéns por ser tão imaginativa, mas ela mal sabia que eu não precisava bolar nada e que minha fecundidade era até bonitinha no papel mas resultava em assombro na vida.

\* \* \*

Minha mãe já percorreu o terreno quase inteiro e quando ela reduz a velocidade para aterrissar na varanda da casa da frente – pintada de amarelo que mesmo aceso não encobre a ferrugem da memória – vejo embaçados pelo meu astigmatismo os sapatinhos vermelhos que calçam seus pés, os sapatinhos que eu dei a ela, os sapatinhos feitos de retalhos de pano que no conto de fadas protegiam os pés de uma garota que os havia tecido com as próprias mãos, mas um dia decidiu trocá-los por uns ostensivos sapatinhos de couro, e aí os sapatinhos caros lhe custaram muito mais caro porque desgovernaram seu mundo condenando-a para sempre a não parar de dançar, e a garota perdeu até o enterro da própria mãe porque seus pés se mexiam à sua revelia, e só conseguiu se livrar dos sapatos de couro pedindo que lhe amputassem seus próprios pés. A garota queria tanto ficar bonita e queria tanto a admiração alheia que acabou ficando bem feia com pernas e bengalas de madeira.

Quando eu comprei os sapatos vermelhos de pano para a minha mãe, eu quis que ela se lembrasse de quem realmente era.

E minha mãe estacionou com os sapatinhos cor de sangue decidida em suas resoluções práticas do minuto enquanto eu, vendo seus pés grossos diferentes dos meus que são longos e estreitos como os do meu pai, mas também arqueados e tombados para dentro como os da minha mãe, de novo confirmo que nem tudo é causa para um mesmo sintoma, porque, enquanto eu tombo em mim mesma, minha mãe é magnânima em sua capacidade de escapar de si própria. Minha mãe diz que nunca se sentiu amada por homem nenhum e nem pela própria mãe, minha mãe que não teve pai e mesmo saindo da terra seca jamais desenterrou suas raízes de lá, minha mãe que detesta a própria terra, minha mãe que tinha uma mãe sempre fora, minha mãe que guarda as dores por ser filha da puta e eu que me sinto mal por usar esse termo machista para me referir à minha avó de nome metade do meu, porque foi assim que resolveram me denominar, meio avó mãe do pai e meio avó mãe da mãe.

Minha mãe é filha da puta e eu sou filha da mãe.

E minha mãe não tolera cavoucar sua falta de tato e de trato com a comida. Quando alguém lhe oferece alguma coisa de comer que não seja biscoito Cream Cracker com margarina *light* e queijo minas padrão *light* e café bemmmm quente – o bizarro é que naquela época farinha de trigo prensada coberta por margarina era um lanche *fit*, hoje sabe-se que isso é um festão do carboidrato e da gordura ruim, o Moacir me contou que margarina faz até plástico –, mas quando alguém oferece a minha mãe algo que não seja biscoito Cream Cracker com margarina *light* e queijo minas padrão *light* e café bemmmm quente, ela recusa dizendo, minha religião não permite, e fala isso enquanto dá um riso quase só risco na face, um travessão que eu, a Maria Júlia e a Maria Juliana achamos assombroso, esse aparte capaz de espalhar cimento sob a própria pele para que a carne não entre em contato com suas solitárias. E olha que, no caso da minha mãe, a camada externa é bastante delgada, o que parece transformar a aderência ao concreto em algo irreparável.

E ela chegou e se livrou da caixa e sorriu para a gente com toda a coragem que vai muito além da minha e tudo o que já tinha vivido na minha idade, ela que adolescente já havia tido vários namorados, ela que teve o irmão mais velho como pai, ela que conheceu e viveu com o meu pai, ela que perdeu o irmão que era seu pai, minha mãe e toda a sua dificuldade de falar do que foi e do que era, ela que teve três filhas e as criou sozinha com todo o tino de mulher sofrida, mas rodopiante e esbelta, ela que cultivava o arroz pisando com botas em estufas na beira do lago, ela que depois de fazer aquele curso do Fischer Hoffman, uma terapia famosa na época, assumiu que vivia infeliz e resolveu se separar do meu pai e saiu desta casa aqui onde havia morado por 20 anos e com as filhas nas costas foi morar na habitação de número 571, a casa mal-assombrada que fica na beira da rodovia pela qual a gente ia do colégio para a natação, da natação para a yoga, da yoga para a aula de piano, da aula de piano para a ginástica olímpica, da ginástica olímpica para o *jazz*, do *jazz* de volta à jaula dos leões, os leões que rugiam fedidos e abafados naquela casa à beira da autopista, passagem para muitos e morada para poucos, o caminho onde eu reiterava para mim mesma que o pôr do sol me ofuscava arrematando dias inconclusos.

E minha mãe sem querer acabou por jogar arremates no meu colo de menina, porque minha mãe levou a gente para a nova casa na beira da rodovia e foi lá que eu fiquei sem eira nem beira, lá atrás daquela varanda de vidros semicirculares onde já se encontrava o meu primeiro padrasto, e depois aquele outro que me sujou inteira, quer dizer, acho que eu já não era tão limpa, não, eu não era tão limpa assim, porque antes do Getúlio teve o Hércules, o Hércules com seus olhos azuis enormes e suas pupilas que pareciam saltar como luzes de lanterna, e minha mãe que depois do almoço de alface, tomate e chuchu cochilava exatamente 15 minutos cravados no despertador, e o Hércules que cochilava na cama de casal com a minha mãe, e eu que cochilava com a minha mãe e o Hércules, e da sua soneca ligeira minha mãe despertava e partia com suas botas rumo às estufas de arroz na beira do lago, e então o cobertor e o Hércules e sua careca e suas meias e suas canelas brancas e finas que ele dobrava para que alcançassem as minhas pernas, eu deitada de ladinho e o Hércules que me abraçava fazendo conchinha, o Hércules que entrelaçava suas pernas nas minhas e o pau do Hércules que encostava duro na minha calcinha de babados, e eu que sem saber que era errado achava gostoso, e teve aquele dia, acho que é um daqueles quadros que a máquina do cérebro estoura para proteger o corpo, para o corpo continuar vivendo, esses quadros que têm tanta luz que nos fazem cegar, agora não, agora a luz diminuiu e eu estou vendo, a resistência do chuveiro, não lembro de tudo assim, tatibitate, mas agora me recordo que sim, eu estava tomando banho, eu e meu corpo ensaboado, e de repente a água fria naquele frio de lascar e, mãe, mãe!, o chuveiro desarmou!, e então veio o Hércules, o Hércules que abriu a porta do mesmo boxe onde minha mãe dava banho no meu pai nu com o dedo enfaixado, o Hércules com sua mão lá na resistência do chuveiro e aqueles olhos quase fosforescentes me lambrecando de cima a baixo, os olhos escorrendo pelas espirais de espuma sobre os meus mamilos de seios ainda não crescidos, os olhos lanternas devastando minha vagina no início do seu florestamento e o meu umbigo ainda limpo, o Hércules colocando o pino da nuvenzinha do inverno e o vapor da água quente, ao menos a espuma impedia meu derretimento diante daquele raio x, e então o Hércules deu as costas e foi embora, não me encostou as mãos, só se enroscava em mim com as pernas e com o pau, e agora percebo tudo, meu Deus, estou percebendo tudo, um dia, caramba, agora me recordo perfeitamente, minha mãe em frente àquele armário branco do quarto dela sem nenhuma nódoa, eu na sua cama vendo minha mãe ficar toda bonita com aquela saia de cigana rodada e ela passando o batom e me dizendo, você não vai mais cochilar com o Hércules, e eu sem saber de coisa alguma, por que, mãe?, porque não!, e então saiu do quarto, foi assim, porque não! e saiu, minha mãe nunca encarou os porquês, ela saiu e foi para a estufa dela, e eu respeitei, respeitei sim, e agora sei, minha mãe sabia.

* * *

Depois, o Hércules voltou para a família dele e para a mulher dele e para a filha dele que tinha a minha idade, 11 anos. Após algum tempo que não sei quanto, ele descobriu um câncer de próstata e meteu um tiro na cabeça.

\* \* \*

Logo após o Hércules abandonar nossa casa, apareceu o Getúlio com seu dente de ouro, o Getúlio que usava um cinto bruto de fivela grossa. O Getúlio veio para nossa casa, mas antes morava numa casa de reboco com sua mãe já miúda de tantas dobras, a senhorinha que tinha gelatina de morango com pedacinhos de maçã em potinhos metodicamente organizados na geladeira barulhenta e quase parando, dona Elza ela se chamava, e minha mãe ia visitá-la com o Getúlio e me levava junto e depois dava tchau enquanto passava a mão em seus cabelos brancos e ralos, minha mãe que nunca foi muito de encostar, minha mãe que aprendeu a abraçar de verdade comigo, eu que abraço minha mãe e quase a afogo dentro do meu peito, mas minha mãe dava tchau para a dona Elza fazendo um carinho de leve nos fios brancos e a dona Elza projetada para a frente do seu corpinho curvado na cadeira de balanço, e minha mãe dizia, até mais, dona Elzinha, minha mãe a chamava no diminutivo igual ela era diminuta, essa mania que as pessoas têm de chamar velho de velhinho, não sei se era culpa dela ou se ela era uma coitada por ter um filho como o Getúlio, dona Elzinha morava naquela casa de tijolo e cimento com a varanda cheia de moscas mortas e o quintal repleto de comigo-ninguém-pode, e então minha mãe voltava com o Getúlio e comigo para a casa de número 571 onde virei adulta antes de passar pela adolescência, parece um carretel essa coisa das lembranças, a gente acha a ponta do fio e de repente sai puxando, igual a linha interminável que eu vomito nos meus sonhos, e agora esse grão de areia duro e movediço desenterrado do fundo da memória, aquele outro dia quando eu plantava bananeira na sala de TV junto com a Jackie, eu segurava os pés dela e depois trocávamos e ela segurava os meus porque ainda não estávamos confiantes para ficar de cabeça para baixo sem apoio e sem parede, e todas as segundas, quartas e sextas era assim, depois da aula de ginástica olímpica pedalávamos nossas bicicletas Caloi Ceci até a minha casa e tomávamos banho e vestíamos nossas camisolas, eu e aquela minha camisola de flanela com perinhas e maçãzinhas, a minha camisola preferida, a minha camisola de ficar em casa, e eu e a Jackie tomávamos sopa Maggi de cebola e depois ligávamos a TV e esperávamos começar a canção, "embarque nesse carrossel", a abertura da nossa novela preferida, "onde o mundo faz de conta, a terra é quase o céu", e ansiávamos aquela melodia enquanto regurgitávamos a sopa de ponta-cabeça, e nesse dia minha mãe havia acabado de chegar com seu Monza vermelho na garagem e na sala de TV eu e a Jackie de pernas para cima e calcinhas que pareciam coadores de café à mostra, nós rebatendo com nossas bundinhas os raios alaranjados que vinham lá de fora da janela azul-marinho que se arregaçava para o quintal, e o Getúlio no fundo do quadro com sua barba asquerosa, então minha mãe veio dizer que aquilo não era comportamento de moça, que tinha homem na casa, e homem é o quê?, homem é bicho?, não, bicho é bom, o conhecimento que é mau, o conhecimento, o nosso pecado, o conhecimento que nos expulsa do paraíso porque nos faz pensar e quem pensa não vive, não dá para viver e pensar ao mesmo tempo, e eu penso nisso tudo, meu Deus, eu estou conectando tudo, e depois, depois as peras e maçãs da minha camisola rolando pelos tacos de madeira do quarto escuro.

Após o Getúlio veio o Sílvio, com quem minha mãe finalmente se casou e do qual se divorciou para voltar a ser amiga e secretária do meu pai, mas sem deixar de ser também amiga e secretária do Sílvio. Minha mãe sempre no médico com um e no exame com o outro, arrumando os papéis de um e resolvendo a dedetização da casa do outro, acompanhando no hospital um e outro, mas sem um e nem outro, nem quando abriram sua cabeça e nem depois quando lhe extirparam uma parte do pulmão. Ambos com a desculpa de que são fracos do coração.

Minha mãe Margarida e seus dois maridos, mas sem marido nenhum, Margarida que diz ser burro de carga e é mesmo pau para toda obra e até a careca ela põe para jogo quando precisa, está sempre tirando o chapéu para os outros e também faz tapetes em ponto cruz para a gente passar e segue com os passos carimbados de sua existência cheia enquanto eu sou toda vestígios que escapam à vista, eu sem nenhum acoplamento que contempla, eu sem nunca um casamento, eu nem bem sozinha, eu sem filhos, eu procurando não sei o quê, eu e minha solidão desacolchoada.

E ela estava ali, com sua cabeça de capim tomando o terreno de grama alta, espetada e intrometida onde naquela época a gente sentia as costelas tocarem a terra úmida e as costas se envergarem de espantos ainda hoje não finalizados. Certamente, enquanto depositava no solo aquela caixa de papelão que se fazia de tronco dela, minha mãe estava pensando – ela fica puta quando deduzo algo sobre o seu pensar e o seu pesar, aponta irritada a ousadia da minha presunção –, mas sei que ela estava pensando se em alguma daquelas pastas etiquetadas minuciosamente pela letra arredondada dela ou pela indecifrabilidade dos escritos do meu pai seriam encontrados os acordos do porvir e todos os arranjos da vida que a gente mal arranha, e eu morro de medo de partir sem antes deixar alguma coisa viva, e minha mãe que fez e faz tanta coisa e meu pai que construiu um império inteiro e eles que vieram lá de longe e tiveram que ir atrás de tudo e eu que tenho tudo, mas não tenho nada, e panico ao pensar que posso morrer cedo, e tudo em volta lembrando que a vida está por um triz, porque a morte, essa ameaça invisível feito o sangue que se esconde dentro da gente, dá as caras num pulo, quer dizer, ela aparece sem cara nenhuma e às vezes sem aviso prévio, como aconteceu com minha prima de 31 anos, ela dentro da ambulância em seu papel de médica salva-vidas de comunidades carentes, ela socorrendo um bebê que não respirava direito, ela colocando oxigênio no pulmãozinho dele e a ambulância capota e o lado que minha prima estava aterrissa esmagando o asfalto e pá-pum, assim sem suspiro e sem chance de socorro, e todos, incluindo o bebê, sobreviveram, todos, menos ela, e assim minha prima foi embora deixando um bebê, igual meu tio, o pai dela que se fazia de pai também da minha mãe, meu tio partiu cedo deixando a minha prima bebê, e, diante desses (des)ajustes e coisas que a vida repete de pai para filho, eu só penso que o dia já está mesmo datado, que nenhum ditado é por acaso, que ninguém morre de véspera.

Recebi a notícia da morte da minha prima por meio de uma mensagem de celular enviada da Malásia pela Maria Júlia que estava de passeio com a Maria Juliana, as duas procurando o sagrado do outro lado do mundo, subindo os 140 degraus que levavam ao Buda, e deitada na cadeira do dentista com o motor zunzunando na minha boca e trucidando justamente o dente que é símbolo da força, eu li a aberração no celular e fiquei boquiaberta, literalmente, de boca escancarada e com os olhos fechados lagrimando a dor da informação que logo mais eu daria a minha mãe, e nessa hora eu pensei que a dor no meu dente era tão miúda quanto ele, que eu jamais deveria tê-la sentido, e foi numa dessas suspensões provocadas pelo estado de choque que no dia seguinte vi minha tia Fátima diante da minha prima irreconhecível, maquiada com mil camadas dentro do caixão.

Fui ao enterro com minha mãe e o Sílvio, até subi vários degraus para tentar comprar uma Bavaria para ele na lanchonete situada morro acima, porque o ex-marido da minha mãe continuava em sua sede alcoólica e não podia subir as escadas íngremes com a ponte de safena na perna, e nesta hora eu pensava na dor que ele tinha e que cada um tem, e na imensidade que valia o perdão diante do absurdo, e fiquei triste pelo Sílvio porque não havia cerveja no bar, nem um paliativo para aguentar aquele tranco danado, e então diante da ausência da cevada eu desci as escadas chupando um picolé de limão com 53 calorias e levei outro para ele na tentativa de adoçar azedamente aquela interrupção cruel.

O enterro aconteceu no dia em que minha prima receberia o diploma de residência em medicina nas comunidades carentes, e depois do sepultamento no cemitério de campo verde e aberto onde as árvores farfalhavam a calmaria enquanto a gente suava a tristeza, o Jardim da Saudade que se gabava por ter uma área de 1.200.000 metros quadrados e ficar a apenas 20 minutos da Barra da Tijuca, em localização privilegiada e ímpar no bairro da Paciência – o que é bastante irônico, porque para a morte só resta a resignação –, e o Jardim da Saudade enaltecia em seu panfleto suas capelas VIPS, sua ausência de tumbas, seus quartos de repouso, seus banheiros privativos, o ar-condicionado, este sim realmente imprescindível, e o Plamor, o Plano Funeral do Amor, porque o *slogan* do Jardim da Saudade era tratar a saudade como ela merecia, com coroas de flores para lá de 500 reais, e aí eu lembrava de outras legendas funestas como "quem é vivo compra agora" ou "morra e cuidamos do resto", e ali no Jardim da Saudade eu concluí que, se a pessoa continuaria habitando o local onde é enterrada, aquele campo verde e aberto seria mesmo bem melhor do que o mármore dos túmulos, e aí depois que o corpo desfigurado da minha prima foi colocado embaixo da terra enquanto minha tia entorpecida só sussurrava, acabou, acabou tudo, o coordenador do curso de medicina da minha prima veio entregar para a minha tia o diploma de residência que ela, não fosse um átimo de segundo, estaria recebendo naquele exato momento. E então, até quem não havia chorado desaguou junto com a chuva que chegou.

.    .    .    .

Os pingos rolaram pela grama e

.    .

.    .

.    .    .    .

se infiltraram na terra feito uma folha que se joga no solo após abandonar a origem e se transforma em substância para outra árvore e talvez aquelas gotas estivessem umedecendo o sono da minha prima que dormia para sempre só ali, porque mais acolá e aqui e eternamente tudo está se convertendo em outra coisa, e eu sei disso desde pequena porque eu fechava os olhos e via o rodamoinho de areia girando e ocupando todo o meu cérebro e ele não cessava de girar e então eu pensava, mas não acaba, não acaba nunca?, e a areia continuava dando giros e nenhum grão se escafedia, e hoje sinto que nós todos somos uma amálgama que não some jamais e talvez estejamos nós todos dormindo ou sonhando acordados porque é o acordar que faz os acordos e involucra os sonhos para consolidar as composições de sentido que firmamos com nós mesmos e ainda assim os olhos persistem querendo fechar e produzindo remelas e criando vistas falhas e desobedecendo à razão e piscando com o fundo da cabeça. E, se a vida é sonho, eu tenho que aprender a sonhar bem.

Acontece que a decisão da consciência não aplaca os galopes da parte de trás da cabeça, e ali de pé no cemitério vendo minha tia sem conseguir se mexer, fotos da minha prima se abriram em leque na minha mente como cartas de tarô que, no entanto, não ofereciam possibilidades, porque eu via os quadros que pintei da minha prima figurativos e com moldura lacrada, pincelados pelos tons do julgamento presunçoso que fiz a respeito dela, só porque ela teve um filho em cada lugar do país e depois dava para a sua mãe ou o pai da criança cuidarem e ia em busca de novas aventuras, e a avó dela não parava de falar no enterro, logo agora que ela havia se ajuizado, logo agora que ela estava com a casa dela e os filhinhos dela e o marido dela, e desde que minha prima e também meu pai e minha tia Hortênsia e meu tio se foram um atrás do outro eu só penso que posso nem terminar de falar essa frase que estou falando ago...

E minha mãe me contou que depois que o irmão dela se foi ela também não parava de pensar na morte, minha mãe ficou arrasada com a morte abrupta do tio Wando e anos depois com a da minha prima, minha mãe amava muito minha prima que tinha nascido um pouco antes das minhas irmãs, e como a tia Fátima, mãe dela, não tinha leite e minha mãe era leiteira, minha mãe deu de mamar à minha prima que era filha do tio Wando que era como um pai para a minha mãe, mas a tia Fátima parecia ter ciúme do amor da minha prima pela minha mãe, mas após a morte do tio Wando minha tia Fátima e minha prima e os irmãos da minha tia continuaram frequentando a casa 571, e eles e o Sílvio viraram camaradas de álcool e churrasco e pagode e baralho nos fins de semana, e meu pai ia nos visitar e parava o Jabuti lá no portão do outro lado do quintal e eu e minhas irmãs ficávamos conversando com ele em frente ao fusca na beira da estrada e meu pai dizia que ia cortar nossa pensão porque minha mãe estava fazendo festa todo fim de semana e sustentando de cerveja aquela galera toda com o dinheiro dele e meu pai que nunca havia bebido na vida dizia que minha mãe não valia coisa alguma, mas minha mãe nunca falava mal do meu pai, pelo contrário, ela dizia que ele não permanecia mais tempo com a gente por causa das dificuldades dele e que nós tínhamos que procurar mais nosso pai e que éramos muito sortudas porque ele pagava escola, plano de saúde, natação, vôlei, inglês, uniforme, roupa, material escolar e o caramba a quatro, mas toda vez que a porca torcia o rabo meu pai ameaçava cortar a nossa pensão, meu pai dizia que minha mãe gastava dinheiro enchendo o bucho do Sílvio e daquela gente toda, e eu ficava mesmo pensando se a minha mãe não estaria alimentando de cevada os trôpegos que invadiam todo fim de semana o nosso espaço e que ficavam ouvindo pagode e enlameando o chão e esporrando alto as letras, e meu pai dizia que minha mãe também gastava o dinheiro dele com plásticas e tratamentos de beleza, que os peitos pequeninos da minha mãe não eram de natureza não, na verdade a minha mãe cresceu com peitões, os minúsculos foram fruto de decepamento na faca, e eu me lembro bem da minha mãe feito múmia sentindo uma dor dilacerante para arrancar uma gaze que havia grudado na carne viva de seu peito, minha mãe que tirou peito, tirou barriga, esticou os olhos, repuxou a cara, se refez toda por fora enquanto se desfazia inteira por dentro.

Quando eu estava de saco cheio daquela gente toda e da minha mãe e dos comentários do meu pai no portão, eu atravessava a cerca dos fundos daquela casa assombrada e ficava solta no meu terreno movediço desapercebendo os pássaros e ignorando as águas do lago à minha frente – o lago sossegado toda a vida, o lago que não fingia momentos de calmaria feito o mar, o lago que era tranquilidade para todo o sempre.

No silêncio ruidoso das cigarras, eu cavava as mais diversas ausências e, inocente sobre a falta eterna, iniciei meu caminhar pelas estradas do entupimento.

* * *

Era um domingo de verão, um calor lascado como o de hoje, quando os poros não cansam de pingar coisas remotas. Naquelas 24 horas sudorentas que talvez tenham condensado grande parte de tudo o que me fez, corríamos em trote pela manhã fazendo um, dois, um, dois pelas lombadas, as quatro canelas finas, as pernas varapau, as cinturas inexistentes, os troncos quadrados maiores do que os quadris, minha mãe com suas costas miúdas achando que tem costas largas, e eu de fato com minhas costas de nadadora e meus dez centímetros a mais de altura, então íamos a um, dois, um, dois, em ritmo constante, enquanto a minha tia Fátima vinha lá atrás e de repente nos alcançava dando tiros como uma corredora de curtas distâncias, e aí ela grunhia algo condizente com sua formação militar, sempre dona da verdade, ela que, meu Deus, preciso parar de julgar as pessoas, mas até que ponto opinião é julgamento?, como alguém é capaz de olhar a moldura sem enxergar o quadro?, e não seria o julgamento do julgamento um ajuizar duplicado da ação nefasta?, mas minha tia sabida de tudo, criou minha prima com muito beabá, minha prima que, filha única e depois órfã de pai, também sabia argumentar demais, minha prima com seu nariz erguido em perfeição estética açoitando o ar, minha prima e minha tia Fátima que se enfrentaram desde sempre.

Minha tia gostava mesmo de disputa porque ela vinha correndo lá detrás e a cada tiro alcançava eu e minha mãe e também soltava um tiro com a boca, você educa muito mal as suas filhas!, parecia sempre chamar minha mãe para um ringue pelo troféu da melhor criação, suas filhas não colocam nem o próprio uniforme, você as veste enquanto ainda dormem!, sempre achei o carinho dela um tanto sisudo, você deixou essa aí tomar mamadeira até os 14!, ela tinha algo como um vale atrás dos olhos, depois ganhou um vale ao redor deles, talvez a perda do meu tio, uma dor que se transformou em uma enorme amargura, e naquela época ela jamais imaginaria que também perderia a própria filha, vocês correndo de costas, assim quadradas e sem bunda, parecem dois homens!, dei um tiro de longa distância e enquanto corria a passos largos agora lá na frente só me vinha à cabeça tudo o que eu tinha comido no dia anterior e a cada avanço em fuga no asfalto eu imaginava as bolotas de gordura se dissolvendo e um, dois, três, quatro, agora estou queimando as células adiposas da maçã e cinco, seis, sete, oito, vão embora os lipídeos do abacate e nove, dez, 11, esturrico o leite desnatado sem lactose e 12, 13, 14, ponho para fora os suspiros com estévia e 15, 16, o pacote que só tem 69 calorias e 17, sai chocolate meio amargo! e 18, 19, 20, 21, a quantidade de quilômetros aumenta de acordo com o desacato e 2∞, sem querer lancei o infinito. E isso diz muita coisa.

Cheguei da corrida me sentindo empurrada ladeira abaixo e como domingo era o dia da semana no qual eu me permitia abdicar do controle logo no café da manhã comi cuscuz de milho e bolo de goma e biscoito peta e todas as iguarias da terra seca molhadas na manteiga e mais tarde abri a caixa de bombons e meti para dentro Serenata de Amor e Alpino e Galak e depois lasanha no almoço e de sobremesa goiabada com queijo e à tarde sorvete e iogurte e à noite paçoca e pizza e farinha láctea e a barriga melancia banhuda com seu peso monstro e aquele calor dos diabos e minha mãe já havia sentado comigo na mesa da sala embaixo do lustre de vitral cuja corrente ficava pendurada formando uma curva sorriso e aí sob aquela luz amarela, que para uma formiga poderia denotar a abóbada de uma igreja e a salvação dessas coisas que vão além da conta, minha mãe desenhou uma planilha com a régua – e agora percebo que régua realmente é um objeto que combina muito com a minha mãe – e foi separando os dias da semana e olha, na segunda você pode comer cuscuz, na terça farinha láctea, na quarta lasanha e assim sucessivamente, dividindo ao longo da semana todas as porcarias – que na época não eram tão porcarias assim, porque já havia o lance do açúcar, mas não tinha essa coisa de glúten, lactose e a porra toda, importavam mesmo as calorias –, mas o fato é que apesar da explanação da minha mãe fazer todo sentido eu já tinha me amarrado ao maldito desacato e aí naquele domingo entupido eu estava no meu quarto de barriga para cima arrotando a insensatez enquanto assistia ao helicóptero do Gugu pousar na praia paulista lotada de gente alegre e "Passarinho quer dançar, O rabicho balançar, Porque acaba de nascer, Tchu tchu tchu tchu", lá fora no quintal a felicidade se enaltecia em cheiro de carne assada, "Passarinho quer dançar, Quer ter canto pra cantar, Alegria de viver, Tchu tchu tchu tchu", e eu lembrava de quando abandonei a carne não por pena dos bois ou das avezinhas, mas porque aos dez anos comi uma picanha feita pela minha mãe que tinha gosto de água do mar e me fez vomitar por três dias seguidos e eu nunca mais quis ver carne na minha frente, "Seu biquinho quer abrir, As asinhas sacudir, E o rabicho remexer, Tchu tchu tchu tchu", e então aquele enjoo todo e aí eu gritei pela minha mãe que estava lá fora na brasa compondo canastras com o marido dela e "Joelhinho vai dobrar, Dois saltinhos só pra ver, Vamos voar!", e MÃE, MÃE! e ela demorando à beça e "*É dia de festa, Dançar sem parar, E depois voar no azul, Cruzar de norte a sul, O céu e* o mar", e então minha mãe veio inquieta com sua cervejinha medida no copo de cachaça e as cartas do naipe de copas na outra mão e os peitos pequenos acomodados no sutiã turquesa que enaltecia sua tez morena índia de sol e eu lá esparramada na cama em sudorese profunda e ela nem se abaixou para ficar na minha altura e eu a via embaçada em contra--plongée e, mãe, eu não estou aguentando me levantar, acho que vou morrer, meu Deus, mãe, como eu alivio isso dentro de mim – nessa fase eu era completamente ignorante que para esse tipo de peso havia solução e que minha mãe a sabia porque depois descobri que ela também vomitava –, mas minha mãe talvez não querendo encarar a própria loucura não me deu trela alguma e num bate e volta ligeiro me trouxe um Sal de fruta Eno e partiu de novo e eu sozinha com a minha acidez naquele quarto de madeira escura onde outras frutas e seus pecados característicos já haviam rolado, eu carimbava meu caminho errático e prometia a mim mesma que dali para frente não haveria liberdade nem em dia santo nem em Carnaval porque eu era um ser aprisionado pelos excessos.

Os gazes começaram a escapar de dentro de mim e em meio ao ar fétido fiz força para me erguer feito uma mulher grávida de trigêmeos em seu nono mês de gestação e logo após meus pés gêmeos do meu pai tocarem o taco de madeira me pus de quatro e engatinhei carregando minha barriga pelo corredor até chegar ao telefone creme cor de burro quando foge lambrecado de gordura e sangue de carne malpassada e então me encorajei a erguer a redondeza de embriões mal formados e disquei o número da casa do meu pai do qual me recordo até hoje, 2682-1264, tuuuu-tuuuuu, o 2682 que antecedia todas aquelas casas provincianas e repetentes de si mesmas, tuuuu-tuuuuu, aquela inopinada adequação hipócrita, tuuuu-tuuuuu, eu preciso sair desta casa em beira de rodovia de alta velocidade, tuuuu-tuuuuu, e finalmente um alô irritado do outro lado da linha e eu numa súplica seca, pai, pai, vem me buscar, eu quero ir pra sua casa e não, não, minha filha, o Botafogo está jogando, mas pai... e então eu solucei com ânsia de vômito e abri um berreiro que superou o volume do pintinho amarelinho que tem muito medo do gavião e aí meu pai ficou apreensivo e disse que iria me buscar no intervalo da partida e então eu voltei ao meu quarto e coloquei todos os meus livros da escola dentro de duas mochilas e já não havia espaço para roupas e só a minha mãe possuía aquelas bolsas e malas grandes que ficavam no quarto dela e então eu peguei vários sacos plásticos com a logo do mercado com o nome da nossa cidade e ia colocando minhas blusas largas de desenhinhos infantis dentro dos sacos e comecei a dar tapas com força na minha barriga e o regurgitamento e a casa vazia e todo mundo lá fora e eu não fazia ideia de onde estariam a Maria Júlia e a Maria Juliana, e então a campainha disparou daquele jeito sem interrupção que meu pai tocava e minha mãe apareceu frenética dessa vez com as cartas do naipe de espadas nas mãos e aí ela levou um susto quando me viu feito mendiga com sacolas e mais sacolas penduradas em meus dois braços e aí minha mãe perguntou o que estava havendo e eu disse que meu pai tinha vindo me pegar e que eu ia para casa dele e eu nunca tinha ido assim para casa do meu pai e aí o Silvio entrou no meu quarto chamando minha mãe de volta para o buraco e todas as canastras que eles formavam em dupla e ela disse que estava resolvendo uma questão e eu pedi para ele nos deixar a sós que aquilo era entre mim e minha mãe e ele cambaleando das pernas retrucou que a questão era entre ele e a minha mãe, a questão era eles ganharem a partida, e aí eu fui saindo do quarto me arrastando com as sacolas vazias de pertencimento e minha mãe veio atrás de mim e pediu para o Sílvio ir lá para fora e ele disse que aquilo era birra de adolescente, mas eu era ainda uma menina que da adolescência só tinha a menstruação e as lembranças feitas de silêncio e o pior é que na noite anterior havia faltado luz e o Sílvio tinha tirado de mim o lampião que eu estava usando para estudar porque só aquela lamparina funcionava e ele merecia mais luz do que eu já que a mesa onde ele bebia lá fora não podia ficar no escuro e aí ele dizia para minha mãe, deixa ela ir, deixa ela ir, essa garota mimada!, e eu sentia um baita

grito preso dentro do peito que se debatia como pedra
de estilingue sem alvo solta na floresta pronta para colidir com qualquer árvore e eu queria gritar para a minha mãe que a culpa era dela, era dela a culpa por não
conseguir ficar sozinha e me colocar em perigo e agora
casar com um merda, casou com um merda mesmo depois que já tinha pegado ele no flagra com a novinha,
e o idiota ainda havia levado a amante para passar o
ano novo na nossa casa e também tinha tido a cara de
pau de insistir que minha mãe tirasse alguém de alguma
cama para que a coitada não dormisse em colchonete,
e minha mãe era louca por um marido porque já tinha
namorado dois abusadores e agora era casada com esse
bêbado que parecia o Chico Buarque com aqueles olhos
azuis apontados para baixo e ele deve mesmo entender
de Bárbaras e Beatrizes e Marietas e as diabas a quatro
e eu queria bradar tanta coisa, mas eu só golfei um rechonchudo, vai tomar no cu!, e ele e minha mãe abriram
suas bocas com bafo de cerveja enquanto eu ia embora
feito moradora de rua e então o Sílvio se sentiu ofendidíssimo e vociferou com palavras tortas que isso era um
absurdo, que os filhos dele jamais fariam isso, os filhos
dele nunca levantariam a voz para um adulto e nem falariam palavrão, e minha mãe dizia para mim que não
admitia isso, e ele dizia que isso era culpa da minha mãe
que tinha educado a gente sem limites e ameaçou minha mãe dizendo que se eu ficasse ali era ele quem ia
embora, e aí eu prossegui meu abandono e quando cheguei na varanda da frente espelhada pelas três portas de

vidro semicirculares me vi refletida como que diante de espelhos de um parque de diversões e aquelas todas de mim mesma com as pernas e os braços finos e a barriga gigante e lá do outro lado do quintal na beira da estrada meu pai e sua cabeça grisalha em frente ao Jabuti andando de um lado para o outro enquanto olhava para o seu dedo torto e eu e todas estas de mim mesma e algo que não muda olhando para todas elas, algo que não se esvai, o embate das lógicas desalojadas em seu aspecto retardatário, as três invejosas da capacidade de enfrentamento alheia, ressentidas por não aprimorarem ferramentas que abrem caminhos, todas uns touros rechonchudíssimos e empacados, e aí eu pendurei as sacolas no guidão da bicicleta ergométrica onde todas as manhãs eu pedalava das quatro e meia até as seis antes de partir para a escola que ficava em outro município para onde éramos transportadas pelo ônibus azulão que batia ponto ao nascer do sol, e então usei toda força presa em mim para arrastar a bicicleta parada até o quintal e lá atrás eu só ouvia minha mãe discutindo com o Sílvio e ele, deixa ela ir, deixa ela ir, finalmente vamos ter paz nessa casa!, e aí minha mãe dizia para ele que as filhas eram a coisa mais importante da vida dela, mas ela ficava lá na discussão enquanto eu atravessava o quintal empurrando a bicicleta e meu pai só fazia que não com as mãos lá do portão e eu prosseguia suando o terror de viver jogada às minhas traças, eu, uma criatura furada, eu desde sempre nunca habituada a mim, e aí vi meu padrasto e minha mãe aparecerem nos vidros da varanda como que uma plateia assistindo ao final de um filme e eu gritei de novo a céu aberto, vai tomar no cu!, e as pitangas que estavam verdes em seus pés num instante ficaram maduras e desabaram no solo e minha raiva servia como motor para que eu atravessasse o gramado verde esperança mas sem crença nenhuma em qualquer alívio e eu me sentia murcha como o meu Pogobol morto na grama e quando cheguei no portão o meu pai no melindre emocional dele veio arrastar a bicicleta comigo e dizia para eu não levar a bicicleta e que eu deveria fazer as pazes com a minha mãe e eu gritava, por favor, pai, por favor, eu não quero mais ficar nessa casa, e ele talvez mais abalado do que eu disse que tinha tomado um Lexotan para assistir ao jogo do Botafogo e que a estrela solitária estava perdendo de dois a zero e ele se tremia todo enquanto me ajudava a colocar a bicicleta no fusca mas ela não cabia no Jabuti e aí ele disse para eu deixar a bicicleta, não me aporrinhe mais, minha filha, e meu pai estava muito embananado com aquilo tudo, meu pai sempre precisava de cuidados de filho, e agora a filha problemática indo de mala e cuia, ou melhor, mochilas e sacolas e quase bicicleta para a casa dele.

Esta casa aqui. Esta casa que guarda tudo.

E depois só me lembro que passei a noite acordada no nosso quarto de madeira escura que abria agora suas janelas para mim, como numa sincronia armada pelo vento, e naquele dia meu pai apagou na rede da sala rodeado pelas pilhas de jornais velhos que iam até

o teto e enquanto ele roncava embalado pelo Lexotan eu sentia dificuldade para sugar o ar e já não era mais por conta do estômago lotado, mas por causa da crise de bronquite que chiava meu peito e eu fiquei arfando com minha cabeça grudada na parede esperançosa de ouvir algum carro invadindo a rua e quem sabe o carro não seria o Monza vermelho da minha mãe que viria me buscar e diria, minha filha, volta, vamos lá para casa, mas minha mãe não foi me buscar e eu passei a noite apitando na escuridão junto com as corujas e o galo desmiolado que cantava a qualquer hora e em queda no poço sem fundo da rejeição eu percebia que a casa da minha mãe não era a minha casa, que a casa do meu pai também não era a minha casa, que cada um é sua própria casa. E tem gente que passa a vida inteira para colocar um tijolo sobre
o outro
e, ao fim, não constrói casa nenhuma.

## VI.
**Talvez eu seja a própria ampulheta**

Meu pai adorava assistir construção. Mas eu só tomei conhecimento disso depois que ele partiu. Quer dizer, no fundo penso que eu devia intuir o gosto dele desde sempre, porque bem ali no meio do terreno havia uma casa de tijolos que crescia de forma miudinha, miudinha, as paredes cada vez mais altas mas nunca com um teto, o quadrado da vista e do vento sem nunca a janela, o retângulo da entrada sem jamais a porta. A casa só crescia e não se aprontava. E apesar de todas as construções visivelmente concluídas do terreno, era justamente o desconhecido presente nos entulhos que me tomava.

Desobedecendo a qualquer ordem adulta para que a gente não se infiltrasse entre os destroços, eu passava as tardes ali, conjecturando sobre todas as possibilidades que eles continham. Mas, de tão imóveis, os entulhos nunca abandonaram sua condição de esboço. E foi numa dessas incursões remotas à construção lenta e quase parando que um prego bem grande se meteu vertical e inteiro na sola do meu pé, lambendo de sangue todos os tijolos, a pele arrancada feito *band-aid* que descola. E os papéis que meu pai acumulava também são assim, tipo pele morta, não cobrem nada.

Minha mãe contou que meu pai passava em frente a uma obra e ficava entorpecido e surdo ao som das britadeiras que fundavam o alicerce, cego diante das pás de cimento e dos tijolos se sobrepondo. O engraçado é que a última obra que meu pai acompanhou e não viu ficar pronta foi a construção de uma nova filial das Lojas Americanas, e minha mãe disse que meu pai sem nem conseguir andar direito e no entanto sem desistir jamais se escorava nela, quase afundando minha mãe em sua magreza calçada abaixo, e em meio ao caos ele assistia ao céu sendo arranhado pelas vigas enquanto minha mãe dizia, vamos, vamos que eu preciso ir para minha casa, e ele, só mais um pouco, ora bolas!, qualquer coisa você dorme lá no meu apartamento, e minha mãe sempre se entregando à vontade alheia ia servindo de apoio para o meu pai até o sol cair.

Quando fiquei sabendo disso interliguei os vários acúmulos do meu pai e apreendi que em todos eles a finalidade não existia porque o essencial era ver as coisas crescerem, as coisas em evolução, as coisas nunca paradas, pois meu pai começou a construir seu império desde novo e para todo o sempre e foi assim que ele acumulou esta casa elefante branco e era assim que ele juntava mais e mais papéis todos os dias mesmo que para isso tivesse que pedir dinheiro emprestado ao banco e aí junto com os papéis meu pai também ia acumulando uma dívida para juntar mais e mais papéis e dizia que nós três seríamos responsáveis por zelar pela papelada e que jamais nos desfizéssemos dela quando ele partisse e que ensinássemos tais preceitos aos nossos filhos que passariam aos nossos netos e assim os papéis e a dívida aconteceriam sucessivamente num acúmulo para sempre acúmulo que não serve para nada, a não ser, e agora percebo isso, para garantir a continuidade do meu pai nesse mundo.

Como se a eternidade estivesse mais perto do etéreo das coisas virtuais, já que elas não findam como as lembranças carimbadas dentro e fora da nossa pele. Eu presenciei o dia em que meu pai em sua septuagésima década de vida reconsiderou tudo isso – e nessas horas a gente vê que até os *clics* aparentemente impossíveis podem se dar sem descanso, mas quando chegam tarde na cronologia da matéria se configuram em um completo abismo –, e naquela noite quando meu pai já havia saído desta casa e estava morando do outro lado da minha rua eu o convidei para jantar no meu apartamento e fiz uma lasanha de berinjela que ele não gostou porque era amarga e grudava na sua dentadura e aí eu me senti superculpada pois ele também não tinha aprovado eu ter comprado Coca-Cola Zero em vez de Guaraná Antarctica *diet* porque ele tinha papéis do Guaraná e era um absurdo que tomássemos qualquer outro refrigerante e quando meu pai foi embora lá de casa ainda com toda a sua vitalidade setentona ele puxou a porta do elevador mas não conseguiu abri-la e não era por conta do ferro mas por causa do peso de dentro porque meu pai parou e olhou para mim e começou a chorar e eu nunca tinha visto meu pai chorar daquele jeito e aí ele me abraçou com a força tremida da idade e disse que não tinha nem me visto ficar menstruada e que não havia construído nada na vida porque passou o tempo em seus acúmulos enquanto deveria ter passado o tempo com a gente e de um jeito soluçante que me fez engasgar meu pai contou que quando minha mãe se separou dele ele só pensava em se matar, que ele só não sucumbiu graças à voz feminina que vinha do outro lado da linha do telefone de gancho cuja dona se chamava Mônica, e foi essa mulher do Centro de Valorização da Vida que ouviu o desespero do meu pai e resolveu cuidar dele e o levou para seu apartamento cujas janelas davam para o pátio de uma escola, e na hora do recreio meu pai assistia às crianças brincarem e chorava pensando nos barulhos que não ecoavam mais em sua casa vazia, e a gente nem imaginava nada disso, a gente nem sabia que meu pai sofria, a gente só sabia que meu pai não tinha condições emocionais de ficar com a gente, e por muito tempo apenas a Maria Júlia encontrava o meu pai quando ia pegar o cheque da faculdade, e a mão do meu pai sempre tremia na hora de assinar um cheque, e ele todo orgulhoso apresentava a Maria Júlia como Minha Filha Doutora aos gerentes dos bancos e afins, e meu pai e a Maria Júlia almoçavam juntos a promoção do sanduíche de atum com refresco de laranja no centro da cidade.

Ali na porta do elevador vendo meu pai desabar daquela maneira, percebi que a dor provocada pelos arrependimentos é capaz de abrir túmulos, e junto com meu pai eu chorei a culpa pela minha incapacidade de prover alento, pois enquanto eu dizia a ele que o amava muito e que essa era a única coisa que realmente importava, eu me perguntava quando eu havia atravessado a linha divisória da vida: em que tempo eu percebi que eu não tinha todo o tempo do mundo, mas que é o tempo que me possui inteira?

Naquele abraço lotado de acúmulos eu sentia como se lutássemos os dois, sós os dois, contra dois mil anos amontoados de vícios e misérias e querências sem pátria, e com a cabeça pousada no ombro do meu pai eu observava a sua orelha túnel e percebia quão pouca claridade têm as coisas que achamos claras, pois para meu pai e para mim e para todo mundo a obsessão é tipo uma capa transparente que de tão transparente esconde o que cada um é na sua essência mais profunda, e talvez renunciar à obsessão seja se libertar de si próprio e dar de cara com a amplidão que existe dentro de nós mesmos. Mas como é difícil se abandonar em queda sem saber se há rede de proteção embaixo, permanecemos segurando nas mesmas cordas e só triscando de vez em quando na beira daquilo que está mais ao fundo, e assim continuamos sendo os mesmos até o dia em que o tempo nos devora por completo.

A epifania do meu pai diante da porta do elevador durou pouco porque logo que o antidepressivo fez efeito ele retomou os seus acúmulos e seguiu juntando os papéis e as dívidas e os CDs cujas notas jamais soaram e os DVDs nunca assistidos e as roupas que ele nunca usaria e todos os carros presos na garagem assim como os eletrodomésticos encaixotados e os muitos pares de sapatos que jamais calçariam seus pés. Meu pai, assim como eu, também não sabia que morto entra no caixão descalço.

Meu pai sonhava com um acúmulo para sempre acúmulo que passaríamos aos nossos filhos que passariam aos nossos netos que passariam aos nossos bisnetos que passariam aos nossos tataranetos e assim por diante, mas onde estarão os nossos filhos tão queridos e nunca gestados? Cadê os netos que meu pai não teve e os netos que queremos que minha mãe tenha? E eu desejando tanto ser mãe mas ainda completamente incapaz de cuidar de mim, e a natureza com o seu relógio inapelável. A Maria Júlia diz que biologicamente já somos frutas podres e me alerta para que eu não conte apenas com a fertilidade do amor porque se em dois anos eu não achar alguém e engravidar as coisas podem se tornar infactíveis, então eu tenho que preparar o congelamento de óvulos desde já. Mas o pior de tudo é que mesmo colocando no *freezer* os meus óvulos já não estão na flor da idade e isso me dá um pavor danado porque parece que só comecei a engatinhar aos 30 e somente agora aos quase 40 estou aprendendo a falar e apenas há pouco tive certeza de que queria ser mãe porque antes eu tinha pânico de imaginar um treco crescendo dentro de mim, eu pensava assim mesmo, que era um treco, mas de repente meus olhos começaram a esbugalhar diante dos bebês e foi justo quando eu estava namorando o Moacir, ele vivia dizendo que as mulheres que ainda não tinham tido o alarme ouviriam o último soar por volta dos 30 e que por causa disso as balzaquianas andam carregando os óvulos expostos nas mãos, mas isso que o Moacir dizia é um absurdo porque a vontade de ser mãe pode surgir a qualquer momento, por outro lado penso que dei mole, pois talvez se eu tivesse andado com meus óvulos à mostra quem sabe eu seria mãe e abandonaria essa parte de mim que não petisca porque não arrisca e de tanto fazer as coisas no meu tempo que é por demais lento receio que não dê mais tempo quando eu estiver no tempo.

Assim vou ficando para trás com meus acúmulos que são diferentes mas também iguais aos acúmulos do meu pai, porque enquanto meu pai acumulava papéis virtuais que não serviam à sua vida prática, eu acumulo ideias e mais ideias que apenas me atravessam como se eu fosse completamente porosa, incapaz de capturar qualquer coisa sólida. Quem sabe eu deveria colocar palpavelmente no mundo a agonia desse meu rebatimento, esse objeto que sou da minha própria vida, assim como a minha avó que sempre foi um objeto servindo ao prazer alheio, assim como minha mãe que nunca se permitiu ter prazer. Eu deveria fazer uma instalação dentro de uma sala escura com vários sensores conectados a diversas partes do meu corpo, inclusive à vagina e ao clitóris e aos grandes lábios e aos mamilos, e caberia ao público acionar tais acoplamentos e me provocar reações de dor ou de prazer, eu ali completamente à mercê dos outros, oferecendo ao público a possibilidade de abusar de mim, expondo minha árvore repleta de silêncios e com falsas cascas grossas. Fico intrigada com quais tipos de comandos me seriam dados, haveria alguém querendo provocar e assistir ao gozo alheio, o gozo de uma mulher? Ou estariam as pessoas perversamente interessadas na dor dos choques de alta voltagem? E se dar prazer fosse uma ordem, saberiam os homens executá-la? Não tenho dúvidas de que as mulheres seriam mais sagazes no acionamento de espasmos, mas teria eu coragem de me expor dessa maneira? E desde sempre essa ausência de coragem vem tomando a dianteira e segue me entupindo do vício da maledicência mental porque ninguém é quando se trava naquilo que deveria estar sendo e assim fico carecendo ser para sempre. Ou talvez eu seja a própria ampulheta cujos grãos de areia escorrem por dentro de mim enquanto permaneço como estátua solitária aplacada de qualquer movimento.

E é justo o medo que feito britadeira abre fossas com uma armadilha nova a cada fissura, e assim vou caindo nos buracos que disparam um terror após o outro e fico obcecada com o fim por um triz, e então começo a achar que cada coisa que faço será a última e aí quando saio de casa penso que não vou voltar e deixo mais comida para a minha gata e na rua se esbarro em alguém que não vejo há muito acho que é um sinal de despedida e se os encontros inusitados se multiplicam fico mais nervosa ainda e se ando de carro imagino a morte da minha prima e se pego ônibus penso na bala perdida e se voo de avião foco na queda ou na embolia pulmonar e se mergulho no mar fantasio o afogamento e estando dentro de casa penso no meu estômago fodido e nos litros de refrigerante *diet* e no ciclamato e na sacarina e penso no meu esôfago contaminado pela acidez e nos cigarros que já se alastraram por meu pulmão e na minha menstruação que resolveu parar de descer e penso no nódulo da mama e no cisto do rim e quando chega a madrugada sinto meu coração arritmado feito uma luva de boxe socando de dentro para fora do peito e vou parar no hospital suspeitando um ataque cardíaco e então quanto mais merda penso mais acho que estou atraindo mais merda e penso que lá dentro de mim há uma voz que sopra um medo de antemão como se isso amenizasse a fantasia caso ela venha a se tornar realidade e penso no meu pai que era hipocondríaco e penso na minha mãe que dizia para ele não antecipar as coisas pois em vez de sofrer de uma só vez ele escolhia sofrer sempre e penso na hereditariedade do gene que superlativa os aumentativos e penso na Maria Juliana falando para eu cancelar o pensamento e penso na minha analista que me incentiva a vasculhar o medo e reitera que o pânico nasce da minha obsessão por querer controlar tudo porque o que eu mais temo é o descontrole, o que eu mais temo é a loucura, e penso que minha cabeça é uma tripa de merda infinita e então tento os pranayamas e a meditação transcendental e a yoga e o Nam-myoho-rengue-kyo e os exercícios físicos e o centro espírita e a Fluoxetina e as barras de acesso e a Bupropiona e a ayahuasca e penso que só vou conseguir realizar algo quando eu for capaz de encaixar as coisas dentro de mim mas quanto mais eu estou pensando mais coisas estão acontecendo e mais coisas terei que encaixar e sendo aquilo que acho que sou não mereço uma transformação nem através do amor, nem dos filhos, nem da criação, e então temo mais ainda que a tela continue em branco ou que, se eu pintá-la afinal, seja também o final.

– Por que eu sinto tanto medo?
– Porque você sente muita culpa.

Foi o que minha analista me disse. E completou com seus olhos de bússola apontando o norte:

– Acho que grande parte dessa culpa vem de antes, muito antes de você.


Nesse dia, saí zonza da sessão. Seria um fardo essa parte que não me pertence? Será que ninguém vem ao mundo como uma folha em branco? Enveredei apertada pelas ruas estreitas e fui intuindo que, enquanto eu inventar um Deus mau, só o Diabo existirá.

Quando cheguei em casa, me pus de joelhos diante do altar dentro do meu ateliê zona inacabada de desconforto, o altar de Buda e de Ganesha e dos macacos que me dizem não ouço, não vejo, não falo, e então me ajoelhei e com as mãos em prece pronunciei em voz alta a culpa por todas as vezes que reclamei por ter que apenas atravessar a rua para passar na padaria e comprar uma quentinha para o meu pai, a culpa por achar que estaria perdendo tempo ao levar para ele o seu almoço, a culpa por não entregar ao meu pai a comida que eu pagaria com o dinheiro da mesada, a culpa por acreditar que essa meia hora atrapalharia o tempo que eu deveria estar criando alguma merda, a culpa porque eu ficava no meu eclipse enquanto meu pai clamava pela minha companhia do outro lado da rua, teve um dia quando eu não o visitava há algum tempo que ele me ligou e disse, venha me ver, minha filhinha, seu pai está no fim, e minhas lágrimas descolaram o cristal do terceiro olho do Buda, e meu pai dizia mesmo sem saber, mesmo sem eu nunca ter construído nada que prestasse, meu pai dizia que eu era boa para criar coisas, que eu não sabia fazer outra coisa a não ser viver em outro mundo, mas que nesse mundo aqui eu tinha que viver com os olhos desse mundo, e então eu chorava a culpa por não honrar o meu pai, a culpa por não ter tido a iniciativa de dormir na sua casa nenhuma vez, mesmo que eu atravessasse a rua de madrugada só para ver se ele estava respirando, a culpa por ter inventado desculpas esfarrapadas para não visitá-lo mais vezes no hospital, a culpa por achar um saco quando meu pai precisava passar uma noite no meu apartamento, o apartamentico sustentado por ele, ele que ia desta casa para o centro da cidade de ônibus, ele que podia comprar um apartamento mas pagava aluguel, ele que quando dormia lá no meu apartamentico mijava na tampa do vaso e deixava farelos de pão na pia, os farelos que ainda existem nesta casa elefante branco, desculpa, pai, desculpa. Quase nunca nos encontrávamos quando ele morava aqui, só a Maria Júlia o via quando eles iam ao centro da cidade, e então certo dia eu estava de bicicleta no calçadão de Copacabana e vi de costas a cabeça branca do meu pai e seu terno e sua maleta de negócios e aí eu acelerei e parei na frente dele e ele amoleceu inteiro, soltou um sorriso como de criança quando a mãe retorna do trabalho, desculpa, pai, desculpa, e uma vontade imensa de poder abraçar meu pai com força e ouvi-lo falar que era para eu não apertá-lo tanto porque senão o deixaria lascado, a saudade de ouvir meu pai falar lascado e todas as palavras que só ele falava, as palavras que o tempo vai apagando, a culpa por ter expulsado minha mãe da minha casa, a culpa por ter mandado meu padrasto tomar no cu e destruir o casamento da minha mãe, a culpa por ter dito a ela que se mandassem ela comer merda ela comeria, desculpa, mãe, desculpa, a culpa por ter desejado que o leite da minha mãe empedrasse para que ela não amamentasse minhas irmãs, a culpa por ter tentado virar o berço delas, desculpa, irmãs, desculpa, a culpa por ser uma mulher má, a culpa pelo escoamento de todas as possibilidades de mim, a culpa por achar que o mistério quer meu mal e que eu não mereço a abundância que está na minha cara, eu uma completa ingrata, eu que recebi privilegiadamente tantas ferramentas mas não consigo adestrá-las, e tanta gente com tão menos e tão mais inteiro, eu que desejo a tinta a óleo mas não tenho coragem de encará-la pois ela requer muita paciência que é a coisa que eu menos tenho, eu que não respiro, arfo, e a tinta a óleo que

        demora
          a
         secar
          e
         que
        seca
         de
        fora
       para
      dentro
    como a pele

eu uma cadela maldita correndo atrás do meu próprio rabo machucado, eu e os pincéis que tremem na minha mão doente de tanto não se mexer, eu uma flor seca de um galho velho e quebradiço de árvore com raízes soltas, eu que fustigando ainda mais a mim mesma insisto em me perguntar, será que quem peca contra si vai para o purgatório?, ou não seria o purgatório o terreno do meu próprio demônio de agora?, eu que para olhos alheios faço macaquices e solto gargalhadas, eu que quando sozinha sou carente da melhor parte de mim, eu que cortino, descortino, cortino e descortino novamente meus olhos, eu e meu relógio descronológico, eu que choro como meu pai diante da porta do elevador, choro por tudo que eu poderia ter vivido e não vivi, eu precisando abandonar a fórceps o desejo de controle, a ânsia de dar sentido para todas as coisas como se os significados demitissem o medo, eu sendo ermitã e ao mesmo tempo me lendo como um ideograma que se forma pelos outros, eu e meu suicídio em doses homeopáticas, eu que aspiro a casa enquanto penso no rabisco e coloco a roupa na máquina de lavar enquanto o tom me vem à mente e lavo a louça enquanto a cor negra inunda a transparência d'água, eu que passo os dias, os meses, os anos tentando encontrar o tom que nunca dá as caras, eu que não cesso de perguntar:

Onde fica o preenchimento do mundo?

Eu e meu umbigo que dói feito um grande buraco negro aberto no meu próprio corpo e ele se esgarça cada vez mais e aos poucos vai me devorando inteira e me afasta do centro daquilo que deveria ser eu e aí eu penso que não mereço essa condição que a vida me dá e acho que ela vai solavancar isso tudo para eu parar de ser besta, eu e meu enorme medo de morrer e a minha analista que dispara:
– Você não tem medo da morte, você tem medo da vida.

## VII.
## Se eu fosse você, eu implodia esta casa aqui

– Esta casa é problema nosso.

Foi a Maria Júlia me repreendendo. Eu reconhecia de longe o timbre capricorniano de quem se põe a carregar as coisas e, no entanto, reclama de lotar a caçamba sozinha com o peso das responsabilidades.

Logo atinei para o lado de fora e percebi que havíamos atravessado todo o quintal e finalmente estávamos diante da porta de entrada da casa. Prestes a pisar naqueles azulejos encardidos da cozinha onde engatinhei pela primeira vez, eu sentia como se estivesse dando o primeiro passo rumo ao portão de saída.

Minha mãe já tinha retirado todas as pastas daquela caixa imensa e algumas delas ganharam um novo compartimento com uma nova etiqueta: inventário. No já mais que já dela, minha mãe havia organizado todos os estoques práticos do nosso futuro. Enquanto isso eu estava matutando sobre a quantidade de tempo que levaria para compartimentalizar as coisas que, apesar de herdadas em conjunto, só pertenciam a mim, pois a despeito de todas as regalias eu estava sem travesseiro e sem cama no chão duro do cômodo que escolhi pisar, não fazendo nada em prol de mim e nem da humanidade, o que, apesar de toda a minha percepção das coisas que estão por trás das coisas, não me tornava um espírito nobre, mas uma pessoa cada vez mais de carne e osso, ressentida pelo embuste da falta de confiança.

Ora essa, tendo eu medo ou não as coisas vão continuar acontecendo, de tal modo que só me resta pensar no aqui, quer dizer, não pensar no aqui e nem no acolá, mesmo se o acolá for bom, porque o pensamento no bom futuro também traz ansiedade, assim como o pensamento no amanhã trágico, então qualquer pensamento não pode se estender no tempo. Talvez a vida seja mesmo um processo de querência, um esforço para recusar o perigo desproporcional dos pontos de interrogação.

– Você tá prestando atenção? – a Maria Júlia me inquiriu de novo.

– Você não imagina o quanto.

– Então o que você acha?

– Concordo com você. Acho que esta casa é um problema nosso.

– E o que você vai resolver?

Diante do meu embananamento de quem não estava entendendo coisa alguma, a Maria Júlia já revirando os olhos e a Maria Juliana em sua delicadeza calada, minha mãe tomou a palavra e disparou o mundo real:

– Aqui já deu. A umidade tá com mais de um metro nas paredes e isso é um problema que não tem jeito, o lençol freático é muito superficial, o interior da casa da frente tá todo tomado, seu pai vivia dizendo que ia mandar impermeabilizar, que o Antônio ia passar não sei o quê, um negócio lá, mas eu dizia, não adianta, não adianta...

– Quem construiu esta casa, mãe?

– Aí, minha filha!... – minha mãe relaxou o corpo, puxou o ar pela boca e se pôs a gargalhar – O Chico Comprido!

Nenhuma de nós se conteve. É tão bonito quando minha mãe solta risadas, se tem uma coisa que faz minha mãe rir são as maluquices do meu pai, e minha mãe também ri das maluquices da família dele na Ilha do Amor, as histórias que se repetem como alegorias e são capazes de inflar nossos pulmões com o ar quente da terra onde não nascemos mas de onde viemos, lá onde o vento não cessa e cria espirais contínuas de areia à beira-mar.

Minha mãe se sente almofadada na Ilha do Amor. Talvez porque lá todo mundo a trata como viúva do meu pai, mesmo que eles nunca tenham se casado no cartório, e ainda que a Ilha seja um lugar onde impera o patriarcado que zela pelo papel passado, todos viram meu pai e minha mãe juntos, acompanharam várias vezes os dois chegando após uma viagem de três dias no Jabuti, eles dengosos toda a vida, eles que bebiam o café na mesma xícara, a água no mesmo copo e o cigarro quase na mesma fumaça – só que minha mãe tragava fundo e meu pai nunca tragou. Nós três nunca vimos isso.

De alguma maneira, quando minha mãe ri contando algo sobre meu pai, é como se resgatasse para as filhas um passado que não vivemos. E quando minha mãe falou do Chico Comprido, nossas gargalhadas foram capazes de sublinhar o eco.

Quem era Chico Comprido, mãe?, um cara teimoso pra cacete, ai, eu tinha uma raiva danada dele porque ele era muito turrão, eu falava as coisas e ele fazia do jeito dele, quem, meu pai?, o Chico Comprido!, e seu pai dizia que ele era bom, que não sei o quê, mas ele era arquiteto?, nem arquiteto, nem engenheiro, nem construtor, coisa nenhuma, um curioso metido a entender de tudo, ele que construiu esta casa, mas alguém projetou a casa?, não, a casa foi o seguinte, eu peguei uma planta dessas que são vendidas em banca de jornal e

Pronto! Quando minha mãe contou que comprou a planta da casa numa banca de jornal ela libertou uma gargalhada daquelas de soltar a vogal inicial e depois ficar sacudindo a cabecinha sem som, e ríamos como se fôssemos bonecas de corda escangalhadas, os ruídos davam coices no espaço como se estivessem craquelando uma película de cristal que envolvia o ar e por mais transparente que fosse deixava a atmosfera densa à beça, mas agora nossas risadas estilhaçavam a espessura invisível e a cada sopro de vento vinha uma nova bobeira e coitado do Chang Lang que mesmo lá longe acompanhando o Antônio em sua tarefa diária de jogar cloro na piscina deveria estar quase surdo com seus ouvidos de natureza aguçada, e vendo o Antônio arremessando o líquido do galão sobre a água também vi meu pai grisalho lançando cloro na piscina depois de suas braçadas diárias, meu pai estava sempre metido naquele calção azul-marinho caindo abaixo do umbigo, porque além dos papéis os prazeres cotidianos de cuidado com essa casa elefante branco eram tudo para o meu pai, e rotineiramente ele distribuía o cloro e ligava a bomba da piscina que anunciava a noite junto com as cigarras.

– Agora, quando eu rio muito eu me canso.

A frase da minha mãe foi como maestro finalizando a orquestra. No silêncio sem aplausos, o pavor que havia partido num repente voltou em estaca fulminosa. Porque a Coisa está sempre ali, em uma ameaça sorrateira. E para despistar o pensamento do ar que está sempre indo e voltando até que uma hora finda, voltamos à história da nossa moradia:

– Mas essa planta tava numa revista de arquitetura, mãe?

– Não, era planta avulsa mesmo, não sei se ainda vende assim, sei que havia essa planta na banca e aí eu lembrei que quando era criança tinha uma casa lá na Primavera com uma varanda toda em volta...

Nessa hora a minha cabeça fez um *clic* tremendo. Essa casa na Primavera não era qualquer casa! Eu tinha certeza, a casa da Primavera era a tal casa sobre a qual minha mãe havia confessado a existência há pouquíssimo tempo, quando eu muito insisti para que ela vasculhasse seus destroços, a casa da Primavera de varanda ao redor escondia entre suas paredes a história de um amor impossível que na iminência de se fazer possível se fez impossível para sempre, plantando sob os joelhos da minha avó todas as sementes de milho que seriam passadas de mãe para filha como mochilas de chumbo.

A Primavera era o bairro reduto da classe alta daquela terra seca onde minha mãe que é Margarida não desabrochava em nenhuma estação. Margarida e seus três irmãos foram criados pela minha bisavó, esta sim uma verdadeira mãe a quem todos chamavam de Mamãe, enquanto a minha avó, a mãe biológica, sempre fora evocada como Mãe Fulana de nome metade do meu, assim mesmo, ô Mãe Fulana, venha cá, minha tia Hortência a chamava de Moça, a Moça que sempre rejeitou suas duas filhas mulheres com nomes de flor, a Moça que aparecia na casa de palafita onde minha bisavó cuidava de todos os seus filhos apenas para comer bolo de goma e lambrecar com hidratante suas pernas grossas que logo mais se abririam para os mais diversos varões, e entre eles se incluía o grande amor de sua vida, o Doutor, o candidato a deputado que estava prestes a assumir o posto e que tinha a tal casa de varanda na Primavera, a casa onde minha avó passava os dias e, vez por outra, levava junto minha mãe e meu tio Wando, o único de pai sabido, mas assim como seus irmãos meu tio Wando também não tinha certidão, o Doutor jamais assumiu a cria pois para ele minha avó era a Outra a quem prometia o casamento tão logo efetuasse o mandato, mas tal façanha não se deu porque um dia antes de assumir o cargo, o Doutor se foi num acidente de carro na estrada, a rodovia da cidade que agora tem seu nome que sobrenome do meu tio nunca foi. E essa perda atroz lançou minha avó na rua da amargura e ceifou para sempre as raízes daquela família. Aquela família que é a minha família.

Quem sabe o Doutor também devesse estar na certidão da minha mãe? Quem sabe o Doutor seja meu avô? Por que minha mãe nunca teve o direito de saber quem é seu pai? Ela diz que minha avó é um zíper lacrado de cima a baixo. Eu também acho isso da minha mãe.

Então, quando ela revelou que construiu esta casa com varanda aqui inspirada na casa com varanda de lá, eu tive certeza que minha mãe não se referia a qualquer casa, e sim, à casa da Primavera que cercava a esperança de uma filha que enquanto tal nunca existiu. Naquele terreno, a flor jamais desabotoou.

Eu fiquei tão boquiaberta com a descoberta de que neste quintal aqui minha mãe havia projetado todas as suas expectativas ceifadas que nada exclamei a fim de que ela não travasse, deixei que ela falasse, talvez se minha mãe se permitisse ser quem ela é eu também poderia me permitir ser quem eu sou.

A Maria Júlia e a Maria Juliana tiveram um tino que faz todo sentido, minhas irmãs perceberam antes de mim que quanto mais a Coisa assombra minha mãe mais obcecada fico, mais me restrinjo de qualquer alimento, mais conto as calorias e me exercito em demasia, mais quero desaparecer, IRMÃ, DE ONDE VEM TANTA CULPA?, eu não sei, eu não sei, aquela vez em que fui pedir ajuda à Bruxa a primeira coisa que ela me disse foi que havia seres muito felizes em volta de mim, eu fiquei muito impactada com isso, como alguém pode ser feliz ao meu lado?, e sem nem saber coisa alguma a meu respeito a Bruxa me disse com seu sotaque alemão que eu era uma arrrrtista desde mil setecentos e blaus, então eu caí no berreiro e corrompi todo o silêncio daquela sala escura destinada às curas, e aí a Bruxa colocou suas mãos nos meus ouvidos como se elas fossem fones de música, a Bruxa sussurrou que ia alterar 50 por cento a química do meu cérebro e que a outra metade ficaria por minha conta, e aí ela FUUUUUUUU!, soprou forte sobre o meu cocuruto sacudindo meus fios de cabelo da raiz até as pontas e com seu timbre de voz alterado disse, você carrega culpas imensas que não são suas, 80 por cento delas vêm dos seus ancestrais, e então eu pensei em todo o pecado que a minha avó deposita naqueles caroços de milho sob seus joelhos, todo o peso que ela deve sentir por ter dado prazer a tantos homens, e coitada da minha avó porque se hoje já é difícil aceitar que as mulheres são donas do próprio corpo, imagina naquela época, e minha avó virou uma católica fervorosa açoitada por um deus punitivo que considera imoral a forma mais comum de se ganhar dinheiro desde os tempos bíblicos, "porque os lábios da mulher adúltera destilam favos de mel, e as suas palavras são mais suaves do que o azeite; mas o fim dela é amargoso como o absinto, agudo, como a espada de dois gumes. Os seus pés descem à morte; os seus passos conduzem-na ao inferno", e então minha avó passou a vida se martirizando pelos seus pecados e provavelmente deve pensar que foi uma punição divina ter perdido o filho que ela idolatrava como se idolatra a um deus, e certamente ela também deve sentir muita culpa por sempre ter destratado minha tia, logo minha tia Hortência que morava com ela e fazia as coisas por ela, e não há nada mais horripilante do que uma mãe que vive a partida de seus filhos, e essa história da minha avó assola de uma maneira tão bizarra a minha família que o meu tio mais novo que não é filho do Doutor nunca se livrou do trauma, esse meu tio chamado Hildo desde sempre sofreu com a ausência de um pai, minha mãe nos contou que meu tio Wando quando era vivo foi atrás do suposto pai do irmão mas o cara que todo mundo desconfiava ser pai dele não assumiu a cria, e meu tio Hildo ficou tão traumatizado que sequer foi capaz de tocar a vida, meu tio Hildo sonhava em ser médico como o meu tio Wando mas nunca passou na prova, e tempos depois foram descobrir que meu tio Hildo nem se inscrevia para o exame pois se tremia todo ao preencher a filiação da ficha do candidato, e até hoje meu tio Hildo nem consegue falar disso, porque assim como minha mãe e minha tia e minha avó, meu tio também tem lacres dentro dele, e na época o meu tio Wando – que era o único que falava as coisas –, de tão pai que era dos mais novos, arranjou um homem que aceitou assumi-los como filhos ao menos no registro de nascimento, e então todos ganharam um pai de mentira, com exceção da minha mãe que preferiu uma linha em branco a uma falcatrua.

A sorte da minha mãe foi ter tido ao menos a minha bisavó, a minha bisavó que na sua altivez miúda de um metro e cinquenta sabia ser tão mais fácil amar. E certamente minha bisavó também deve ter sofrido com os homens pois minha mãe em um dos seus rompantes de desabafo nos contou que minha bisavó teve um casamento arranjado aos 11 anos de idade, e já aos 12 deu à luz o primeiro filho, e após dez filhos se separou porque certa vez foi pedir dinheiro ao meu bisavô para comprar ingressos para ela e as amigas irem assistir ao vivo a final do jogo do River Atlético Clube, o River que era sua paixão, minha bisavó vivia com o radinho de pilhas a tiracolo e não perdia um lance do time, mas quando ela foi pedir dinheiro ao meu bisavô ele disse que estava sem grana para gastar além do essencial, e minha bisavó encucada que só insinuou que ele havia gastado o salário no bordel, e então meu bisavô a respondeu com um tapa na cara, e aí minha bisavó mesmo sendo pequenina revidou com uma rasteira e saiu de casa carregando os dez filhos, no início do século minha bisavó peidou para a sociedade e criou sozinha suas crias e também algumas crias de suas crias e também outras crias que não eram de seu sangue, e sustentou todo mundo fazendo umas quentinhas gostosas de arroz com capote e Maria Isabel e bolo frito e as vendia numa barraquinha em pleno mercadão lotado de marmanjos e ela até se casou de novo mas também se separou novamente porque o idiota do segundo marido era bêbado e ficava querendo interferir na educação dos seus filhos e minha bisavó muito tinhosa nunca deixou que ninguém passasse por cima dela mesmo que ela batesse no joelho de todo mundo e minha bisavó era mesmo muito mãe da minha mãe que vivia deitada em seu colo mas quando fazia pirraça levava cipó de tamarindo na canela e minha bisavó levava minha mãe para fazer permanente no cabelo que era uma coisa que minha mãe adorava mas minha avó não permitia e depois fui entender que é porque ela competia com a própria filha e desde a adolescência era a beleza que segurava as pontas da minha mãe e não à toa minha mãe foi convidada para carregar a bandeira de Carnaval do bloco dos meninos ricos porque com sua cintilância que eu sei que também está dentro minha mãe se tornou a porta-estandarte da Turma do Funil e todas as meninas daquela terra seca morriam de inveja dela assim como a minha própria avó que desprezava a beleza da filha e eu sei disso porque essas coisas ultimamente deram para espocar da boca da minha mãe e todos esses alarmes ressoaram estridentes feito sinos quando por insistência dela fomos passar o último Natal na terra seca para ficar com a minha avó que nunca fez papel de mãe da minha mãe e muito menos de nossa avó e que há pouco quebrou a bacia e só anda na cadeira de rodas e é claro que minha mãe burro de carga sente uma obrigação tamanha de tomar conta daquela que lhe pariu mas não fez nenhuma questão de manter o cordão umbilical e nós três nunca perdoamos esse augúrio da separação mas só porque foi um pedido da minha mãe viajamos para a terra seca e eu fiquei com aquela náusea de muitas guimbas de cigarro e o ar moribundo das cinzas no cinzeiro quando me deparei com a minha mãe plena em sua magreza servindo como escrava a minha avó e empurrando com sua escápula açoitada pela radioterapia aquela cadeira de rodas daqui pra lá e de lá pra cá e ela ainda fazia força com seu ombro à base de Cortisona para tirar minha avó da cadeira e colocá-la no assento da privada e depois que minha avó fazia cocô minha mãe a erguia com seus braços tão finos que no mormaço pareciam cabos de vassoura e a devolvia para a cadeira e depois ainda pegava a escova sanitária e o desinfetante e limpava a merda no vaso sanitário e aí permanecia de lá pra cá e daqui pra lá com a vassoura e o pano de chão e teve uma hora que minha avó disse para minha mãe como se estivesse apontando uma falha, você esqueceu de me dar a escova!, e minha mãe em seu já corriqueiro apareceu com duas escovas de tamanhos diferentes e minha avó arrancou a mais gorda da mão da minha mãe e passou a enrolar com suas mãos grossas seus cabelos finos como os meus ao redor das cerdas e os fios pintados de vermelho vivo os fios jamais brancos contrastavam sobremaneira em cor e comprimento com os pequenos caracóis grisalhos na cabecinha de capim da minha mãe e ela nos contou mais uma pérola do seu baú que nos deixou boquiabertas porque minha mãe disse que certa vez no início de sua adolescência minha avó estava penteando seus cabelos que iam quase até a cintura como os meus e essa cena aparentemente tão maternal virou logo coisa de madrasta má porque minha avó com o pente deslizando na cabeça da minha mãe arrancou-lhe um belo chumaço de cabelo e meteu a alfinetada que ficou para sempre inserida do lado de dentro da cabeça da minha mãe porque minha mãe naquele dia iria disputar o concurso de *miss* na escola e ela disse que até se lembrava do vestido verde-água de voal que minha bisavó ficou costurando durante um mês e então minha mãe estava toda linda e alvoroçada e minha avó arrancando forte seu chumaço de cabelo disse para a filha que ela não tinha beleza nem encanto suficientes para fazer parte da disputa e isso foi um balde de água com sabão tão grande que minha mãe escorregou da passarela onde até então só dava ela e coitada da minha mãe que cresceu achando que a beleza é condição primordial para o amor e coitadas de nós que crescemos ouvindo com insistência tal recado e quando minha mãe escarrou isso tudo também confessou que é uma grande mentira ela nunca ter se incomodado em não ter um pai e que certa vez na adolescência pressionou a minha avó, quem é meu pai?, me diga quem é meu pai!, mas minha avó respondeu com seu habitual silêncio e minha mãe a acusou de ter sido uma mãe relapsa ao que minha avó rebateu dizendo que precisou ir para a zona por necessidade mas minha mãe replicou que o problema nunca foi minha avó fazer o que bem quisesse com o corpo o problema mesmo era o abandono completo dos filhos e nesse destravamento de lembranças minha mãe também disse que um pouco antes da minha bisavó morrer literalmente enfezada aos quase 100 anos minha mãe perguntou à ela quem era seu pai ao que minha bisavó respondeu que minha mãe era filha ou do Doutor ou de um tal de Roncato mas quando minha mãe colocou minha avó contra a parede mais uma vez e disse a ela o que minha bisavó havia lhe contado minha avó só respondeu, coitada da mamãe, ela não sabia de nada, e com essa falta de informação medonha eu sempre tive que fazer uma força danada para perdoar as injúrias da minha avó e minhas irmãs também me confessaram que para elas isso é muito difícil e há pouco a Maria Júlia lembrou que quando viajávamos sozinhas para passar as férias na terra seca que ao menos naquela época me parecia bastante úmida a minha avó dizia que ainda bem que estávamos lá para dar um pouco de sossego para minha mãe porque a gente sobrecarregava a minha mãe e íamos acabar provocando a sua morte e o irônico é que foi minha própria avó quem não regou a flor e então eu abomino a mim mesma quando lanço algum juízo sobre a minha mãe porque sei que ninguém é capaz de controlar seus reflexos no espelho nem mesmo estando cego pois a falta de visão não implica ausência de imagens e então sei que os valores que minha mãe construiu para si foram na base da palmatória e sempre laboraram a favor das barragens contra terrenos movediços porque é mais fácil se ausentar do sofrimento fingindo que ele não é derrapante e assim como minha mãe tem pena das pessoas porque acha que só na grama alheia está a erva daninha eu tenho pena dela porque ninguém a ensinou que poderia ser de outra maneira e só o que eu e a Maria Júlia e a Maria Juliana podemos fazer é apontar novos caminhos mas sem forçá-la a se meter em nenhuma estrada e no entanto mesmo sabendo disso às vezes eu não contenho a minha raiva que se dissemina de grão em grão feito cupim e aí afronto minha mãe e suas regras que inventam fundo para tudo, como se os buracos não existissem, como se as distâncias não contivessem sempre uma cavidade, como se não estivéssemos lançados na totalidade infinitamente aberta do mundo.

O amém que minha mãe dá para as normas é o mesmo sai demônio com o qual eu exorcizo as regras e então quando ela passa uns dias comigo pega no meu pé à beça, você não vai resolver essas manchas na sua cara?, minha mãe só pensa na superfície, ela sabe que essas manchas marrons no meu rosto não saem de jeito nenhum, mesmo que eu só ande encapuzada e lotada de protetor solar, a Maria Júlia já explicou várias vezes que os melasmas são o grande desafio da dermatologia, até um mini trator de agulhas ela já passou na minha cara que ficou vermelha de sangue, uma coisa horrorosa, mas minha mãe não tá nem aí pra isso, para ela qualquer dor dilacerante vale pela beleza, talvez minha mãe tenha raiva de mim, uma raiva que nasce de sua culpa trancada, ou vai ver que inconscientemente ela acha que eu sou culpada por ter atraído seus homens, e o pior é que minha mãe me repreende pela minha cara e também me repreende quando mancho as toalhas de protetor solar e aí eu grito, você prefere a minha cara ou a toalha manchada?, e aí ela se faz de vítima e diz que a ofendi profundamente, que não vai dizer mais nada, e até parece que ela diz alguma coisa, ela só fala mesmo, o verbo vazio, você não para de espalhar canecas de café pela casa!, nada mais simbólico que as manchas em uma relação cheia de nódoas, e aí eu não aguento e começo a alfinetá-la com a minha rebeldia sem tempero, vá olhar para o que importa, vá deixar de ser uma coisa!, e logo em seguida me jogo na profusão da culpa e aí a Maria Júlia e a Maria Juliana diante do meu nada profícuo alento disparam a dizer que eu estou ajudando minha mãe a cavar a própria cova.

Quando ela precisa passar por aquele catatau de veneno o baque é tanto que, mesmo tendo ignorado durante toda a sua vida os espinhos que espetam para dentro – minha mãe, ao contrário de suas filhas, nunca precisou de nenhum remedinho para a cabeça – nesses períodos ela carece de antidepressivos bem potentes porque vive dias mudos cheios de apatia e fica deitada tão encolhida que sente que está sumindo e até os cheiros e as cores se tornam hostis e ela se perturba só de olhar as estampas das canecas, deseja uma geladeira absolutamente vazia, não consegue colocar na boca nem o seu reverenciado Cream Cracker, até o toque do telefone a irrita, e então minha mãe passa os dias enroscada em sua não voz como um bebê em posição fetal, tentando desesperadamente encontrar o útero de todas as coisas.

Ver a minha mãe sofrer é a dor mais irreparável que já senti. Logo – a Maria Júlia e a Maria Juliana têm razão –, eu me maltrato para perpetuá-la em mim, como se assim pudesse impedir que minha mãe suma do mundo.

Após os dias de encolhimento minha mãe volta a si descontando sua desgraça nas praticidades do dia a dia numa escala ainda maior que a habitual, e foi assim que em seu aniversário de 70 anos eu lhe dei um dos piores presentes de sua vida porque minha mãe tinha acabado de tomar a última dose de veneno e íamos subir a serra para comemorar o fim do tratamento e o recolhimento da Coisa, e naquele dia eu cheguei na casa da minha mãe sem me atrasar nem um segundo, a casa da minha mãe que virou nosso ponto de encontro desde que o ponto de encontro deixou de ser a casa do nosso pai, e então peguei uma xícara de café bem quente que ela tinha feito para as filhas mesmo sem estar suportando o cheiro da bebida e a apoiei sobre um livro de teologia que também usei de bandeja para o maço de cigarros e o cinzeiro e meu celular e aí segui sozinha equilibrando tudo em direção à varanda e quando fui atravessar a porta dei aquele tropeção e as cortinas brancas se encharcaram de café como se eu tivesse entornado nanquim em uma tela e, meu Deus, o que foi que eu fiz?!, puta merda, e aí num já mais ligeiro que o da minha mãe fui atrás do pano de chão e logo cruzei com ela vindo da cozinha e, não, mãe, não entra aqui na sala que fiz besteira, deixa que eu vou limpar, mas aí é claro que ela invadiu o terreno e pronto, minha mãe olhou para a cortina e foi aquele silêncio de morte, calma mãe, calma que eu vou dar um jeito, sai daqui, não chega perto, não fala nada!, e aí saiu célere com suas pernas finas e definidas sobre seus pés de pele grossa e então eu fui na mesma direção para abrir o *freezer* e apanhar gelo porque dizem que gelo tira mancha de café e cruzei de novo o caminho dela e, sai da frente, sai da frente!, minha mãe me ultrapassou com o pano de chão a tiracolo e um balde cheio de água com Veja Multiuso e o nariz fungando por causa do problemas com os cheiros e, deixa, mãe, deixa que eu vou limpar, e, pelo bem que você me quer, não fala nada!, mas eu vou passar o gelo nas cortinas, vá para a varanda fumar o seu cigarro!, e eu só podia engolir a minha culpa e tragar com força a fumaça enquanto a ouvia arrastando o móvel pesado com sua baixa imunidade e eu morrendo de medo que ela desmaiasse e choc choc com o pano de chão, e venha me ajudar aqui com a escada!, e então apareci prontamente de bico fechado e segurei a escada para que minha mãe subisse e aí minha mãe começou a tirar as cortinas do trilho, enquanto ela própria já estava completamente fora deles e repetia sem parar, você nunca mais vai tomar nada nesta casa fora da mesa, ouviu bem? nunca mais!, e eu fazia que sim com a cabeça e pedia desculpas enquanto ela jogava no chão as cortinas empretecidas e as carregava para a máquina de lavar apertando em seguida o botão da potência máxima e aí ao som do roda roda minha mãe voltou para a sala onde estávamos eu, a Maria Júlia e a Maria Juliana, e aí a Maria Júlia disse, vamos partir?, e minha mãe respondeu, não quero mais ir, e nós três boquiabertas ficamos ali apenas assistindo ela retumbar o flagelo que eu havia lhe feito, minha mãe olhava na direção da varanda agora devassada e balbuciava em um lamento mais profundo que o de velório:

– Foi horrível.

Minha mãe se encontra atada à raiz de seus esquemas preconcebidos e de alguma maneira isso a ajuda a lutar contra o precipício com sua montanha cavada dentro do próprio corpo. Como ela nunca colocou para fora o defenestramento atroz da Coisa, jamais gritou, QUE MALDITA ESSA DOENÇA, transfere para as inutilezas o berro entumecido em sua garganta, a goela feito aba de lata de refrigerante aprisionando o gás.

O mais inusitado é que aos poucos, bem aos poucos – porque isso demanda um tempo extravagante demais para os ponteiros –, a Coisa está fazendo com que minha mãe comece a revelar suas notas, feito um realejo de manivela enferrujada que de pingo em pingo de óleo inicia o desengasgue até que põe para fora a melodia inteira. Minha mãe está aprendendo a ativar o vulcão enquanto eu aprendo a não viver em efervescência. E ela continuou:

– Então, por causa dessa casa lá na Primavera, eu acrescentei à planta desta casa aqui a varanda ao redor.

– Essa casa da Primavera era aquela que a minha avó vivia com o Doutor?

– Era sim.

Minha mãe prosseguiu em seu deslanche, falando e gesticulando como alguém que resolve ler em voz alta a Gênesis do mundo, o mundo que, com toda sua magia e limitação, ela tentou criar para a gente.

– Mas eu não tinha noção nenhuma na época, tudo aqui nesta casa foi feito sem nenhum guia, eu não lia nada, eu nunca tinha conversado com nenhum arquiteto... (minha mãe sempre desmerece seus talentos, ela é boa à beça nessa coisa de projetos e decoração e teria sido feliz se tivesse assumido isso, mas, caramba, minha mãe criou a nossa casa!)

– Ah, outra coisa também, tem muita falha técnica aqui, as janelas, elas já foram modificadas, mas o que eu conhecia eram as janelas de onde eu morava, então eu mandei fazer iguais às do alojamento, essas janelas bonitas, de correr, de madeira, todas de veneziana, é veneziana que fala, né? Só que eu nunca pensei em ar--condicionado e então quando os aparelhos foram colocados o ar saía pelas venezianas, aí eu falei, caramba! Agora, perto do pai de vocês falecer, não sei como foi, falando da casa, da umidade, eu disse, se eu fosse você, eu implodia esta casa aqui!, ele ficou louco, ele ficou muito puto, você tá maluca?!

Apesar da noite que se aproximava, juntas tínhamos pilhas e lanternas, e eu sentia as nuvens finalmente prontas para entornar seu alívio, o refresco que, de certa forma, era a morte delas próprias, não para se extinguirem, mas a fim de renascerem em outro estado menos denso.

Comecei a pisar nos ladrilhos encardidos da cozinha enquanto pela minha memória escorregavam os farelos de pão e as canecas com resíduos de nata, os farelos que meu pai deixava cair pelo assoalho ignorando as baratas e formigas, as canecas que lavadas só com um choc choc de água guardavam todas as suas sobras. E foi assim que derrapei o pensamento nos restos de pudim *diet* depositados em seus lábios naquele dia onde todos os resquícios se esvaneceram para sempre. A madrugada de agosto, o mês do desgosto, quando meu pai, ao lado da bacia corrompida pelo grená, ele – quem sabe já não mais ali, quem sabe? – aguardava com cautela seus órgãos serem insultados pelas bactérias que finalmente poderiam abrir seus caminhos como formigas soltando para as outras o achado. E foi aos poucos – precisamente três dias após, quando fomos buscar lá na Ilha do Amor "a carga" no avião para o enterro – que eu notei, de fato e fatalmente, o estrago que aquilo fazia, o irreconhecimento: os lábios continuavam sujos de pudim nos cantos, mas eram como montanhas estufadas de roxo, as narinas tinham seus círculos esgarçados se abrindo para o ar que não mais viria. O peito, logo ali atrás feito travesseiro com água morna dentro, agora era pedra.

De ladrilho em ladrilho, eu invadia esta nossa casa de outrora enquanto meu olfato era por inteiro do meu pai. Ainda que há dez anos ele não morasse mais aqui, as paredes exalavam a fragrância do alento de tanto tempo e eu retornava ao cordão rompido da partida, ao centro do meu corpo no centro de tudo, o centro do meu corpo equilibrando pé ante pé nos azulejos encardidos, o centro do meu corpo diante do armário da copa empenado, as portas arregaçadas que pelas suas frestas revelavam as xícaras já sem asas, o centro do meu corpo irrompendo pelo corredor de décadas, o centro do meu corpo feito bússola atrás do cruzeiro do sul, o centro do meu corpo indo contra a enorme força do pensamento que despenca em mim seu estrondo, o centro do meu corpo tentando desviar a qualquer custo do céu e do inferno, o centro do meu corpo lutando contra o pai Cronos do alto de sua selvageria inexorável, o meu corpo inteiro fugindo da grande boca aberta lá em cima, a garganta esgoelada pronta para me devorar apoucada dentro do lar contido em mim mesma e, de súbito, como uma bexiga vazia prostrada no solo, fui me enchendo de gás e passando ao preenchimento de ser livre ao sabor do vento, o vento que sendo sopro ou furacão é preferível à imobilidade, eu de repente uma bexiga maleável que se enche e se esvazia em igual medida, eu um

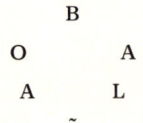

B
O A
A L
~

suspenso na brisa, magicamente alheio a qualquer atmosfera de ciclone, sendo conduzida pelo ar do mistério pelos tacos soltos da sala decorada em bege, o sofá creme escolhido pela vontade da nossa mãe, a arca vazia sem os bichos salvos da inundação, as cortinas crinas de cavalo inertes em sua falta de ar e eu diante daquele pufe encapado por uma estrela onde nós, as três meninas, fomos clicadas em uma de nossas clássicas fotos de infância, eu sentada e a Maria Júlia no meu joelho esquerdo e a Maria Juliana no meu joelho direito, nós e a nossa segurança de triângulo atado, nós e o número três que une o velho ao novo refletido em todo conjunto de trindades, nós e o pai, o filho e o espírito santo, nós e o passado, o presente e o futuro, nós e a primeira figura geométrica, nós e a essência divina manifesta em experiência humana, nós e o princípio e o meio e o fim de todas as coisas.

E logo ali atrás da gente, na estante que comporta todas as miniaturas corroídas pelo tempo, acenava o jornaleiro de boina em gesso partido, ele e seus papéis sob o braço, ele e sua boca aberta berrando as notícias invisíveis que continuam ecoando pela casa.

De súbito, naquela parede que minha mãe construiu para separar os quartos da sala, vi o rasgo no meio do concreto, o lençol freático dando as caras feito um grande rio e seus afluentes que seriam para sempre navegados.

A rachadura só não era maior do que a da casa onde eu quase fui morar com o Moacir, o lar naquela Terra do Nunca que, do teto ao solo, estava literalmente dividido em dois. As metades que cindiram para sempre o concreto da nossa história. A história que o Moacir, sempre protagonista, continuou com outra.

## VIII.
Não achei nem a bengala

E eu, continuo sem ninguém.

Porque na minha vida só aparece *boy* lixo e quanto mais cavouco a lata mais meu dedo fica podre pois no meio de tantas ejaculações precoces e caras broxas e machos alfa que lambem o próprio saco o único com quem me envolvi depois do Moacir foi o Inácio, um esquerdomacho que prega o feminismo e hasteia bandeira vermelha e é professor de história e, quanta ironia, tem ciúmes do passado!, o Inácio me lançava em noites de terror psicológico que eclipsavam até os dias por causa das coisas que eu vivi segundo a cabeça sem cabelo dele, você já namorou vários artistas, né?, você gostava mais deles do que de mim, confessa!, era uma baita asfixia ter meu passado inventado perfidamente como se eu tivesse sido uma mulher muito amada e também devassa que vivia de alegrias e prazeres com homens interessantíssimos, homens com os quais ele jamais se equipararia, o doente criava um mundo só dele e trazia seus fantasmas para assombrarem a minha vida, e aí quando eu já estava exausta e pedia que ele fosse embora da minha casa o Inácio se encolhia em posição fetal e começava a chorar e dizia que me amava e que não podia me perder e me assoberbava com seus truques de perdão e me trazia coisas que catava na rua e que poderiam me servir em futuras instalações e discursava sobre a "Arte degenerada" do Terceiro Reich e fazia odes à liberdade e a idiota aqui apesar de sentir um sufoco cada vez maior me forçava a acreditar que tudo mudaria pois eu me convencia de que estava tão atrasada no tempo que não daria mais tempo de encontrar mais ninguém, e, veja só, ele quer ter filhos, ele é parceiro, ele é o cara que mais te fez gozar, você que é errada, você que fica dando trela para suas criações irrealizáveis, você que não sabe dividir um espaço, você que é obsessiva e cheia de vícios, você que é um boi marrento empacado, e aí fui deixando que me asfixiassem sem querer perceber de onde vinha o plástico, teve uma sessão de tortura que durou das oito da noite até às dez da manhã quando o esquerdo-macho parecia um leão enjaulado porque cismou que a mulher do quadro que tinha no chão da minha sala pintado pelo Ernesto era eu, e se fosse?, nesse caso não é, mas e se fosse?, qual o problema?, e ele saía andando de um lado pro outro e fumando aqueles cigarros que têm duas bolotas, a verde e a azul, espocando uma e outra, a menta e o mentol, e olha que ele nem era fumante e eu detestava que ele aspirasse para si as coisas da minha personalidade, e então eu dizia, eu posei pra outro quadro do Ernesto e de pernas arreganhadas, e daí?, que culpa tenho eu do que vivi?, que culpa tenho eu do que você pensa que eu vivi?, e eu era muito estúpida porque ainda tentava me justificar, eu nem gosto dessa pintura, ela não tá nem pendurada!, e aí o Inácio puxava sua barba enorme assentindo com ar de dúvida e acusação e fazendo, ahã! ahã!, doido para dar o ataque com a testona franzida parecendo um gnomo querendo me sugar com os seus braços e pernas finas e longas que saíam do seu corpo feito cobras pegajosas e aí eu começava a ter muito medo dele e dizia que ele era uma pedra de energia densa e negativa no meio da minha casa e então ele se fingia de acuado falando que sua primeira namorada que era evangélica também achava isso dele e como eu estava fazendo mal a ele dizendo que era das trevas, e aí eu não impunha limites e ele continuava seu jogo abusivo porque na cabeçona dele que tinha merda em vez de cabelo eu amava o Ernesto e só pensava no Ernesto e mesmo que eu ficasse com os olhos grudados na careca do Inácio ele não acreditava que eu o amava e nada do que eu demonstrava era suficiente, quantas vezes fiz sexo sem vontade nenhuma, houve um domingo à tarde em que eu estava muito jururu a fim de ficar só e mesmo que eu tivesse dito isso para o Inácio ele apareceu lá em casa e eu com pena de falar para ele ir embora só disse que queria ficar quietinha, vendo filminho, fazendo carinho, que eu não estava a fim de transar, mas ainda que eu tenha repetido isso em todos os momentos que ele encostou suas pernas ossudas nas minhas houve uma hora que o Inácio começou a me beijar e colocou minha mão no pau dele mas eu tirei e ele continuou me beijando e eu fui meio permitindo meio travada até que ele próprio pegou no seu pau e bateu uma punheta rápida e subiu em cima de mim e saiu metendo e gozou num segundo e vendo minha cara de completo assombro ele perguntou, você não queria né?, e eu disse, óbvio que não!, e completei falando que me senti estuprada pelo meu próprio namorado e o Inácio se fez de coitado e disse, como eu fico ofendido com essa acusação, como você está sendo injusta!, eu te comi com amor, e começou a choramingar, eu achei que você quisesse, ACHOU?, ACHOU?, e caramba, eu acabei aceitando a lamentação e continuei escorregando tobogã abaixo e mesmo abrindo minhas pernas para o Inácio sem vontade alguma ele vinha com açoites e dizia que eu só pensava no Ernesto e o Ernesto está casado morando no Porto!, por isso que você quer ir pra lá!, eu vou pro Porto porque minha mãe ama Portugal e o objetivo da viagem é comemorarmos o fim do tratamento dela e o aniversário dela e como ela já conhece Lisboa nós decidimos ir para o Porto!, pois eu aposto que foi você quem escolheu ir justo pra lá!, foi a Maria Juliana!, e você vai aproveitar pra encontrar o Ernesto!, e então eu mandava um foda-se e dizia, SIM!, eu vou encontrar o Ernesto e vou trepar muito com ele e com a mulher dele e vamos chamar os gajos e as raparigas e beber vinho do Porto e fazer muita SURUBA!, e aí o Inácio ficava vociferando e porrando a parede enquanto eu me tremia toda mas deixava que ele continuasse seu assoberbamento porque eu sempre acreditava que seria a última vez e depois o Inácio cismava em aparecer na minha casa ainda que eu dissesse que precisava de um tempo sozinha até que chegou o dia derradeiro quando ele tocou minha campainha com a desculpa ridícula de devolver o iogurte sem lactose que ele havia comprado para mim e que estava com a validade quase vencendo na sua geladeira e aí eu berrei dizendo que ia chamar a polícia e que ódio, meu Deus, que ódio!, como demorei tanto para perceber que eu estava em mais uma casa mal-assombrada?, mas ao fim fiquei com uma eca tão grande, tão grande, com um nojo tão atroz, que se eu cruzar com aquela careca em cima do corpo alto e magro feito palito de fósforo eu vazo correndo com pavor de incêndio.

O Inácio foi mesmo muito estúpido com seu ciúme do Ernesto, o Moacir que tinha sido o grande amor da minha vida, o Moacir que ainda assalta a minha cabeça, e o Moacir também é supermachista, um machismo absolutamente escarrado como é próprio da sua geração, o que é muito melhor do que o machismo cheio de véus de um esquerdomacho, o Moacir quando a gente terminou protagonizou todo o enredo que ele havia profetizado para mim, ele teve a capacidade de realizar tudo o que dizia que iria acontecer comigo, eu que logo, logo ia casar e ter filhos porque eu estava doida para casar e ter filhos, eu que mesmo não sendo "mulherzinha" – porque eu não colocava a vida amorosa em primeiro lugar, porque o mais importante para mim era inventar algo que prestasse, porque eu não me preocupava em fazer as unhas e só andava de *short* e camiseta e não usava saltos, porque eu me obcecava com meu corpo por maluquice e não para disputar homem com as outras, e por causa de tudo isso segundo o Moacir eu era uma mulher fora da curva e não uma "mulherzinha" – logo, logo ia me arranjar, enquanto ele nunca mais ia conseguir gostar de mulher nenhuma, ele que já era velho e que não queria mais pensar em mulher, que mulher só dá trabalho, que mulher a partir de então seria só para comer, que ele só se juntaria com uma mulher quando estivesse bem mais velho para que ela cuidasse dele, eu que tinha sido sua maior paixão em seus quase 50 anos pois nem pela mãe da filha ele havia se apaixonado, e o Moacir contava que a Gabi tinha sido feita numa noite regada a lagosta e sem camisinha, porque o Moacir nunca usava camisinha, dizia que o pau dele era pequeno demais e fazia fá-fum dentro do preservativo, mas eu era a mulher da sua vida, eu a madame vodquinha com o copo na mão dançando soltinha na pista e enfeitiçando todos os caras, mas Moacir, eu só estava dançando, mas você tem que ter cuidado com o jeito que você dança porque homem vai pra *night* pra pegar mulher e assim de olho fechado e com os ombros balançando você atiça todos os caras, e aí o Moacir foi me ensinando essas coisas, essas diferenças de comportamento entre homens e mulheres, essas coisas que vêm prontas da natureza:

Veja bem, fazer sexo é igual tomar injeção, é muito mais fácil aplicar do que receber, por isso as mulheres precisam amar pra trepar.

A mulher arruma a casa em um instante
porque isso é um dom, homem não nasceu com isso.

A mulher quando trai não consegue esconder porque fica apaixonada, homem não, homem volta pra casa com flores e tira o cheiro do pecado passando mexerica na mão, mexerica elimina qualquer odor, mexerica é a fruta da infidelidade.

Presta atenção porque homem não é amigo de mulher,
homem só se aproxima de mulher
com segundas intenções.


Mas e as suas amigas mulheres, Moacir?, as minhas são desinteressantes ou casadas, as minhas são amigas mesmo, e então o Moacir ia costurando o argumento e alimentando o dom da sua lábia e assim fui acreditando nele e deixei de soltar meus braços e meus ombros – porque o quadril eu já não rebolava por vergonha da minha bunda pequena – e aí chegou a hora em que eu só andava de cabeça reta ou quase metendo a cara no chão, e também não soltava minha mão da dele pois isso era falta de amor, e aí apesar de toda minha frouxidão eu sempre caía na arapuca de assumir o papel de fortaleza que além de dar colo ainda era terapeuta e mãe, o problema é sempre a mãe, poucos são os homens que conseguem ficar sem uma mulher que se faça de mãe, meu pai dizia que era um erro eu namorar um homem mais velho porque eu viveria para cuidar dele, meu pai e minha mãe tinham a mesma diferença de idade entre mim e o Moacir, e ela também vivia para cuidar dele e agora cuida do ex-marido dela e como assim eu sou uma mulher macho só porque não nasci e cresci tendo como primeiro plano encontrar um homem para compartilhar a vida?, desde quando isso é o que faz uma mulher, mulher, hein, Moacir? E quando ele foi morar naquela ilha insalubre para a qual queria porque queria me levar junto eu ainda titubeei, aquele lugar que muitos acham o paraíso e que para mim era o inferno, aquela ilha por fora bela viola e por dentro pão bolorento, lá onde todo mundo escuta a escarrada do vizinho e ouve o pancadão do *funk*, lá onde geral sabe da sua vida e bate a qualquer hora na sua porta, lá o Moacir começou a fazer *show* em um bar e virou o rei *pop* do pedaço, lá na ilha onde falta água e a luz é de gato, lá onde ele podia pagar o aluguel depois de perder o apartamento e depois de tudo o que aconteceu e aff, aconteceu tanta coisa naqueles quase dez anos, grande parte delas atribuída a mim, e a culpa foi me corroendo de mansinho feito traça, porque desde o princípio fui eu quem ficou acenando os ossos para o danado do cão sair do matagal, após os sete meses de ladra mas não morde, quando eu finalmente confessei no metrô que já tinha sido apaixonadinha por ele, teve aquela noite na encruzilhada onde nossas bocas se acoplaram como desentupidores supereficientes, um desses *flashes* em que tudo se encaixa e o mundo é tão perfeito que você não está dentro dele, você não pensa que está pensando e nem sabe que pensa, você simplesmente está ali, você só é.

Depois de tanta faísca que por sua natureza é puro relance, o Moacir desapareceu no meio do seu imbróglio com a Lucrécia e eu decidi parar de esperar pelo fogo e fui de novo atrás do gás para as labaredas: mandei aquele e-mail declaração para o Moacir colocando o meu amor por ele no pedestal, ele sempre no papel do King Kong no alto do prédio aguardando ser resgatado pela donzela, e logo após eu apertar o *send* fiquei esperando entre mil cigarros a resposta do Moacir, e como o fim do ano estava logo ali, ainda que eu desejasse nós dois em qualquer galáxia do universo, na Terra não espocavam nem fogos de artifício, então aproveitei o convite do meu melhor amigo, o Marcão, para passar a virada do ano na Argentina, e tomada pela pressa que chega quando acabam as hesitações, comprei a passagem para Buenos Aires. Na sequência, o e-mail sucinto do Moacir: eu sou uma besta de oito patas. E pronto. Acenderam-se altas chamas entre nós. Literalmente. Porque na nossa despedida de véspera de Natal queimávamos por dentro e por fora no camelódromo da Uruguaiana além dos quarenta graus.

Au, Au, Au, Au!

Feito magia do pensamento concretizada em vogais trocadas, enquanto eu pensava no celular Ching Ling que o Moacir havia me dado de presente, o Chang Lang apareceu cavando a terra do outro lado da porta de vidro, a porta da sala embaçada de bege pelo acúmulo de areia, quase no mesmo tom das cortinas rasgadas que deixavam o cômodo à mostra lá fora, as cortinas e a porta e a rachadura da parede aliançadas feito guardiãs do tempo.

Do outro lado da porta de vidro, no quintal, o cão arrancava com suas patas ágeis as tiriricas que outrora eram o passatempo do meu pai com seu dedo torto. Minha mãe contava que em suas folgas, após a leitura dos jornais de economia, paizão passava as manhãs sentado com sua bunda branca na grama, recolhendo do quintal as ervas daninhas que, como o nosso apêndice, ainda não tiveram sua função descoberta pela ciência. Agora, brotavam alegres do outro lado da porta a Maria Júlia e a Maria Juliana dando voltas naquelas antigas bicicletas Cecis da nossa infância, e Au, Au, Au, Au!, o Chang Lang desembestado irrompia atrás delas enquanto minha mãe acompanhava o ritmo disparando perguntas burocráticas para o Antônio, e o IPTU?, tem que falar com o prefeito, ele gostava do pai de vocês, há alguma coisa errada aqui, essa casa tá mais cara que o metro quadrado no Leblon!

Ali, do lado de dentro da sala, mesmo desejando ir para o lado de lá, lá para onde dava para ver o céu, sentir a lua, piscar junto às estrelas, flutuar no gramado com os pés no brinquedo, acrescentando-me ao conjunto do repertório de ontem, eu sentia necessidade de estar do lado de dentro com as nossas coisas, com as coisas do meu pai, com as coisas da minha mãe, com as coisas da minha avó, com as coisas da minha bisavó, porque as coisas de um jeito ou de outro permanecem vivas e assim a memória vai sendo apurada como um machado que segue afiando quieto por muito tempo para só depois abandonar a inércia e se deixar levar acima pelo braço que de tanto afiar o machado cresceu bíceps e tríceps e de súbito sai com força e violência de cima a baixo, porque a memória antepassada pertence aos sentidos e não aos neurônios, e o rasgo uma hora aberto pelo machado não arremata jamais. Quanto mais o tempo passa, mais o machado atassalha fundo.

Assim as lembranças são reconstruídas e vão virando outras mesmo sendo as mesmas e é essa também a impermanência que parece limitada das coisas porque elas retornam com nomes novos mas iguais.

E então eu estava na sala com meu nariz que se achata e se abre no decorrer dos anos, com as minhas pontas dos dedos fustigadas pelos cigarros, com meus cabelos que mesmo compridos caem em queda livre, com as estrelas em volta dos meus olhos quando rio ou choro, com a minha cabeça lívida lambuzada da tinta que não sai para fora. Estava ali dentro com as minhas coisas, dentre as quais, reluziam a rachadura no concreto e o Moacir.

Porque depois de muito ho-ho-ho de Natal na Uruguaiana eu voei para a Argentina desejando permanecer estacionada em qualquer recanto feio ou bonito junto ao

Moacir e imaginei que os próximos dez dias seriam embalados por uma saudade gostosa como o frescor ácido da raspa de limão que mesmo não estando mais nas papilas deixa seu gosto vivo na língua, na boca, na garganta, nos arrotos, e aí eu fiquei achando que passaria o tempo gastando os pensamentos nos tim-tins derramados e na barriga fofa e no pau pequeno e em tudo daquele ator do caralho que sabia usar a lábia e o português arcaico como poucos e isso de saber usar magistralmente a própria língua é coisa que me tira do sério e me faz querer entrar na outra cabeça e para mim é esta a verdadeira paixão, esse anseio por comer o cérebro alheio e desvendá-lo como quem percorre os corredores mais escuros apontando lanternas, e então fiquei prevendo que estaria respirando novos ares na Argentina mas querendo o ar asmático do cara mais velho e sabido, e assim eu achava que passaria os dias seguintes com aquela música grudenta do nosso início ecoando na cabeça, "meu amor, essa é a última oração", e os olhos voltados para dentro em busca dos sussurros gargalhados, "pra salvar seu coração", a língua enérgica e certeira quase como um vibrador, "coração não é tão simples quanto pensa", e as palavras derretidas sobre o pão no bafo, "nele cabe o que não cabe na despensa", e o sexo que demolia todos os meus mitos machistas centrados no falo grande, "cabe o meu amor", e o nosso apelido neologismo fusão do vocativo clássico usado entre os casais: ele era o meu *mimamô*. E eu era o *mimamô* dele.

Todavia, reiterando a completa falácia do meu domínio, chutando belamente a ilusão de controle para escanteio – afinal, há sete anos, desde o Berilo, eu não vivia nenhum grande amor – eis que o universo veio com sua recompensa e fui acometida por duas paixões ao mesmo tempo. A segunda, travestida sob o nome de Juan, vulgo Juanito, que conheci literalmente às escuras em uma *fiesta* na casa da Aurora.

Bailávamos ao som de Patricio Rey y sus Redonditos de Ricota quando a luz acabou e a faísca do meu *encendedor* iluminou seus olhos azuis escuros e fui imediatamente transportada para dois anos antes quando na minha outra visita portenha ele apareceu em cima da moto com seus cabelos loiros e compridos cheirando a sabonete de coco e neste dia faltava só uns vinte minutos para eu seguir para o aeroporto e ele gesticulando muito do outro lado da mesa falava sobre as *abuelas de Plaza de Mayo* enquanto abocanhava um chouriço e isso bastou para que durante o voo de volta e a semana seguinte eu vivesse no Brasil mais uma paixão platônica que certamente nunca se realizaria e o bizarro é que agora estávamos ali dois anos depois eu e ele na *fiestinha* da casa da Aurora e NO HAY LUZ! NO HAY LUZ! NO HAY LUZ!, o *cassarolaço* lá fora invadia rápido as ruas e as panelas tilintavam quando a chama do *encendedor* iluminou os olhos azuis da cor do mundo e foi pá-pum porque o Juanito sabia que olhos azuis não bastavam e eu odeio quem tem olho azul e acha que basta ter olho azul e ele discorria sobre *El secreto de sus ojos* e me contava sobre seu trabalho resgatando os *niños* desaparecidos na ditadura e devolvendo a eles a identidade já dada por perdida e minhas lembranças não tinham abandonado o Moacir mas eu também estava achando *mucho loco* aqueles vinte minutos de dois anos atrás estarem virando uma eternidade no presente e aí, *¿Puedo darte un beso?*, e as caçarolas batendo em sintonia com os outros utensílios metálicos de cozinha e eu e ele em questão de pouquíssimas batucadas já estávamos afundando nossos corpos na argamassa e lá fora um *chico* escalava o muro enquanto o outro gritava, *El hombre aranha!*, e a gente subindo pelas paredes e também subimos as escadas para a sacadinha onde no quartinho ao lado havíamos acampado eu e o Marcão e então o Juanito, *¿Vamos dormir en hamaca?*, e eu não sabia o que era *hamaca* e me perguntava o que significaria aquele substantivo que lembrava um leito de hospital e por mais que ele tentasse falar *despacito* muita coisa eu não compreendia mas como eu estava soltinha por conta do *fernet* eu falava qualquer merda em portunhol imitando os chiados mais fortes que o do carioquês mas teve uma hora que comecei a não entender nada e apenas me deixei embalar pela melodia e aí eu só dizia, *sí, sí, sí*, enquanto nos encaminhávamos para a *hamaca* que era a rede e então foram muitas roçadas e muitos gemidos misturados ao ranger dos trincos e por mais que eu tentasse me conter, *puta mierda*, eu sentia aquele pau duro encostando na minha calça e já estava tão encharcada que não sabia se era por causa do tesão ou pelo calor da porra que fazia naquela noite com lua e sem luz e, caramba, o pau tão grande que poderia entrar pela minha barriga e sair pelas minhas costas e eu dizendo que não ligava mais para pau grande e ironicamente eu ali também pensando no Moacir mas querendo foder com o Juanito e eu mandei, *¿Tienes preservativo?*, e, *no, no, des-cullll-pa*, e então nós dois já cansados ou não querendo dar escape a outros tipos de satisfação dormimos juntos, ainda não aliviados, com nossos pés entrelaçados e a unha dele pontiaguda triscando a minha sola e os pássaros cantavam o raiar do sol que ainda longínquo já prometia ofuscar a vista.

Em menos de duas horas já estávamos de pé e eu zureta com o rosto espetado pela barba loira por fazer me sentia despertar para uma outra de mim porque, para tirar a barriga, ou melhor, o coração, dos sete anos de miséria, agora eu estava apaixonada ou queria acreditar que estava por dois ao mesmo tempo, e enquanto descíamos as escadas do terraço eu me convencia de que não era para eu transformar isso em um problema porque aquele início de caso também era seu próprio fim pois exatamente naquele dia eu partiria com o Marcão e a Aurora e toda *la gente* para a serra argentina e o Juanito conforme havia se programado passaria a virada do ano com sua família na capital e então eu não precisava me preocupar porque já já a fantasia daria uma trégua como as borbulhas na chaleira no meio daquela cozinha imunda de fim de festa que logo mais sumiriam ao apagar do fogo que estalava o silêncio porque eu e o Juanito nos olhávamos boquiabertos como se tivesse um arco-íris estendido entre nossas bocas e quando o café ficou pronto bebemos de golinho em golinho deixando o negrume do líquido descer pela garganta sem apagar nenhuma das sete cores. Depois de um beijo lambrecado de açúcar do café dele, o Juanito montou em sua moto e saiu apressado rumo a mais um dia de busca atrás da descendência desaparecida daquelas avós. E eu fiquei ali respirando a samambaia e fumando um cigarro enquanto assistia ao sol lamber o muro repleto de trepadeiras sentindo cada dobra do meu corpo brotar da dormência porque eu estava mais viva do que nunca.

Para liberar aquela energia toda eu meti meu tênis no pé e corri desbravando todas as *calles* da vizinhança e foi assim elétrica que passei o dia em alvoroço nos preparativos para a viagem e para aquela que provavelmente seria a última noite em que eu veria o Juanito e como minha virilha estava feito macaca e na serra certamente eu usaria biquíni para entrar em alguma cachoeira – naquela época não tinha essa coisa de assumir os pelos não, a gente cresceu aprendendo que os pelos eram tão indesejáveis quanto as gorduras salientes –, segui a orientação da Aurora e me dirigi até o instituto de depilação mais famoso de Buenos onde mandei ver um *cavado profundo* – que não é tão terrível quanto a depilação que eles chamam de brasileira porque nesta arrancam tudo e você fica completamente devastada e não entendo como as mulheres gostam de ficar assim com vagina igual a de criança, o sexo deve parecer uma transa pedófila –, mas a merda foi que a cera misturou com o suor da corrida e eu voltei andando para a casa da Aurora com as pernas abertas parecendo uma pata e assim arreganhada cheguei e encontrei o Juanito e aí ele me puxou no canto e que *conexión*, ele disse, e eu, *si, que conexión, si*, e ele cheio de receio como se estivesse desentalando uma melancia inteira perguntou, *¿Te molesta si pasas el año nuevo contigo? Quiero pasar el año nuevo contigo*, e então como quem saca espanhol perfeitamente eu dei uma de Molly Bloom, *Sí, yo dejo sí, yo quiero sí!*

E sim, eu estava estupefata porque o Juanito era mesmo gente que faz e caramba, ele queria e foi atrás, não demorou sete meses feito o Moacir bundão e porra, que tino, que proatividade, que puta sorte, e ao mesmo tempo em que aquela paixão era um sonho também me trazia uma baita ansiedade porque eu tinha medo de dormir e acordar todos os dias ao lado do Juanito e ele acabar descobrindo as minhas esquisitices e me achar maluca porque eu não conseguia ficar um dia sem fazer exercício e também não comia carne, nem ovo, nem massa, nem gordura, só legumes e verduras, e como seriam as *parrillas* sem carne e será que ele suportaria a minha eterna angústia do porvir?, e aí ele veio me perguntar se poderia ficar junto comigo em *la carpa* e aí eu me tremeliquei toda por dentro me achando a pior das criaturas pois tive que falar que toda *la gente* ia ficar no *camping* mas que eu não ia não, que em cada sítio que parássemos eu procuraria uma pousada – mas é claro que eu não contei que já estava mega apreensiva com a possibilidade de não encontrar nenhum abrigo sólido no meio do mato e óbvio que eu não podia demonstrar nem dizer isso porque a Aurora já estava de saco cheio desse papo pois desde que eu cheguei na Argentina eu vinha impregnando a Aurora para que ela me desse os nomes dos lugares onde pararíamos porque eu já queria procurar uma pousada em cada um deles e ela dizia que tudo seria decidido no *flow* do momento e minha vontade era mandar a merda desse *flow* para o inferno e a Aurora já havia me dado uma bronca dizendo que meu excesso de perguntas iguais era um saco que quem viaja tem que se abrir para o mundo mas eu desde sempre disse que só ia se não fosse para acampar porque ela sabia muito bem que a única vez que tentei acampar acabou com qualquer esperança de uma nova possibilidade porque eu estava passando sabonete no banheiro do *camping*, fazendo espuma justamente nas minhas partes púbicas, quando a água acabou e fiquei coçando e deslizando por dentro por doze horas até achar a cachoeira mais próxima, então na serra argentina eu não iria acampar de jeito nenhum, e a Aurora dizia que já sabia dessa merda toda e que em nenhum momento ela disse que eu teria que acampar e ela puta falava, você está fazendo as mesmas perguntas toda hora, parece criança!, e ela repetiu que teria um abrigo em cada lugar e que podia não ser nenhum hotel ou nenhuma pousada e nem chalé, mas que nessas regiões os moradores alugam quartos limpinhos e era para eu ficar tranquila!, e nessa hora a Aurora perdeu a paciência e derrubou no chão todo o tabaco que estava apertando, você não relaxa! que saco! se permite viver!, e por isso tudo quando eu estava conversando com o Juanito e ele me perguntou se podia ficar na minha barraca pensei que era hora de assumir quem eu era e aí respondi que eu não acamparia mas que ele estava convidadíssimo para ficar comigo nas pousadinhas pelo meio do caminho e quando disse isso receei sua reação porque o Juanito não gastava dinheiro nenhum – porque não tinha e por princípios – com coisas que considerava supérfluas e que eram mera imposição do sistema capitalista que vendia confortos desnecessários e, antes disso, já tinha acontecido um pequeno *stress* entre a gente porque eu estava bebendo uma lata de Coca Zero e ele arrancou o refrigerante da minha mão e jogou no lixo enquanto vociferava, *mierda de Estados Unidos!*, e quando eu chamei o Juanito para ficar no conforto das pousadinhas ele talvez por paixão tenha passado por cima de seus valores porque de imediato disse, *Sí! Sí! Yo quiero estar contigo, la chica irresistible*, e era assim que ele me chamava, *la chica irresistible*, e então passamos os próximos 15 dias em idílio esplêndido, quer dizer, mais ou menos, porque uma hora ou outra o meu desassossego que estava sossegado iria dar as caras e foi mesmo logo de cara na primeira cidade em que paramos chamada *Villa del Totoral* onde Pablo Neruda conheceu a musa que inspirou seus sonetos de amor e lá escreveu "*Te amo sin saber cómo, ni cuándo, ni de dónde, te amo directamente sin problemas ni orgullo, así te amo, porque no sé amar de otra manera*", e foi esse lugar bucólico com casas esculpidas em pedras e rios de águas permanentes o escolhido para a *parrilla* de passagem do velho para o novo, lá onde *la naturaleza* encobria de sereno o coração de todo mundo menos o meu porque não havia pousadona nem pousadinha ali, só um quadrado de tijolo e cimento incrustado no meio do *camping* com banheiro do lado de fora e duas camas de solteiro com molas relinchantes além do cheiro de mofo asfixiante, e justo neste cômodo a gente teve nossa primeira noite de amor e foi tudo muito louco porque exatamente uma semana antes eu estava na Uruguaiana com o Moacir e agora ali na serra argentina com o Juanito e os dois faziam aniversário no mesmo dia só que um era bem mais velho que o outro e um tinha o pau bem pequeno e outro o pau bem grande e foi em cima do pau grande do Juanito que eu cavalguei em câmera lenta, *despacito, me gusta así, despacito*, encolhendo minha barriga até estufar as costelas e por mais noiada que eu estivesse com a minha pança ainda não submetida à criolipólise o Juanito olhava mesmo para os meus peitos porque os caras ficam vidrados nos meus peitos que só cresceram aos 27 anos e são superempinados e o Juanito estava segurando nos meus peitos e queria mandar no meu ritmo e ele só falava, *despacito, despacito*, e naquela época o melô do *despacito* não sonhava nem em ser inventado e as minhas pernas já estavam cansadas porque a lentidão exigia demais dos músculos parecia exercício de isometria na musculação mas mesmo assim eu continuava e bestamente me enganava fingindo para mim mesma que o desejo do outro era o meu desejo e então eu estava me achando super pra frentex cavalgando feito potranca ali no mato mas no fundo eu queria mesmo que aquilo acabasse logo porque o Juanito sequer tinha me chupado e muito menos triscado o meu clitóris e eu tinha feito picolé do pau dele e claro que eu não iria gozar mas estava ali com gosto me sentindo foda por nutrir o imaginário alheio e naquele sobe e desce guiada pelo vaivém que o Juanito fazia com os meus seios teve uma hora que comecei a pensar por que diabos ele não gozava e deve ter sido por causa do ácido que todos eles tomaram menos eu pois nisso eu já estava esperta e não daria chance para a minha paranoia aumentar mas a bosta foi que o LSD deve ter mesmo deixado as coisas bem lentas porque a gente devia estar ali já há uma hora e ele não gozava e também não parava nunca e a cama rangendo e lá fora só o barulho do riacho e das corujas e as crianças naquela altura deviam estar dormindo em suas barracas assim como todo o resto de *la gente* tão cansada ou tão ausente e a meia-noite passou sob o silêncio do céu estrelado sem fogos mas com muitos gemidos e de alguma maneira eu estava achando aquilo diferente porque em certas instâncias eu existia em possibilidades que iam além do meu controle mas eu continuava ali pensando em tudo e pensando pra caralho montada no caralho e enxergava as teias de aranha na parede à minha frente e as via espelhadas em meus neurônios e em suas infinitas bifurcações e pensava na minha gata que naquela época ainda era um ratinho que ficou sob os cuidados da Maria Júlia e será que ela estava bem?, e será que meu pai – que ainda era vivo – também estava bem passando como de costume a virada do ano sozinho?, e onde estariam a minha mãe e a Maria Júlia e a Maria Juliana?, e aí eu ia imaginando os lugares onde meus amigos passariam o ano novo e principalmente o Moacir em quem eu provavelmente jamais cavalgaria porque pau pequeno escapole quando a gente fica em cima fazendo vaivém mas eu estava ali montada no Juanito e nada dele gozar até que de súbito ele tirou o pau duro de dentro de mim e disse:

– *Creo que el forro quedó adentro.*

Então, sei lá por que diabos, mentira, sei sim, é o descompensamento, comecei a gargalhar de um jeito dionisíaco puxando o ar com a sonoridade de quem freia – tem quem diz ser risada de pombagira.

– *¿De qué te reís che?*
– *Quer que eu llore?*
– *No, pero es raro que te estes cagando de risa así ahora.*

E ele supernervoso levantou num salto e andava de um lado para o outro balançando os cabelos loiros feito crina de cavalo dando a partida e os olhos azuis com as pupilas dilatadas abrindo e fechando rápido como os vaga-lumes piscando lá fora e as mãos iam mudando de posição sem sossego variando entre o apoio na cintura, o coçar do queixo ou a passada de cabelo para trás da cabeça:

– *Carajo! La puta madre! Vamos para el hospital. No, no, al hospital no. Mierda! Dejame que intente sacarlo. Con amor, siempre con amor...*

– *Estás seguro que caiu dentro de mim?*

*– Obvio, dónde mas estaría? Lo tenía puesto yo y estaba adentro tuyo.*

E desta vez era eu quem não estava nem um pouco nervosa mesmo que nunca tivesse ouvido falar sobre esse lance de camisinha ficar presa na vagina, eu achava que se ela estivesse mesmo dentro de mim sairia já já como um OB que é expelido no xixi, o problema real era a possibilidade de eu ter pegado uma doença ou ficado grávida do líquido que sai antes do gozo, e aí eu precisaria de novo tomar a pílula do dia seguinte que eu já havia usado umas três vezes em pouco tempo porque naquela época eu ainda não queria ter filhos e o Moacir não transava de camisinha nunca e também cismava em gozar dentro e eu idiotamente ia deixando e depois me entupia de hormônios e me fodia inteira.

*– ¿No sentís nada?*
*– No!*
*– Mierda!*
– Deve estar no fundo.
*– Entonces lo tengo que sacar. Con amor.*

Com amor é metendo o pau? Porque com aquele pau enorme provavelmente ele só ia empurrar a camisinha mais ainda na direção do colo do útero e, ora essa, o Juanito não era meu ginecologista para que eu abrisse as pernas e ele examinasse a minha vulva, e aí cheia de decisão eu me coloquei de quatro encolhendo a barriga e empinando a bunda naquele azulejo amarelado do chão frio em busca do preservativo mas o que eu achei foi só a minha calcinha e aí eu me vesti e coloquei a camisa larga dele e disse que ia fazer um pips para ver se a camisinha saía naturalmente e o Juanito, *No entiendo, de qué hablás?*, e então eu apontei com o dedo indicador o jato invisível que saía do meu orifício uretral e, *Sí, Sí! Si volvés com eso en la mano lo prendemos fuego y festejamos. Ahí sí que vamos a arrancar bien el año. Te llevo al baño*, *No, no precisa, fica tranquilo acá*, TRANQUILO, e saí com a lanterna na noite nebulosa enquanto ele grunhia dentro do quarto, *Mierda de ácido*!

Lá fora, o silêncio ruidoso de *la naturaleza* apaziguou minha vontade atroz de voltar para casa e para as paisagens já decoradas pela minha retina, e aí apontando a lanterna na penumbra e quase mijando em pé cheguei na porta do banheiro e o feixe de luz incidiu direto sobre os olhos arregalados de um sapo imenso que me encarava, e diante daquelas duas bolas de gude suspensas na escuridão pulei para trás mas o sapo continuou imóvel, não mexia sequer um pé, abria e fechava seus olhos como se eles estivessem pontuando minhas frases mentais, eu olhava para aquela privada sem tampa e o sapo assentia, lembrei do Juanito dizendo que os sapos são signos da natureza que provam que a água em volta está limpa, mas a boa aventurança não condizia com minha imundície entranhada, aí acocorei ali mesmo na relva e fiquei como uma pererica na altura de um macho gigante, o sapo que sabia viver tanto na água quanto na terra, que sorte a dele, essa sorte de ser úmido, e então mijei.

Pluf.

A camisinha deslizou de mim para a terra.

E o sapo finalmente coaxou.

Dali para a frente, tal como a própria serra de Córdoba, os terrenos seriam cada vez mais exóticos e nada *calientes*, *No hay lenha seca! No hay lenha seca!*, então houve desde banhos gelados ao relento – e a baixa temperatura é o maior gatilho para o desabrigo – até lentes de contato presas nos meus olhos – o que, junto com a camisinha, talvez apontasse para a minha capacidade de aprisionar as coisas aqui dentro. No entanto, a cada derrapada eu me punha a pisar menos frouxo no terreno. Comecei a entender que a prepotência de antecipar as armadilhas da natureza era um ato de atraso, pois até os solos aparentemente mais planos escondem relevos insuspeitáveis.

Partimos a pé para a segunda parada e na hora em que todos eles, caminhantes lentos, resolveram pegar carona na caçamba de uma caminhonete velha, saí correndo pelos pampas tecendo aquela imensa esteira marrom enquanto pensava que quando o acolá vira aqui a gente logo inventa outro ali. Por trinta quilômetros liberei endorfina submersa em um mar de montanhas em trezentos e sessenta graus, e segui descascando inúmeras camadas até chegar ao caroço do pêssego, o paraíso chamado El Durazno. Exausta, lançada na imensidão do vale, me ausentei de mim como se tivessem rompido as fronteiras entre o lado de dentro e o de fora do meu corpo. Correndo majestoso e cintilante pela cordilheira, El Vado da serra de Córdoba. O rio diante do qual eu e o Juanito tivemos certeza do nosso controle absolutamente nulo perante a soberania do mistério.

E olha que a princípio estava tudo certo, até a luz do vale era embaçada como a de sonho, e havíamos conseguido o chalezinho simplesinho e limpinho em frente ao rio caudaloso, na porta do quarto o pêssego esculpido em madeira e mordido como uma maçã, a cama de lençóis amaciados aveludando nosso entrelaçamento. Do outro lado da ponte que passava sobre o imponente rio, o *camping* onde estabeleceu-se toda *la gente*, o *camping* onde eu, nesta altura já sentindo uma pequena parte dos meus vícios alterar-se, até ficaria numa boa – mas jamais o preferiria ao charme daquele chalé onde os donos, um casal *hippie* de idosos, se referiam a *nosotros* como *el novio* e *el novia*, e na primeira vez que eles assim nos chamaram cheguei a me confundir sem saber que *novia* estava um grau abaixo de noiva, e me senti a própria mulherzinha de mãos dadas com meu marido lindo, louro de olhos azuis, galante e de pau grande.

Foi naquele quarto com a camisinha justa que finalmente transamos até o gozo. Só o dele, porque eu continuava na minha tolice dizendo que para uma mulher é mesmo difícil gozar em qualquer transa, mas mesmo sem gozar eu gostava de como o Juanito me tratava, dos ideais altruístas dele, do cheiro do seu suor agridoce, da sua falta de paciência para perder tempo porque o mundo é agora, e depois achei tão singela a chuva se anunciando com seus pingos caindo grossos e pesados como pequenos suicidas, e aí ele pegou *la frazada* e me chamou para caminharmos de mãos dadas sob o cobertor até o *camping* lá depois da ponte, e então partimos na mais fina sintonia fingindo que *la frazada* nos protegia das gotas em polvorosa que de súbito desapareceram para dar lugar ao arco-íris se entendendo como uma segunda ponte mais acima do rio, e aí ele, que apresentava todos os sintomas de estar resfriando, disse como que tirando os véus daqueles olhos azuis:

– *Usted es un tesoro, es muy importante para mí sentir eso, soy muy mal tratado por las mujeres. Me gusta mucho hacer el amor contigo. Sexo muy rico, muy bueno.*

As lágrimas escorreram pela sua cicatriz fina que ia da bochecha esquerda ao pé do nariz e com o dorso das mãos ele catapultou-as, *Yo estoy muy sensible, tengo que poner el catarro y las lágrimas hacia fuera y yo tengo vergüenza*, então eu fiz carinho no rosto do Juanito e ele me disse que sua cara era território proibido, nunca havia deixado mulher alguma passar a mão em seu rosto, e aí lasquei a minha língua em sua boca absorvendo o gosto salgado das lágrimas e do catarro e depois da engolida final pronunciei uma frase que era típica do Moacir:

– Eu não me importo com intimidades hediondas.

Atravessamos a ponte como se estivéssemos cruzando o arco-íris e assim que pusemos nossos pés emparelhados do outro lado do rio, sentimos o cheiro quente da brasa que já ardia preparando *la parrilla*. Com sua delicadeza viril, o Juanito anunciou que assaria para mim abobrinhas e berinjelas, mas logo que ele acabou de proferir o agrado o vento nos fez tropeçar com toda força, as nuvens engoliram as sete cores, toda *la gente* apressada invadiu suas *carpas*, os raios partiram a noite e a água despencou como se São Pedro chorasse a mais profunda desesperança. Surpreendidos por uma tempestade assustosa, no meio do caminho entre o ponto de partida e o de chegada, não sabíamos se continuávamos em direção ao *camping* ou se retornávamos para a pousada, e aí num impulso o Juanito agarrou meu braço e me puxou com força contra o ar gélido que invadia meus pulmões e adormecia as extremidades, e a cada passo adiante o vento sem trégua nos empurrava três outros para trás e o que me impedia de voar era a malinha que eu carregava com meu vestido e os apetrechos de banho para usar no *camping*, e o tecido encharcado da mala fazia peso impedindo que eu virasse uma pedra solta lançada por um estilingue arredio pronta para colidir com qualquer árvore, e a agonia do Juanito saía em forma de chiados asmáticos que brigavam com o barulho do vento na escuridão soberana do vilarejo, e aí o Juanito me puxou em marcha a ré e tentamos o caminho de volta para a pousada mas eu fiquei estática de tanta indecisão anulatória diante de El Vado que transbordava, a violência das águas era tamanha que um só pé dentro do rio levaria o corpo inteiro, e então uma cicatriz extensa clareou o céu seguida por um ruído de avalanche ao mesmo tempo em que o pinheiro mais alto desabava em nossa direção, num espasmo empurrei o Juanito com toda minha selvageria e caímos na terra molhada para um instante depois o caule extenso desmoronar a um triz das nossas costas, então meus pés encharcados ganharam vida própria e como um animal farejante assumi o comando rumo à luz da *parrilla* que quase apagava lá longe, eu arrastava o Juanito como uma mãe defendendo sua cria do perigo do mundo, até que fez-se literalmente a luz e nos jogamos ao lado do lampião mágico que não era a labareda da *parrilla*, mas sim, um anjo da guarda que só apagou sua chama quando nos entregamos ao chão do abrigo.

Havíamos alcançado a varanda da dona do *camping* mas nenhuma das nossas batidas intensas na porta foram capazes de acordá-la. O vento gelado continuava soprando a chuva para cima da gente e enquanto o Juanito se tremelicava todo e puxava o ar com cada vez mais apitos, eu me recordava dos meus ataques infantis de asma que só sanavam com Berotec ou Teofilina na veia, mas ali na varanda não havia bombinha nem nebulizador. Abri minha mala encharcada e apanhei meu vestido que milagrosamente não estava molhado. Meti o traje feminino no Juanito para depois sentá-lo no único meio metro de varanda que estava incólume à água. Saí em disparada pela escuridão na esperança de encontrar o *camping* que, eu sabia, ficava a uns trezentos metros adiante na mata. Fui certeira na barraca do Marcão, que levantou do último sono, pegou uma lanterna e um guarda-chuva e retornou comigo até a varanda. Apanhamos o Juan, invadimos a barraca e, exaustos e encharcados, dormimos imprensados naquela *carpa* para apenas um. Ironia do destino, nunca imaginei que uma barraca poderia me salvar do pavor. Apaguei em um sono desperto que deve ter durado umas duas horas. Meu pé esquerdo grudado no do Juan e o direito no do Marcão. Os dois com a unha do dedão encravada.

Depois da tempestade, ensopada até a calcinha, abri o fecho ecler de *la carpa* e me deparei com o sol abraçando o vale e incendiando o céu. Os pássaros, que pareciam ser de umas trinta espécies distintas, compunham uma banda com instrumentos únicos, cada qual com o seu. A cor essencial daquela atmosfera é impossível de ser reproduzida, nem o maior pintor do mundo poderia apreendê-la em um quadro. Como a câmera que não tem uma íris evoluída a ponto de se equiparar ao olho humano e captar os vaga-lumes no exercício de sua existência.

Na última vez que vi o Juanito, quando nos despedimos já no portão da casa da Aurora, ele me deu um papelzinho com seu endereço de e-mail e perguntou se eu iria escrever. Eu disse que sim e me pus a chorar. Ele segurou o meu rosto entre as mãos igual meu pai fazia quando visitava a gente na outra casa, e disse, *no, no, no necesita llorar*, e então nos grudamos com força e depois do beijo final ele montou em sua moto – na qual desbravamos as ruas de Buenos Aires inteira, ele me ensinando a não ter medo, *tranquila, tranquila, despacito, despacito* – e foi em busca de outros *niños* que se perderam. O cano de descarga da moto velha soltou aquela fumaça. Eram os rastros de uma possibilidade interrompida.

\* \* \*

No avião de volta ao Brasil, eu pensava em G.H., na barata, na Clarice, nas entranhas e na terceira perna que eu, tardiamente, tateava encontrar. E hoje, mais tarde ainda, não achei nem a bengala.

Quando cheguei em casa, na data em que o Moacir estava ciente de que eu voltaria, senti uma baita necessidade de ficar só para desfazer as malas e assentar as coisas na minha cabeça, então passei os dois dias seguintes em busca de tintas que pudessem dissipar minhas paisagens internas, mas existem enigmas que nenhuma linguagem é capaz de abarcar.

Até que teve uma noite que peguei o telefone e liguei para o Moacir e a Lucrécia atendeu e passou para ele e ele ouviu a minha voz surpreso e foi para longe dela e finalmente alcançamos esse cometa que segundo o Moacir só passa uma vez na vida. E também some tão rápido quanto surge. E foi aos trancos e barrancos que permanecemos juntos até a separação final dentro da casa rachada. Ao fim, direta ou indiretamente, a mim foram atribuídas todas as culpas pela nossa ruína, desde o desgaste do chão até o despedaçar do teto.

Quando fui encontrar o Moacir após a viagem, no dia do aniversário dele, o vinho portenho que eu levava de presente se espatifou. E o Moacir logo me contou que havia pedido que a Lucrécia se retirasse de sua casa, e na sequência me perguntou se eu tinha ficado com algum argentino e eu disse que não, embora não fôssemos namorados, eu não queria magoá-lo, e a Lucrécia também tinha ficado lá com ele na casa dele esse tempo todo e para que se importar com o passado se estávamos com vontade de construir um futuro?, e então eu disse que não, eu não tinha ficado com ninguém, mas por que você não me mostrou nenhuma foto da viagem?, logo você que gosta tanto de fotos, e por que não me mandou sequer um e-mail?, porque eu estava no mato sem internet, Moacir, e eu continuei afirmando que não, não e não, eu não havia ficado com ninguém, e quando a gente foi transar ele broxou.

Na sequência chorou dizendo que ia perder a mulher que ele amava porque era um broxa, e eu enchia o Moacir de beijos e abraços e dizia que isso não importava, e aí o Moacir me explicou que era a cabeça que mandava no pau e que ele estava inseguro porque eu havia pegado o pau dele do lado errado, o pau dele se assenta no lado esquerdo e não no direito – como provavelmente era o caimento do pau do Juanito – e o Moacir dizia que eu estava muito esquisita mas eu não me achava nem um pouco estranha, eu estava felizona por estar ali de novo com o Moacir, e assim seguimos acompanhados por inúmeras broxadas e eu cheia de culpa ficava repetindo a todo momento que eu o amava e que queria passar o resto da vida com ele e queria que ele me fodesse todos os dias e que tivéssemos vários filhos e eu estava sendo absolutamente sincera e aí depois de semanas com nós dois feito goma comecei a sentir meu cérebro abarrotado de tantas agruras despejadas porque o Moacir era o maior coitado dos coitados porque ele não tinha dinheiro nem para comprar Danoninho para a Gabi, porque tudo o que ele havia construído em trinta anos de carreira de repente foi por água abaixo, porque a mãe da Gabi estava puta pois ele não tinha dinheiro para saldar as cinco mensalidades atrasadas do colégio, porque é mais fácil tourear a vida casado e por que eu não ia morar com ele e dividir as contas com ele?, mas Moacir, a gente não namora nem há dois meses, e eu completamente apaixonada mas me cagando diante de tantas lamentações dizia que a gente tinha que esperar para morar sob o mesmo teto, e aí finalmente quando o pau subiu e ficamos transando de manhã e à tarde e à noite, chegou o fatídico dia em que ele fez drama dizendo que iria para minha casa a pé porque estava sem dinheiro para o ônibus e então pediu que eu fosse de táxi até sua casa mas o apartamento do Moacir era uma zona danada e ele não tinha grana para contratar uma faxineira e no fundo eu não queria que ele fosse até mim nem eu fosse até ele porque eu estava doida para ficar em casa sozinha enfurnada no meu ateliê mas não tive coragem de contar a minha vontade e fui parar na casa do Moacir munida de aspirador e panos de chão e passamos o dia inteiro dando uma baita geral no apartamento e aí ao fim de tudo eu fui tomar banho e gastei muita água e então quando saí do banheiro enrolada na toalha ele gritou, você mentiu pra mim!, mentiu pra mim!, e então o Moacir confessou que havia fuxicado meu computador e que encontrou o e-mail da Aurora no qual estavam anexadas fotos minhas com o Juanito e puta da vida eu disse que ele não podia mexer nas minhas coisas e ele entre a raiva e o choro dizia que mulher não sabe mentir quando trai, que ele tinha certeza, que mulher quando trai é porque está apaixonada, e eu implorando por perdão e dizendo que não tinha traído ele, que a gente nem estava namorando, que eu fiquei tanto tempo a fim dele e viajei sem a certeza de que ele me queria e aí o Juan apareceu e acabou acontecendo, e o Moacir dizia que eu traí sim, que eu quebrei o idílio amoroso, e se não foi por paixão, por que você ficou com ele?, e eu sem saber o que dizer me encrenquei mais ainda e falei que só fiquei com o Juan porque ele tinha o pau enorme!, e pronto, minhas trepadas sem gozo com o Juan foderam todos os anos com o Moacir porque por mais que ele tenha dito que me perdoava a partir daí a minha suposta traição virou justificativa para todos os seus ataques de ciúme doentio e aí o Moacir me sufocava e quando não estava comigo me ligava de minuto em minuto e não me deixava fazer mais coisa alguma e tinha ciúme até do frasco do meu *shampoo* que segundo ele lembrava um falo gigante e uma vez quando a gente estava transando eu chamei o pau dele de "rola" que era como o Berilo chamava o pau, que rola gostosa mimamô, mas aí o Moacir entendeu "*pola*" e eu nem sabia que isso significava pau em espanhol e mais uma vez foi aquele escândalo e eu me desculpando por aquilo que eu não tinha falado e o Moacir me azucrinando para que eu fosse morar com ele e eu me sentindo cada vez mais sem ar dizia que não, que não era tempo, e aí ele continuava suas reclamações sobre a vida e a falta de dinheiro e os *roommates* que trocavam de mês em mês e as exigências da mãe da Gabi que fazia de tudo para atormentá-lo, inclusive armar programas com a menina no dia dos pais, e todas as minhas questões não valiam nada diante das dificuldades desmedidas dele, e aí teve o dia em que traí a confiança do Moacir justo com quem lhe é mais caro, e isso porque a gente já tinha virado sem descanso quatro noites consecutivas regadas a eu te amo e guimbas de cigarro e pontas de baseado, mas então num dia o Moacir pediu que na próxima sexta eu levasse a Gabi às seis da manhã para a escola porque na quinta ele iria cantar *Sonífera ilha* com sua banda no interior e ficaria por lá até sábado e eu doida para descansar meus olhos mas também super a fim de ser uma boa madrasta disse que sim, claro, eu ia levar a Gabi para a escola, no entanto chegou a quinta-feira e além de ele ter tido um ataque de ciúme logo pela manhã antes de viajar – porque o Moacir cismou que um vizinho que eu nem conhecia estava indo bater na minha porta quando os dois saíram juntos do elevador –, apareceu um trampo urgente e eu teria que entregar toda a programação visual de uma peça de teatro justo na própria sexta e, para completar, chegou a notícia de que meu tio estava com câncer no esôfago e então eu fiquei arrasada e era coisa demais para minha cabeça e aí eu disse para o Moacir que não levaria a Gabi na escola e aí ele ficou putaço e não entendeu bulhufas enquanto eu só chorava de exaustão e aí ironicamente o celular do Moacir tocou e era a Lucrécia que a esta altura estava morando na serra e ela ligou dizendo que precisava de um abrigo na cidade para o fim de semana e disse que queria muito matar as saudades da Gabi e que já estava de boa em relação ao nosso namoro porque ela e o Moacir eram amigos há 20 anos e era a amizade que valia e no fundo ela queria a felicidade dele e que bom que ele havia encontrado alguém tão legal como eu e aí o Moacir – para dar um jeitinho na vida que ele tinha que tourear – aceitou que a Lucrécia fosse passar o fim de semana na sua casa com a Gabi e então se sucedeu a pior das paisagens porque ele pegou a van e foi cantar lá em Vassouras e não satisfeito ficava varrendo meus ouvidos com seu plano de celular que tinha ligações infinitas para telefone fixo e enquanto eu agoniada photoshopava imagens à base de Red Bulls e cigarros e maconha ele ficava pendurado na minha orelha conversando sobre as mais diversas aleatoriedades e eu sabia que ele fazia isso para se certificar que eu estava sozinha trabalhando em casa e do outro lado da linha o Moacir ia ficando cada vez mais bêbado de uísque e ele deve ter enchido a cara o fim de semana inteiro porque no sábado à noite quando retornou para a cidade me ligou da estrada – justo quando eu tinha pegado no sono – dizendo que queria comer meu cuzinho e aí eu falei que estava dormindo e que no dia seguinte a gente se via e minha vontade era só dormir a semana inteira, mas aí enquanto eu finalmente caía nos braços de Morfeu o Moacir chegou na casa dele trocando as pernas e mal conseguia encontrar no molho a chave que abria a porta e aí a Lucrécia abriu para ele e o

Moacir se deparou com a Gabi em sua pré-adolescência brincando de ter peitinhos com bexigas de festa infantil infladas no sutiã que a Lucrécia tinha dado para ela e então o Moacir trôpego se aproximou da menina e fez fom-fom, enquanto estourava os balões que se faziam de seus seios, e aí veio a desgraça que acompanhou todo o nosso namoro: a Lucrécia denunciou o Moacir por ter abusado sexualmente da Gabi.

O Moacir ficou sabendo da acusação quando foi buscar a Gabi na escola na semana em que era para a menina ficar com ele mas a mãe dela já havia apanhado a Gabi e o Moacir sem entender nada ligou para ela e o celular estava desligado e então o Moacir ligou para a casa da mãe da Gabi e ela atendeu gritando e gargalhando, agora você se fodeu!, se fodeu, seu merda!

Após a denúncia da Lucrécia no conselho tutelar, uma liminar foi expedida concedendo à mãe da Gabi a guarda provisória da menina. Nessa noite, após a ficha do Moacir finalmente cair e ele entender que não poderia fazer nada além da vontade do juiz – afinal, o Moacir era um réu acusado de ter abusado da própria filha – só consegui conter seu transtorno metendo-lhe dois comprimidos de Olcadil e dois de Zolpidem goela abaixo.

Acordei de madrugada com os soluços do Moacir ecoando pelo apartamento, o desespero vazava pelas janelas superando o estardalhaço do caminhão de lixo lá fora. Ele estava no quarto da Gabi abraçando o Pino, o ursinho de pelúcia encardido dela, seu amigo inseparável desde os dois anos de idade. Assistindo ao Moacir naquele baque imensurável, ficou muito claro para mim que ele estava em queda livre. E eu, sempre ansiando por uma forma, me inflei a paraquedas.

Decerto porque eu me sentia superculpada, pois eu mesma tinha soltado o estilingue que lançou a pedrada derradeira no coração do Moacir. Afinal, como ele dizia, a denúncia da Lucrécia havia sido provocada por causa dos seu ciúme de mim, e nada mais certeiro do que atingir o Moacir arrancando-lhe a Gabi. Se eu tivesse levado a menina para a escola, a Lucrécia nem teria dormido lá e não teria dado no que deu. E aí vieram depoimentos e audiências infindáveis, e a sorte do Moacir é que ele tem uma mãezona que mesmo tendo sido abandonada grávida na igreja é uma baixinha arretada que chega com os peitos na frente e carrega seus filhos e os dos outros nos braços – tipo a minha bisavó – e então ela contratou os melhores advogados para a defesa do Moacir naquele processo kafkiano desconcertante. Nos primeiros três meses após a acusação a mãe da Gabi viajou com a filha e sumiu, enquanto isso eu via o Moacir sem alívio pensando em todas as atrocidades que ela estava dizendo para fazer a cabeça da menina, seu pai apertou as bexigas e isso não é brincadeira decente para se fazer com uma filha, seu pai é muito apegado a você, sempre achei isso além da conta, seu pai é um fracassado abusador, ele até passa suas calcinhas, e aí quando finalmente as férias acabaram e o Moacir apareceu de surpresa durante o recreio na escola da Gabi, eu vi um daqueles reencontros que fazem até a plateia mais fria se debulhar, a Gabi chorava agarrada ao pai e dizia que queria ficar com ele, e eu sabia no meu corpo, mas nunca contei para o Moacir, o porquê da minha certeza de que ele não havia abusado da Gabi. E nessa época ele só podia pegar a filha aos domingos sob a vigilância do conselheiro tutelar, a Gabi sempre abria o berreiro quando tinha que ir embora, e aí o Moacir prometia que a visitaria no colégio e batia ponto todos os dias na hora do recreio, e então quando a menina foi encaminhada à psicóloga da vara de infância ela percebeu que a Gabi não tinha sintoma algum de abuso sexual, mas mesmo assim a merda do processo durou quatro anos e como a Gabi ainda não tinha completado 12 ela não podia prestar depoimento, e aí foi a mãe do Moacir que teve que entrar com o pedido de guarda da neta porque ele não tinha sequer como arcar com os custos financeiros da menina, e a sucessão de fatos que certamente na TV pareceriam capítulos de novela recheados além da medida não parou por aí, porque no núcleo de cá meu pai começou a adoecer e vivia entrando e saindo do hospital, e também minha mãe recebeu o diagnóstico do aneurisma no cérebro e do câncer de pulmão e quando ela ficou internada por quase um mês o Moacir sequer foi visitá-la, sempre que eu estava na pior ele nunca aparecia porque os problemas dele eram muito maiores que os meus, eu era uma egoísta mimada, e aí aos poucos fui debandando mas não conseguia sair de vez, e então como se não bastasse houve uma noite em que fui espairecer com o Moacir no aniversário de um amigo dele em um bar na orla e certa hora eu estava morrendo de vontade de fazer xixi e havia uma fila enorme para o banheiro, e aí segui andando em direção ao matinho e logo depois o Moacir veio atrás e como todos os prefeitos dessa cidade fazem de tudo para acabar com seu aposto de maravilhosa os postes estavam apagados, e aí segui entrando no breu com o Moacir a uns dois metros atrás de mim e logo que me agachei ouvi um estrondo seguido de um grito lancinante, virei e vi o Moacir de quatro ao lado de um banco de cimento, e ele gemia dizendo que não viu o banco no escuro e rolou por cima dele e havia quebrado as costelas e perfurado o pulmão, e para completar me perguntou, por que você fez isso?, e, porra, eu me senti engasgada com meu próprio refluxo, essa frase era um sintoma da merda toda!, como eu podia ter empurrado o Moacir se eu estava fazendo xixi a dois metros de distância?, e então eu saí gritando por socorro e rezando para que aquilo não terminasse em mais um baita infortúnio e prometia a mim mesma que eu iria acabar meu namoro porque eu não podia mais ser culpada por todas as coisas e o pior é que sou culpada porque deixo que me culpem e chega dessa merda!, mas eu saí apavorada gritando por ajuda e de repente eu e o Moacir no táxi a caminho do hospital e ele de quatro sem ar feito cachorro no banco de trás e quando chegamos eu entrei berrando na sala de emergência dizendo que o Moacir tinha quebrado as costelas e perfurado o pulmão e ia morrer porque o Moacir sempre se autodiagnosticava e nunca errava e de fato ele havia quebrado três costelas e feito um pneumotórax e teve que se submeter a um procedimento para tirar o ar da pleura da mesma maneira que fizeram com minha mãe após a cirurgia do pulmão e foi assim que o Moacir arfando e com adesivo de nicotina na UTI do hospital também ganhou um dreno no peito. Quanto a mim, virei um balão murcho. Um balão murcho cismado em permanecer sem ar.

Porque ainda assim, quando o Moacir não tinha mais como pagar o aluguel do seu apê, ele disse que só ficaria comigo se eu casasse com ele e fosse morar naquela ilha bolorenta, aqui é o melhor lugar que eu posso pagar, não vou aceitar que você arque com mais da metade do aluguel em outro bairro porque o homem tem que ser o provedor da casa, não ser o provedor acaba com a virilidade de qualquer macho, e o Moacir completou dizendo que somente se eu fosse morar com ele acreditaria no meu amor, que ele era velho e não queria mais essa coisa de só namoro, e então, puxando um zíper na minha pele inteira, titubeei e fui com ele visitar a casinha *crème de la crème* de dois andares com um quarto para o futuro da Gabi e o barulho dos pássaros e um monte de vizinhos entrando e saindo e a maré de peixe podre e a água contaminada e a rachadura que ia, literalmente, do chão ao teto. Como um rio que separa suas margens.

A parte detrás da casa, por causa da erosão do terreno, havia declinado e, consequentemente, seu pé direito era um metro mais baixo que o da parte da frente. O engenheiro disse que a construção poderia desabar a qualquer momento. Já era tempo de ou sai ou racha. E foi assim que o Moacir ficou como o Peter Pan na Terra do Nunca e eu a Wendy precisando voltar para a Terra do Sempre.

E agora eu estava ali diante do rasgo na parede da sala desta velha casa, e à medida que dele me aproximava, comecei a notar que a rachadura não acabava onde parecia porque dela partiam outras rachadurazinhas e elas se repartiam em mais outras e quanto mais perto mais infinitas elas se mostravam e com meu nariz grudado no concreto escolhi uma linha e a segui andando de lado feito siri e os rizomas continuavam se abrindo e não findavam nunca e de passo em passo com meu olho microscópico de costas para tudo – como um eterno castigo – alcancei o buraco da porta aberta do nosso quarto de infância (todas as outras linhas não seguidas permaneceram ali, à espreita, escoando outras possibilidades).

Naquele cômodo que era só meu até minhas irmãs nascerem, as lembranças acordavam e efervesciam feito um comprimido gigante de vitamina C. O aposento onde cabiam bolas de meleca do mundo inteiro e onde nossos gritos ecoavam implorando por Nescau, agora parecia muito apertado para guardar tantos CDs e DVDs empilhados do chão ao teto. Ali, antes de abandonar esta casa, meu pai mantinha os mesmos CDs e DVDs das Lojas Americanas repetidos e nunca ouvidos nem vistos, quase idênticos àqueles que ele também tinha no apartamento do outro lado da minha rua, todos já metodicamente organizados pela minha mãe. E, a cada título onde pousava meus olhos, surgiam orações que pendiam somente para as artimanhas ousadas dos meus estratagemas contra mim mesma: tenho um ENCONTRO MARCADO COM OS ASSASSINOS POR NATUREZA que andam me espreitando pela JANELA INDISCRETA e por mais que eu seja uma MENINA DE OURO sou também uma GAROTA INTERROMPIDA que vive À ESPERA DE UM MILAGRE, mas é TARDE DEMAIS PARA ESQUECER. Fechei os olhos e entoei o mantra Om com força para que meu peito não galopasse e eu não fosse parar naquele exato minuto numa COVA RASA.

É o condicionamento que prende a gente. Eis a grande merda de tudo. Por mais que eu tenha vindo a este mundo lançada em um arranjo que permite o livre-arbítrio em relação às escolhas práticas – aquelas que 90 por cento dos humanos passam a vida lidando com – me sinto tão culpada, mas tão culpada pelos meus privilégios, que me puno por ser uma completa danação. Como os CDs do meu pai que nunca abandonaram seus invólucros de plástico. As notas asfixiadas.

E o vento soprava novamente e se infiltrava pela janela que faz moldura para o quintal e para a nossa casinha de bonecas e para tudo o que vem lá de trás, e a cada lufada chegam mais coisas.

Em forma de triângulo isósceles, o telhado da casinha de bonecas, dentre todas as construções do terreno, tem em seu vértice central o cume mais perto do céu. Era bem ali que os passarinhos expeliam seus ovos. Certo dia, um neném caiu do ninho. Com um palitinho de dentes, pusemos purê de batatas em seu bico. Lembro do cheiro azedo que vinha do passarinho despenado em sua prematuridade.

Lá estava a nossa casinha e as bonecas a quem dávamos de mamar.

As nossas filhas. Nossas filhas de mentirinha.

Onde estariam aquelas de verdade que nós três tanto ansiamos mas não temos? Seria a nós designada a infertilidade no amor? "Ou será que somos as próprias bonecas, nascidas, mas nunca alimentadas?"

E o carrinho...

... o     c a r r i n h o     que

                                                 ... leva

                     e

traz ...

## IX.
## Estamos sempre voltando para casa

Olhando para aquele carrinho de bonecas rosa que parecia flutuar sobre o grande tapete verde de pontas amareladas, o carrinho emoldurado pelo telhado triângulo da casinha de bonecas ali atrás, o carrinho em frente à porta e às janelinhas de vitral em círculos coloridos perfeitos, lembrei que li em algum lugar, não sei quem foi que disse, acho que foi o Oliver Sacks, que quando alguém vai embora leva consigo seu ponto de vista sobre a gente. Meu pai achava que eu era uma criança.

Agora, o carrinho está vazio.

Então, abandonei-o de vista e abri a porta do quarto de casal que, na minha memória, nunca foi habitado em conjunto pelo meu pai e pela minha mãe. Porque meu pai ou dormia na rede da sala de TV junto a sua pilha de jornais velhos ou se debandava para a casa lá detrás. E minha mãe, na casa da frente, ocupou durante muito tempo a cama de casal apenas com sua magreza. Mas na outra casa, foi muito bem (ou mal) acompanhada pelos meus padrastos. Eu não.

A maior parte da vida antecedi os sonhos abraçando o travesseiro e ainda hoje vivo esse empenho que é acordar todas as manhãs e não esbarrar em ninguém, a mesma cama todos os dias, o velho colchão com seus espinhos que espetam feito penas atravessando o travesseiro, mas ao contrário delas, mansas toda vida, os espinhos são bárbaros como espadas, e então quando desperto vem a ausência profunda, como se não existisse chão algum após o limite da cabeceira, como se eu fosse cair em queda livre, despencando sem ninguém que me ofereça a mão, sem o ranço matutino da boca alheia que atenta para a vida com outro gosto, e o pau que desperta junto com o sol, o membro duro que os homens encaram como um troféu que lhes é dado todos os dias e que não raro vai contra a minha vontade, porque eu quase nunca quero pau dentro pelas manhãs, essa ânsia alheia que ameaça os inícios mas torna a saída do sonho menos dura, porque é difícil a saída do sonho, a saída do sonho é como um pesadelo pois nos sonhos as coisas acontecem sem que se saiba que elas estão acontecendo, no sonho as coisas surgem sem blasfêmias, isentas de qualquer espécie de solenidade ou cautela, as coisas nem estavam e nem estarão, no sonho as coisas estão porque são. A vida no sonho só tem o presente que é a própria vida.

E aí quando acordo vem o tombo na consciência, o despertar que exige chaves e fechaduras, e as chaves estão sempre atrás de buracos perfeitos, feito ímãs procurando o campo magnético para não despencarem no vazio, e então quando abro os olhos sou conduzida ao reino do controle, essa cobrança da vida em não ser desorganizada como no sonho, o livre-arbítrio que nos ilude com um poder cheio de fraqueza, e o pensamento morando na eterna luta contra o caos para não cegar feito acetona derramada sobre os olhos, e ainda cega da abertura do sonho eu acordo e olho para o céu e vejo um buraco entre as nuvens e me deparo com esse meu existir fechado que se esforça para permanecer vivo, que tenta a todo custo render-se na luta pelos porquês do mundo, o mundo que faz de tudo para que as ideias sejam perdidas, mas exige, como forma de resistência atroz, que nunca percamos as ideias.

Ali na porta do quarto dos meus pais fiquei em vigília pensando sobre isso que deve ser o retorno ao paraíso, isso de se livrar do pensamento que é o inferno humano, e permaneci observando à distância o dormitório recheado pela madeira escura com a cama de casal coberta pela antiga colcha de retalhos que meu pai e minha mãe compraram na Ilha do Amor quando eram um par feliz e quando eu ainda não os conhecia.

Encarando aquela profusão de cores e estampas distintas, me indaguei se a vida como a gente sabe, a vida com o pensamento, não seria como essa grande manta de tiras soltas cerzidas com rigor *a posteriori*, a linha que muda de lugar os pequenos pedaços, o foco que enquadra e em outro instante torna embaçada uma mesma parte da colcha. Talvez a arte do tempo seja alterar a costura dos retalhos. Mas existem também as linhas presas que são capazes de acumular recortes de verdades exatas. De nó em nó, para que as tiras não se percam, a memória tem essa coisa de se realinhavar.

E eu já não sei mais o que tinha acontecido, o que tinha deixado de acontecer e o que era desejo meu que acontecesse.

## PÁFFFFF!!!!!

A porta bateu. Em meu estágio balão, ricocheteei de volta pelo corredor sem a prepotência de ser independente do vento e me senti bruscamente viva, eu um balão largando para fora os sacos de areia e sendo levado pela ventania, e dessa vez o abandono dos sacos não significou a queda, o abandono dos sacos foi o voo.

Lá de fora Vuummvvvv vinha o burburinho sobre vender ou não a casa e Vuummvvvv ainda que me chegassem em sopros Vuummvvvv eu conseguia distinguir as vozes e imaginava a posição de cada uma delas:

MARIA JÚLIA
*(seus cabelos ruivos esvoaçando para a frente)*
Mas meu pai não ia gostar. Ele dizia que seria nossa casa de campo.

MARIA JULIANA
*(de frente para a Maria Júlia, seus cabelos ruivos esvoaçando para trás)*
Mas agora nem ele vinha mais aqui!

MÃE
*(Ao centro, seus espetinhos de capim em polvorosa sobre a cabeça)*
Pensem direito. Vocês teriam praticamente que reconstruir tudo.

As duas opções me pareciam a mesma pois na árvore genealógica de qualquer espécie, mesmo bem distante da raiz, até a folha mais afastada do tronco precisa estar presa a um de seus caules para permanecer viva. Habitando ou não a casa, ela jamais deixaria de nos habitar.

* * *

Como um balão que retorna ao solo, aterrissei sobre os tacos de madeira hesitantes que aportaram meus pés. Logo percebi que eu estava em frente ao console de cerejeira onde permanecia aquele velho telefone de discar, o aparelho com seu trim inimitável que ao longo dos anos soou e ressoou a vida e a morte. Foi quando vi o bloco de notas onde encontrava-se, na primeira folha, a letra estreita e inclinada para a direita do meu pai com o número da nossa casa:

1757

Em um relance notei que todas as outras casas que eu havia morado depois desta aqui, tanto a de número 571 na beira da estrada, quanto o apartamentico 175 da Vila e o de agora no 751, todos eles derivam da mesma casa! Seria a morada de dentro um Aleph? E logo em seguida ao número primordial estavam:

> o nome e o telefone de nós quatro,
> nós quatro e mais ninguém,
> a gente ali sobre os papéis
> e não os papéis sobre a gente.

Comecei a folhear as páginas daquele bloco gordo que não acabava nunca e todas estavam brancas como as minhas telas e passavam cada vez mais alvoroçadas e pela primeira vez o vazio refrescava meu rosto e me fazia

> ins- pir- Ar
> e
> ex- pir -Ar
> em calmaria

Com o ar entrando e saindo e puramente entrando e saindo, abriu-se uma brecha na minha tentativa de entendimento que foi uma faísca de liberdade, e, por instantes, me senti retornar à grandeza da coisa anterior às coisas que se sabem coisas. O êxtase se escondia ali, no vazio cheio de tudo.

Arranquei a folha com o número da nossa casa na letra do meu pai. Em seguida, com uma delicadeza que me é rara, dobrei a página e a guardei no meu bolso como quem repousa um bebê no berço. Já atentada pelo pensamento, me indaguei se esse meu gesto súbito não estaria atrelado ao acolhimento da minha procedência, o que, de alguma maneira, poderia apontar para porvires menos neuróticos e mais cheios de ternura.

Se 1757, esta casa aqui, contém em si toda a argamassa da minha materialidade, seria ela tudo o que sou? E, mais ainda, se esta casa de origem é minha casca completa, e se eu já habitei todas as suas partes, meu sentimento de estar à parte do todo é somente um aparte daninho do meu pensamento?

Acho que não estou estando como sempre estive, pois agora pressinto que, apesar de todas as suas possibilidades, o ser que sou nesta minha casca, mesmo que eu consiga ocupá-la por inteiro, jamais alcançará a inteireza de todo o ser que sou, porque o verdadeiro completo está além de mim, o verdadeiro completo está além de nós, e então se o inteiro é que é bonito, o bonito está longe, o bonito se encontra na coisa limpa de sentido que veio antes de todas as coisas, e como estão equivocadas essas mulheres que vivem dizendo, ah, estou plena!, não, vocês não estão plenas, queridas, isso é para Buda ou Gandhi, nós somos craqueladas, nós somos muito feias, porque o bonito é o que vem antes do feio, o bonito não precisa do nosso corpo e muito menos da nossa cabeça, o nosso corpo que fazemos de tudo para que seja bonito é o verdadeiro feio, mas o feio que temos que achar bonito porque é o que de fato temos, e agora me vejo desejando ardentemente essa chance que só pode vir de mim e de mais ninguém, essa chance de ser uma feia que gosta de ser feia e por isso alcança o limite da beleza que nos é permitido alcançar, sim, talvez assumir e gostar da minha feiura seja o único jeito de recuar para fora da minha infertilidade nauseabunda.

Disparei pelo corredor que dava para fora da casa e que ainda exibia na moldura repleta de grãos do tempo o quadro com o velho pescador carregando nas costas uma cruz, mas desta vez meus olhos saltaram a pintura como pernas que pulam um vale, enquanto isso, sob meus pés, os tacos soltos dançavam o toc toc dos territórios impossíveis de serem alcançados de joelhos, e de passo em passo rumo à porta de saída eu me propunha a enterrar nos vãos da madeira as velhas ladainhas embaladas por um compasso travado que cisma em não esgarçar suas pernas, e nesse embalo fui notando a transformação de mim mesma me transformando lentamente em mim mesma, como a noite antes do amanhecer se transforma ininterruptamente nela mesma, porque em sua mesmice escura a noite tem a lua que segue mudando de posição, assim como minha cabeça não para de pensar mas pode pensar coisas diferentes.

Quando cheguei na porta de saída que também é a de entrada, vi minha mãe se aproximando em sentido oposto surgindo lá da casa detrás, enquanto a Maria Júlia e a Maria Juliana vinham um pouco mais à frente e o Antônio e o Chang Lang um pouco acolá, e todos eles portavam uma pilha de lençóis brancos, inclusive o cão que brincava com um quase encapuzado, e a Maria Júlia ao invés de carregar uma pilha arrastava um lençol sobre o capim, da mesma maneira que fazia quando era criança e cruzava o quintal com seu cobertor para dormir na casa detrás junto ao meu pai, a Maria Júlia parecia o Lino do Charlie Brown, e o lençol como marionete nas mãos dela e na boca do cão, os lençóis brancos que ficaram presos durante anos no armário enorme da casa lá detrás, e agora eles pareciam fantasmas se divertindo sob a luz da lua que iluminava a escuridão do terreno.

Minha mãe se dirigia à porta de entrada da casa da frente abandonando o seu já corriqueiro. Não sei se por causa do tempo que detona à força o seu usual advérbio, ou se porque finalmente minha mãe, com suas buscas inusitadas que superam nossas certezas tolas – e as certezas não deveriam existir nem no dicionário, contudo sem elas o dicionário não existiria –, talvez tenha ela mesma optado por abandonar a pressa, pois agora minha mãe até aplica Reiki em si própria e é na autocura que reside a legítima beleza de Deus. Então minha mãe vinha se superando em sua afobação conversando calmamente com o Antônio que a ultrapassou para impedir que o Chang Lang pulasse com o lençol babado na piscina. Durante todos esses anos, o Antônio foi o fiel escudeiro do meu pai, responsável por catar os farelos, dar voltas com os carros para que eles não pifassem por desuso – dentre os quais se incluía o Jabuti que acompanhou todas as agruras da nossa infância, o Jabuti que me foi prometido aos 15 anos e nunca me foi dado –, e o Antônio também resolvia os problemas de curto-circuito da casa e do meu pai, e nas suas costas meu pai levantava o dedo em riste e dizia, o Antônio é 171 e veado!, e enquanto o Antônio vinha lá atrás com o Chang Lang e minha mãe, na porta da casa da frente minhas irmãs logo chegaram e se juntaram a mim, e com elas adentrei de novo a casa para, em seguida, como se tivéssemos combinado, pararmos diante do espelho incrustado na parede da sala oposta ao rasgo.

Desta vez, era eu quem estava no meio.

Através da nossa imagem, em um silêncio nada oco, nos olhamos captando as palavras invisíveis. Não temos trégua, sussurravam nossos olhos. Porque a nossa família tem se parecido com uma fileira de dominó cujas peças que vieram antes de nós andam a cair uma a uma sem descanso. Quer dizer, a minha prima foi uma peça situada depois que também caiu. E, tirando ela e o pai dela, todas as outras desmoronam de mansinho, com seus números em pintas escorregando sempre para o solo e para todas as dúvidas que residem embaixo e acima da terra. Como dizia meu pai, é mesmo de lascar.

E assim ficamos ali paradas, observando nossa nova configuração e ansiando pelos avessos. Com cada uma delas de um lado, de súbito, notei que a pinta ao lado do nariz da Maria Juliana não é preta, e sim, marrom. Já a sobrancelha da Maria Júlia indaga na mesma medida que a minha. E eu que passei todos esses anos crendo que a única diferença de uma para a outra era a distância milimetricamente desigual entre suas pintas e as narinas. No fundo, as cores mais próximas são as que mais confundem a vista.

No espelho, as três filhas cheias de herança sem posteridade, as três quase apodrecidas nesta casa conjunta habitada separadamente por cada uma de nós. E em cada parte os apartes da nossa vida. E eu feito concha espiando meu próprio interior. Eu que não sou pérola. Mas que culpa temos do esqueleto desta casa, deste concreto com rachaduras que ficam como rasgos na pele dos nossos tijolos?

Eis que minha mãe apareceu refletida no espelho portando sua pilha de lençóis e se aproximou para a completude da fileira. Com o quadro finalmente preenchido em toda a sua largura, atrás de nós não se via mais nada. Até a rachadura na parede escafedeu-se.

Em seguida, nós quatro intuitivamente cronometradas – eu e a Maria Juliana de um lado, minha mãe e a Maria Júlia de outro – estendemos um lençol branco cheirando a naftalina, jogamos ele para cima e vimos seu centro se encher de ar, e então o lençol suspirou pela última vez e caiu sobre o espelho cobrindo nossos reflexos.

Como quem elimina outras miragens, acobertamos a antiga mesa de jacarandá com dez lugares que nunca foram ocupados por inteiro. Ali naquela mesa com nossas perninhas suspensas demais para tocar o solo minha mãe nos explicou, quando meu tio Wando morreu, que somos iguais a uma plantinha que nasce, cresce, reproduz e morre. A morte parece uma gêmea xifópaga invisível que fica dividindo nosso pescoço até que um dia resolve mostrar sua face transparente e nós, em nossa visibilidade, nos tornamos pedra. Não se precisa do hábito para isso. É de uma hora para outra.

Após cobrir aquele grande jacarandá sem vida seguimos em silêncio como em um balé, leves, sem pensar e sem pesar, criando novas piruetas enquanto engolíamos com o branco as cores do nosso passado conjunto. Em meio às pantomimas, encapuzamos as cadeiras nas quais brincávamos de pique-alto, acobertamos o sofá e as poltronas onde minha mãe nos deu de mamar, fechamos os punhos da rede do meu pai e esquentamos com outra camada as camas que dormiram nossos sonhos.

Depois, como bailarinas capazes de piruetas mortais, saltamos coreografadas rumo ao quintal e caímos muito vivas nas quatro cadeirinhas do balanço branco que reinava absoluto ao centro do gramado iluminado pela lua. Naquele balanço construído pelo quinto elemento que para sempre teria seu dedo – torto ou não – metido em tudo, ignoramos a ferrugem e demos impulso em direção ao céu. Em um vaivém alternado – ora era eu quem estava na frente e elas atrás, ora eu e minha mãe adiante e a Maria Júlia e a Maria Juliana acolá, ora eu e a Maria Juliana em cima e a Maria Júlia e a minha mãe embaixo –, com as pernas soltas no ar acima do capim crescido além da conta – quem sabe nós todas não sejamos além da conta? –, eu percebia que a cada nova investida dos pés contra o solo, por maior que fosse minha arrancada, a queda não era possível e a altura também tinha um limite que era do tamanho das correntes do balanço, as correntes que são como o fio de confiança que nos liga à organização aparentemente caótica do mundo.

Lá embaixo, o Chang Lang uivava para a lua nova enquanto o Antônio, sorridente com seu celular Ching Ling em punho, não precisava de *flashs* para captar nossa luminosidade. Eu balançava no reino do sol, porque mesmo na escuridão eu não temia o terreno, e por mais que tivessem estrelas ao seu redor, meus olhos ainda guardavam o ineditismo da vista do bebê que teve a chance de mamar em peitões antes que eles virassem peitinhos. E assim subíamos e descíamos descansando cada qual em seu interior e pouco a pouco eu sentia minhas costelas se alargando, meu corpo criava mais e mais espaços sem receio de ser gordo, eu ia pra cima e pra baixo sem a gravidade da consciência que cisma em ter a coroa para fazer do caos um vassalo, eu desatarraxando a lua sorriso do céu, o céu tão perto que dava para ver suas extremidades fazendo a curva na Terra, eu expandida por tudo aquilo que não queria mais esconder de mim mesma.

Após muito sobe e desce – porque ninguém passa da fermentação à destilação apenas trocando de tonel –, desocupei o lugar fixo e pulei do balanço em movimento como uma rã que salta sem saber que está a saltar. Tomada pela sorte anfíbia de quem é capaz de viver na terra e na água, rolei pelo gramado e fui agraciada pelo Chang Lang que me lambia com a honra do resgate. Molhada pelo bafo do cão, eu estava miseravelmente feliz, porque a felicidade não é uma alegria bêbada, a felicidade se encontra nos parcos instantes em que a ponte frouxa sobre o abismo, em seu balançar, vira arco-íris ligando o céu e a terra, mas a felicidade se confunde com o álcool porque o bêbado está simplesmente bêbado e pronto, o bêbado não se não interessa pelo que será, e enquanto eu dava cambalhotas junto ao cão, o deslumbramento se apossou de mim porque fui capaz de ser o que sou sem desejar ser o que poderia ser, eu estava apenas sendo, e então, eu era.

Levantei-me com meus seios crescidos tardiamente e meu quadril estreito, eu, o homem e a mulher, e sem embargos, nem dentro nem fora, me encaminhei rumo à casca do Jabuti. Estava na hora de fazer jus à promessa do meu pai, afinal, há quase 25 anos o baile de debutantes que eu não vivi tinha passado. Mais do que nunca eu precisava compensar a minha ausência dos rituais, pois demorei a entender que sem eles a vida não pode ser digerida. Ao ignorá-los, apenas me restaria continuar devorando as tintas e as ideias e as pessoas ao invés de saboreá-las, sem os ritos eu sempre seria uma pessoa porosa, atravessada por tudo, mas sem contato com nada.

Foi no velório do meu pai que comecei a intuir a necessidade da ritualística. Lá naquela casinha geminada da vila fúnebre na Ilha do Amor, um pouco antes do enterro, minha tia anunciou perplexa que nós havíamos esquecido de contratar um padre para rezar o último adeus. E aí meu tio, que tinha bebido a vida inteira mas agora só andava sóbrio em sua tristeza perene – e naquele momento ele nem devia imaginar que também morreria dali a cravados três meses, ou talvez soubesse, talvez a disputa de quem iria embora primeiro fosse uma espécie de pressentimento, quem sabe ele e meu pai intuíssem que quando um fosse o outro partiria logo em seguida –, lá no fim do velório meu tio apertou o nariz gelado do meu pai – a brincadeira de apertar o nariz como se os dedos fossem pregadores que eles sempre faziam – e com a voz rouca após o câncer de esôfago, declamou um verso seu:

"O nada é ser memória de ninguém."

O velório foi tão peculiar quanto o meu pai. Em silêncio, eu fiz todo mundo, que na verdade era pouquíssima gente, dar as mãos em volta do caixão, e naquela roda de algumas gerações, feito um pároco de saias, conduzi sem dogmas a sua travessia – que talvez estivesse sendo tão minha quanto dele – e puxei o mantra que, juntos e em ressonância, entoamos três vezes, OMMMMMMMMMMMMMMMMMMM, eu regia a quebra da tradição católica enquanto o som do universo esquentava nossas mãos em ciranda, OMMMMMMMM, o mantra escorria pelo vento criando rodamoinhos com as folhas caídas das árvores lá fora, OMMMMMMMM, e observando aquelas espirais que me acompanhavam desde pequena, acendeu-se a questão enterrada sob todas as outras que galopam na minha cabeça:

Para quem eu vivo a minha vida?

Atravessei o quintal da nossa casa e segui em direção à garagem. Ultrapassei os carros não usados e estacionei diante do fusca e de todas as distâncias nele reunidas. Permaneci parada encarando seus olhos de boi que mesmo apagados reluziam, a borracha dos pneus feito meias sobre suas patas, as janelas lambidas pela luz que vinha do poste na entrada da garagem, o feixe amarelado que acendia os grãos de poeira bailando como vestimentas do ar, o Jabuti e sua carapuça aquecida, o Jabuti e sua feição oval, o Jabuti e seu casco em

                  M   B   A
       O                 D
L                          A

O Jabuti, um útero.

Puxei a antiga maçaneta, sentei no banco baixinho de couro que encurtava as minhas pernas e dei de cara com a chave tantas vezes nas mãos do meu pai a postos na ignição, ainda no mesmo chaveiro com o emblema da estrela solitária. Bati a porta. E, de repente, Pá!

O cheiro vivo da pele morta.

O cheiro inebriante do couro que invadia não só as narinas mas todo o meu corpo, o aroma me excedia, fui perdendo os contornos dentro do Jabuti até me tornar absolutamente indelimitada e entregue à atmosfera confirmadora daquilo que eu já intuía: ainda que me imprensassem em uma embalagem a vácuo, eu não cabia mais na velha casa. A casa e seu contêiner de aromas impassíveis de serem dissolvidos, como um grande perfume mascarado que a cada *spray* lança um cheiro novo, o cheiro e suas equivalências gustativas, a amônia do xixi do meu pai, o azedo do passarinho prematuro, o amargo dos jornais velhos, o desconforto do cocô trancafiado no banheiro sem janelas, o sangue ácido do meu pé no prego, o bafo de todas as bocas que pousaram no telefone, o doce das melecas na cabeceira, o jacarandá morto, o cloro rascante, o plástico dos invólucros jamais abertos, o papelão da caixa que contém o futuro, o Chang Lang molhado alertando para o presente. E agora mais essa. Esse cheiro danado do couro. O reservatório das coisas de ontem me lançando em letargia ao colo do meu pai como se ele próprio estivesse sentado comigo no banco, e eu perdia a consciência como as espumas do mar se infiltram na areia, e escutava de longe o burburinho feito maresia, minha mãe dizendo ao Antônio que ninguém havia decidido o que fazer com a casa, que tudo permaneceria como estava até segunda ordem, a única alteração seria aquela já feita, os móveis protegidos com os lençóis brancos contra a poeira que é o corpo do ar e do tempo, fora isso, o Antônio continuaria a jogar o cloro na piscina e a regar as plantas, os CDs permaneceriam lacrados em seus plásticos, os pássaros persistiriam em sua passeata ao redor do sol, os farelos seguiriam se infiltrando nas canecas e nos tacos soltos do chão e das lembranças, a mesa de jacarandá esperaria seus ocupantes, os sofás chorariam a falta de quem assentar, e o Antônio também deveria fazer a poda do gramado e resolver a questão do IPTU e arrancar as tiriricas e receber o engenheiro que avaliaria o lençol freático e zelar pela casa que continuaria na labuta pela sua permanência até que o tempo que é o tempo de cada uma de nós decidisse qual destino dar a nossa velha casa de infância de varanda igual a casa da Primavera que em seu terreno guarda flores e também árvores com sistemas radiculares vigorosos que daqui a um século ou depois de amanhã suspenderão o assento do antigo lar desafiando qualquer coerência humana, quaisquer teimosias de memórias, porque os fantasmas podem até envelhecer, mas não morrem jamais.

Fui surpreendida pelos pontapés que o coitado do Jabuti começou a receber em sua traseira e puta da vida com aquele despertar, vi pelo retrovisor, recortadas na contraluz, as três cabeças e suas bocas que gritavam embaçando o vidro da bunda protuberante do fusca, você tá maluca?, não sabe nem dirigir!, quer se matar?

Me lembrei do Cérbero e seu apetite de cão descontrolável que permite a entrada mas devora a saída de quem se atreve a abandonar o submundo.

Girei a chave na ignição, mas isso fez com que elas porrassem ainda mais o Jabuti com suas agonias revestidas de cuidado.

Disparei a buzina a fim de que se afastassem, senão por respeito, ao menos por medo do meu descontrole. E diante dos tapas que agrediam com força seu casco, o Jabuti confirmou a resistência de quem vive por mais de um século. Enfim, calaram-se.

Não satisfeita, minha mãe insistiu em dar de mamar a sua filha já adulta e aproximou-se da porta do motorista tirando da manga a chantagem emocional, se você sair dirigindo vai me matar do coração, só quero ficar sozinha aqui dentro, é perigoso ficar aí. As coisas aqui estão mudadas.

Au, Au, Au, Au!

Mais uma vez o Chang Lang apareceu para quebrar o feitiço que, sob o propósito do acolhimento, esconde a castração. A Maria Juliana veio até nós, sobre sua cabeça uma auréola criada pela luz do poste da garagem, qualquer coisa o Chang Lang é cão de guarda. Deixa mãe, ela não é mais criança.

Apesar da banalidade do seu dito, a Maria Juliana parecia ter captado a decomposição que me tomava e, com o respeito de quem abre os caminhos para a travessia alheia, se dirigiu para fora da garagem. A Maria Júlia, que até então nos observava de longe aos bocejos, também fez jus à nobreza do silêncio e do seu sono e acompanhou a Maria Juliana. Enquanto suas cabeças acesas pela luz do poste abandonavam o recinto feito chamas incandescentes, eu percebia a grande fogueira da qual somos só faíscas ensimesmadas com as próprias labaredas. De algum jeito, minhas irmãs pareciam estar desocupando o lugar de corifeus dentro de mim.

Então, ficamos só eu, minha mãe e a secura das nossas bocas finas e vazias de palavras. Foi aí que nossos olhos estenderam uma corda bamba sobre o abismo e, como uma equilibrista que encara a imensidão lá embaixo, fui assaltada pela certeza de que eu tinha que cruzar a corda, caso não o fizesse, o lado já estremecido no qual eu me amparava em breve entraria em erosão, logo me atrevi sobre a corda e, de piscada em piscada, sem olhar para baixo, como se cada ligeiro fechar dos olhos fosse um novo pé à frente, alcancei os cílios da minha mãe para depois mergulhar dentro de sua íris escura e sentir seu coração batendo naquele corpo que outrora fora meu, e ali, imersa no coração da minha mãe, tentei roubar a coragem de quem saiu da terra seca apenas com uma sacola de roupas e um saco de mandioca nas costas, ali dentro do mundo vermelho, consumida pela corrente de sua troca gasosa, comecei a berrar feito um passageiro de avião em queda, VOCÊ É CULPADA PELA MINHA DESGRAÇA, MÃE!, e batendo entre seu ventrículo esquerdo e a aurícula direita eu me dissolvia em urros, você me deixou dormindo de conchinha com o Hércules!, EU TE ODEIO MÃE!, e eu colidia cada vez mais veloz contra uma parede e outra do coração da minha mãe, a culpa é sua por ele ter instigado meu corpo e roçado o pau na minha bunda e colocado sua mão asquerosa entre as minhas pernas, A CULPA NÃO É MINHA!, eu dava socos no átrio da minha mãe, EU TENHO MUITA RAIVA DE VOCÊ!, se fosse com a minha filha eu não iria proibir cochilo, eu cortaria o pau dele fora!, eu matava!, e sem direção nadando no pericárdio vociferei que também NÃO FOI POR MINHA CULPA QUE O GETÚLIO ME PUXOU PARA O QUARTO ESCURO, O QUARTO ESCURO QUE ERA O MEU QUARTO, E VOCÊ NÃO ME PROTEGEU, MÃE, você não me protegeu, você me lançou num abismo de queda tão insondável que meu cérebro apagou para meu corpo suportar, não aguento mais as restrições que imponho a mim mesma, o meu suicídio em doses homeopáticas, o meu suicídio que, talvez, seja para chamar sua atenção, para implorar pelo cuidado que não recebi, para permanecer pequena feito uma criança que precisa de colo, A CULPA É SUA!, e prestes a chutar a aorta da minha mãe, num tranco, estaquei pulsante no miocárdio e, mãe, algum homem encostou em você quando você era uma menina?, ouvi o compasso de seus batimentos inalteráveis, ALGUM HOMEM TE INVADIU?, o mesmo ritmo das contrações e expansões, você é a adulta com o corpo mais próximo ao de criança que eu já vi, você arrancou até seus peitos, mãe, minha avó te criou como deus criou batatas, desculpa, mãe, desculpa, e eis que o coração da minha mãe começou a bater muito rápido, quero matar quem mexeu com você!, QUERO MATAR!, e quanto mais eu urrava, mais meus gritos eram feitos de silêncio, mais eu era emudecida pela taquicardia, e naquele entalo fui lançada ao ventrículo direito cheio de gás carbônico, desculpa mãe, desculpa, o oxigênio rareando, a falta de ar, eu te amo, MÃE, EU TE AMO, e adentrando uma asfixia quase completa ouvi a percussão do tempo das camadas, o tempo que despenca do relógio, o tempo que corre nas espirais de areia dos meus sonhos de criança, o tempo que dança nas espirais do ouvido do meu pai e no sinal de loucura que fazemos com o indicador ao redor da orelha, e submersa no coração da minha mãe, quase desfalecendo, senti que eu não poderia mais ser apenas o que restou do antes, sou só as sobras, preciso alcançar o depois em sua inteireza, e no último fiapo de ar o coração da minha mãe fez um ruído trovejante, entre uma sístole e uma diástole de força tremenda meu corpo rodou de ponta a cabeça, de cabeça a ponta, enfiei com força os indicadores - os dedos que apontam e que para mim apontam - até o mais perto que pude dos tímpanos, o barulho que caiu nos ouvidos dos de antes, até mesmo os surdos, foi estrondoso, e no reverberar do eco – pois o som permanece mesmo depois de terminado –compreendi que uma memória sem dono fica planando feito fantasma. Uma memória sem corpo mata o corpo.

Eis que a corda bamba que ligava nossos olhos invadiu o coração da minha mãe e me puxou como uma mola de volta para dentro de mim, e dessa vez com a minha própria taquicardia, entendi que era eu, e não a minha mãe, quem deveria arrebentar a corda.

\* \* \*

Sentada no banco do motorista do fusca, me espanto com a metamorfose do olhar da minha mãe após essa vertigem que parece ter tido o comprimento da escuridão da Finlândia. Seus olhos sempre tão cheios de névoa por tanto não sei acumulado abandonaram a resignação e se transmutaram em faróis muito acesos, e então minha mãe, agindo por orientação própria, me deixa só. Em instantes, o quadro definido pelo retrovisor do Jabuti está ausente de gente, sobrando apenas a vivacidade inanimada do ambiente remoto no qual eu me circunscrevo.

Solto um longo suspiro que logo vira bocejo, e com a fraqueza do esvaziamento puxo a alavanca na lateral do banco, amasso minhas costas contra o couro e em três tempos desço para a horizontal. Me ponho a olhar o teto branco do fusca e fico cara a cara com a tampa em mármore da minha lápide, mas forço minha cabeça para abandonar a imagem nefasta e, percorrendo com meus olhos os contornos do Jabuti, me pergunto se a grande ferramenta para sonhar bem na vida não está em uma espécie de fórceps que aperta o pensamento dentro do agora e quebra os encaixes forçados pelos olhos do umbigo, pois já que necessito de um corpo, de uma forma para não me indelimitar, que a forma se forme por si mesma, modelada pelo desenho tridimensional do mundo e não pela minha pequenez, porque é nas formas da natureza que se disfarça o caos, e há também as formas concretas do mistério que se ocultam na imaterialidade do vácuo, o vácuo que de vazio mesmo não tem nada, pois há sempre o que não se contém no molde, há sempre a parte que esparrama, há sempre mais na abundância da vida.

Dentro do Jabuti, noto que, ao contrário do que eu imaginava, sua casca não é esférica como bola de bilhar. Se o fusca tivesse o casco completo por sua outra metade, ele teria um topo no alto e outro embaixo. Sim, o Jabuti não é uma esfera feito o útero abarcando o feto, mas uma elipse como a vulva que entrega o recém-nascido e seu berro ao mundo.

Talvez, enquanto eu tentar me apossar do corpo dos materiais dando-lhes usos e tintas e recortes, estarei apenas querendo ser Deus e cairei cada vez mais no profundo inferno. No entanto, se eu deixar que não o corpo, mas a alma das coisas me guie, se eu me permitir ser tentáculo dos pincéis e abandonar a ideia de que são eles os meus prolongamentos, talvez eu consiga deixar que as coisas me borrem e, quem sabe assim, conseguirei ajustar o tempo que habita o lado de fora ao tempo que faz do meu dentro seu espaço.

Sim, talvez em mim, eu possa encontrar a saída entrando cada vez mais, até o umbigo encostar nas costas, até a pele da frente se fundir à pele de trás, até essa casca que é a minha casa ser um completo amasso que, em sua deformidade, alcança a largueza de tudo o que sou e que não está em mim, porque essa que estou sendo me atormenta com sua cabeça que antecede meus passos, sua cabeça de menina que corria sem querer alegre, sem querer assim saltitante, e de repente teve a traquinagem catapultada para dentro do quarto escuro, o quarto escuro que eu achava estar enterrado mas que é iminência para todo o sempre, e o anteparo que não me permite visualizar nada além da boca de cachimbo na minha nuca, o membro feito cabo de vassoura, a cabeça e o corpo escondidos pela minha lembrança enevoada. E essa tensão que me cola ao mundo.

Não seria a minha solidão antes de infortúnio uma escolha? Porque talvez eu ache que de mim não possa sair nada que preste e meu corpo sabe disso, meu corpo sabe tanto disso que meus óvulos não são postos para jogo, como bolas de sinuca presas na caçapa, os óvulos que receiam virar zigoto porque depois da união a repartição é como uma morte, e então meu corpo me avisa que não estou pronta para isso, e minha cervical cisma em travar meu pescoço para que eu não hesite olhando para os lados, para que eu aprenda a andar em linha reta com minha amenorreia cheia de torcicolo, e agora acho que estou encontrando algo, sim, talvez eu não ponha meus óvulos para fora porque no fundo quero estar para sempre só, eu sem companhia e sem filhos e sem obra alguma, sem ninguém que me exija uma atitude senão eu mesma, o que possivelmente é um caminho que adotei como confortável, porque sem o outro eu só preciso controlar a mim, sim, mas essa minha ventura é uma completa falácia, pois a ausência do outro não diminui a quantidade de coisas que tenho que controlar, eu própria sou o descontrole. Agora acho que estou fazendo um baita *clic*, essa de mim que é sentinela voraz teme a liberdade dos meus passos para que eu não me coloque em perigo sob a minha própria responsabilidade, para que eu não corra feliz por nenhuma espécie de corredor porque há sempre uma alegria que me será roubada, e aí fico tentando tanto controlar a mim mesma que minha casa permanece cheia de agulhas, tesouras e estiletes e todo o meu ateliê infértil impedindo que os espaços sejam habitados e a vista se torne livre, e talvez, meus recursos estejam na grandeza da coragem que é existir em contato com as coisas para que eu não seja minha própria interrupção, porque se agora o que é anterior a mim dependesse só de mim para seu perpetuamento estaria fadado ao malogro da inexistência, mas se há algo que eu amo no que veio antes de mim e se eu sinto que esse algo precisa sair para que eu me torne outra de mim, que esse algo nasça sem a necessidade de ser bonito, caso contrário, continuarei a cortar meus partos em toda espécie de criação, porque parir deve ser como afundar sem controle no mais completo mistério de tudo o que não se sabe quando já se é, parir deve ser como adentrar a origem da coisa que vem antes das coisas repartidas e viver justamente o instante exato da separação e dar de cara com uma coisa sem nome.

Parir é entrar no quarto escuro.

Então, abro a porta.

**AGRADECIMENTOS**

Este livro fez uma grande travessia até sua publicação e só existe porque encontrou verdadeiros barqueiros ao longo do caminho.

Agradeço à minha mãe, Maria Flor do Céu Araújo Moura, pela força, sabedoria e coragem de ir além, por todo o amor que nos dá para seguirmos adiante. Ao meu saudoso pai, Dauro Diniz Machado, pelo amor e gênio peculiar, pela profecia que me fez chegar mais perto de quem sou. Às minhas irmãs, Erika Machado e Juliana Machado, pelo amor profundo e confiança absoluta na nossa tríade, porque só sou uma porque somos três.

À Carola Saavedra, madrinha deste livro, pelo olhar profundo da grande escritora e amiga, por compartilhar sua sabedoria, por me reconhecer antes de mim mesma, pelas mãos dadas nessa imensa travessia. Ao meu saudoso tio, o poeta Nauro Machado, por sua imensa obra e por me apadrinhar, literal e simbolicamente. Ao Marcelino Freire, pelo encantamento de sua Toca, pelo coração sem medida, pela fé inabalável nas pessoas e nos livros, por sua revolução poética. À Simone Paulino, pelo amor e devoção aos livros, pela coragem de fazê-los nascer, por confiar neste livro e materializar sonhos.

À Claudia Lage, pela leitura atenta e sensível da escritora e amiga, pelas trocas profundas sobre a literatura, o teatro e a vida, por acreditar neste livro e trazê-lo à cena. Ao Gustavo Pacheco, pela generosidade e convite de peso, pelo olhar afiado do escritor e leitor atento, por acreditar neste livro. À Maria Cristina Jerônimo, pela recepção amorosa e leitura das entranhas, pelo carinho, apoio e empenho em ver este livro no mundo. Ao Ramon Nunes Mello, pela leitura sensível do poeta e xamã, pelas conversas inspiradoras e comentários cheios de incentivo. Ao Ale Grecco, pela leitura atenta e comentários incentivadores.

À Clarice Rito, por ser espelho e inspiração, pela consultoria artística e por estar junto na dor e na alegria de ser o que se é. Ao John Fiumara, pela disposição e cuidado ao traduzir os diálogos do português para o espanhol. À Lygia Franklin de Oliveira, por navegar nas profundezas, por nosso grande encontro, por ter sido a primeira a me ver, por me acompanhar há anos nos saltos pra cima e pra baixo da espiral. À Gabriela Diamante, por ter me acompanhado com sabedoria e assertividade em momentos decisivos dessa jornada.

À Juliana Delgado e à Patrícia Miceli, pelos anos de amizade e sonhos compartilhados, pelo amor ao teatro, por darem corpo e voz às minhas palavras. À Ana Cláudia Bastos, à Dani Barros, à Josseneides Miranda, à Juliana Schmitz, à Mariana Lanari, por sonharem junto. À Maga, por ser minha gata e me acompanhar, há 12 anos, nos saltos entre o céu e o inferno da amarelinha.

© Editora Nós, 2022

Direção editorial SIMONE PAULINO
Editora RENATA DE SÁ
Assistente editorial GABRIEL PAULINO
Projeto gráfico BLOCO GRÁFICO
Assistentes de design NATHALIA NAVARRO, STEPHANIE Y. SHU
Revisão CAMILA CIPOLONI
Produção gráfica MARINA AMBRASAS

Imagem de capa JADE MARRA
Série "Toque", 2015, 40 × 50 cm, pintura em acrílica sobre papel.

2ª reimpressão, 2024

*Texto atualizado segundo o novo*
*Acordo Ortográfico da Língua Portuguesa*

Todos os direitos desta edição reservados à Editora Nós
Rua Purpurina, 198, cj 21
Vila Madalena, São Paulo, SP | CEP 05435-030
www.editoranos.com.br

Dados Internacionais de Catalogação na Publicação (CIP)
de acordo com ISBD

M149m
Machado, Helena
   *Memória de ninguém* / Helena Machado
   São Paulo: Editora Nós, 2022
   272 pp.

ISBN: 978-65-86135-89-3

1. Literatura brasileira. 2. Romance. I. Título.

2022-2350          CDD 869.89923  CDU 821.134.3(81)-31

Elaborado por Vagner Rodolfo da Silva, CRB-8/9410

Índice para catálogo sistemático:
1. Literatura brasileira: Romance 869.89923
2. Literatura brasileira: Romance 821.134.3(81)-31

Fonte  GT SUPER
Papel  PÓLEN BOLD 70 G/M²